J. M. G. Le Clézio

Mondo

Erzählungen

———

Aus dem Französischen
von Rolf und Hedda Soellner

List Verlag

Die Originalausgabe »Mondo et autres histoires« erschien 1978
im Verlag Gallimard, Paris

Umschlagentwurf: Gabriele Feigl, München
Umschlagbild: Karl Hofer, Junge mit Fußball, 1928,
Galerie Vömel, Düsseldorf
Copyright: Karl-Hofer-Archiv/AKG (Foto: Archiv für Kunst und
Geschichte Berlin)

ISBN 3-471-78042-4

© 1978 Editions Gallimard Paris
© 1988 Paul List Verlag in der
Südwest Verlag GmbH & Co KG, München
Alle Rechte vorbehalten. Printed in Germany
Satz: Uhl + Massopust, Aalen
Druck und Bindung: May & Co., Darmstadt

»Was denn! Ihr wohnt in Bagdad
und wißt nicht, daß dies hier
das Haus Sindbads des Seefahrers
ist, des berühmten Reisenden,
der alle Meere unter der Sonne
befahren hat?«

Geschichte Sindbads, des Seefahrers.

Mondo

Niemand hätte sagen können, wo Mondo herkam. Eines Tages war er ganz zufällig hier in unsere Stadt gekommen, ohne daß jemand es bemerkt hätte, und dann hatte man sich an ihn gewöhnt. Er war ein etwa zehnjähriger Junge mit einem ganz runden und ruhigen Gesicht und schönen schwarzen, ein wenig schrägen Augen. Aber vor allem sein Haar fiel auf, aschbraunes Haar, das je nach dem Licht die Farbe wechselte und bei Einbruch der Nacht fast grau erschien.

Man wußte nichts von seinen Angehörigen, auch nichts von seinem Zuhause. Vielleicht hatte er keines. Immer, wenn man nicht darauf gefaßt war, wenn man nicht an ihn dachte, tauchte er an einer Straßenecke, in der Nähe des Strands auf oder auf dem Marktplatz. Er marschierte allein mit entschlossener Miene dahin und achtete auf alles. Er war auch immer gleich gekleidet: blaue Jeans, Tennisschuhe und ein grünes T-Shirt, das ihm ein bißchen zu groß war.

Wenn er auf jemanden zuging, sah er ihm fest ins Gesicht, er lächelte, und die schmalen Augen wurden zu zwei glänzenden Schlitzen. Das war seine Art zu grü-ßen. Wenn jemand ihm gefiel, hielt er ihn an und fragte ganz einfach:

»Wollen Sie mich adoptieren?«

Und ehe die Leute sich von ihrer Überraschung erholt hatten, war er schon ein ganzes Stück weiter.

Was hatte ihn in unsere Stadt geführt? Vielleicht war er nach einer langen Reise im Laderaum eines Frachters hierher gelangt oder im letzten Waggon eines Güterzugs, der langsam quer durchs Land gerollt war, Tag um Tag, Nacht um Nacht. Vielleicht hatte er beschlossen, hier zu bleiben, als er die Sonne und das Meer gesehen hatte, die weißen Villen und die Palmengärten. Fest steht nur, daß er von sehr weit her kam, von jenseits der Berge, von jenseits des Meeres. Man sah ihm auf den ersten Blick an, daß er nicht von hier war und daß er viele Länder gesehen hatte. Er hatte diesen schwarzen und glänzenden Blick, diese kupferfarbene Haut und diesen leichten, lautlosen und ein wenig nach Hundeart seitwärts verschobenen Gang. Vor allem hatte er eine Eleganz und eine Selbstsicherheit, wie sie bei Kindern seines Alters selten sind, und er stellte gern wunderliche Fragen, die Rätseln glichen. Indes konnte er weder lesen noch schreiben.

Als er hierher kam, in unsere Stadt, war noch nicht Sommer. Es war schon sehr heiß, und jeden Abend brannte es an mehreren Stellen in den Hügeln. Morgens war der Himmel immerzu blau, gespannt, glatt, ohne eine Wolke. Der Wind blies vom Meer her, ein trockener und warmer Wind, der die Erde ausdörrte und die Brände schürte. Es war Markttag. Mondo ist auf den Platz gekommen und zwischen den blauen Lieferwagen der Gärtner umhergeschlendert. Er hat sofort Arbeit gefunden, denn die Gärtner können immer jemand brauchen, der beim Ausladen der Körbe und Kisten hilft.

Mondo arbeitete an einem Lieferwagen, dann, wenn er fertig war, bekam er ein paar Münzen, und er suchte sich einen anderen Wagen. Die Marktleute kannten ihn gut. Er war immer schon sehr früh auf dem Platz, um mit Sicherheit Arbeit zu kriegen, und wenn die blauen Lieferwagen eintrafen, sahen die Leute ihn und riefen ihn beim Namen:

»Mondo! He, Mondo!«

Wenn der Markt Schluß machte, hielt Mondo emsig Nachlese. Er schlängelte sich zwischen den Ständen durch und sammelte auf, was zu Boden gefallen war, Äpfel, Orangen, Datteln. Außer ihm suchten auch noch andere Kinder nach Abfällen, und auch alte Leute füllten ihre Taschen mit Salatblättern und Kartoffeln. Die Händler mochten Mondo gern, sie sagten nie etwas. Die dicke Marktfrau namens Rosa gab ihm manchmal Äpfel oder Bananen von ihrem Stand. Auf dem Platz herrschte großer Lärm, und die Wespen schwirrten um die aufgetürmten Datteln und Rosinen.

Mondo blieb auf dem Platz, bis die blauen Lieferwagen abgefahren waren. Er wartete auf den städtischen Straßensprenger, der sein Freund war, einen großen mageren Mann im dunkelblauen Overall. Mondo sah gern zu, wie der Mann mit seinem Schlauch hantierte, aber er sprach nie mit ihm. Der Straßensprenger richtete den Wasserstrahl auf die Abfälle und trieb sie vor sich her wie Tiere, und eine Wolke aus Wassertropfen hob sich in die Luft. Es klang wie Sturm und Donnerbrausen, das Wasser überschwemmte die Straßen, und man sah leichte Regenbogen über den parkenden Autos. Das alles erklärt, warum der Straßensprenger Mondos Freund war. Mondo liebte die feinen hochfliegenden

Tropfen, die dann wie Regen auf die Karosserien und die Windschutzscheiben niederfielen. Der Straßensprenger mochte Mondo auch, aber er redete nicht mit ihm. Im übrigen hätten sie einander nicht viel sagen können, weil der Wasserstrahl soviel Lärm machte. Mondo betrachtete den langen schwarzen Schlauch, der hin und her schnellte wie eine Schlange. Er hätte es zu gern auch einmal versucht, aber er wagte nicht, den Straßensprenger zu bitten, daß der ihm den Schlauch gebe. Und vielleicht hätte er gar nicht genügend Kraft gehabt, sich aufrecht zu halten, denn der Wasserstrahl war sehr stark.

Mondo blieb auf dem Marktplatz, bis der Straßensprenger mit seiner Arbeit fertig war. Die feinen Tropfen fielen auf sein Gesicht und durchnäßten sein Haar, und es tat wohl wie ein erfrischender Nebel. Wenn der Straßensprenger fertig war, montierte er den Schlauch ab und ging anderswohin. Dann kamen jedesmal Leute, die das nasse Pflaster ansahen und sagten:

»So was! Hat's geregnet?«

Danach ging Mondo weg, um das Meer zu sehen, die brennenden Hügel, oder er machte sich auf die Suche nach seinen anderen Freunden.

Zu dieser Zeit wohnte er tatsächlich nirgends. Er schlief in Verstecken drunten am Strand oder sogar weiter weg, in den weißen Felsen vor der Stadt. Es waren gute Verstecke, wo niemand ihn hätte finden können. Die Polizisten und die Leute von der Öffentlichen Fürsorge wollten nicht, daß Kinder so ungebunden lebten, daß sie einfach irgendwas aßen, einfach irgendwo schliefen. Aber Mondo war schlau, er wußte, wann nach ihm gesucht wurde, und er ließ sich dann nicht blicken.

Wenn keine Gefahr war, spazierte er den ganzen Tag in der Stadt herum und schaute, was sich so tat. Es machte ihm Spaß, ziellos herumzuwandern, um eine Straßenecke zu biegen, dann um eine andere, einen Abschneider zu machen, ein wenig in einem Park zu rasten, weiterzugehen. Wenn er jemanden sah, der ihm gefiel, ging er auf ihn zu und sagte ruhig:

»Guten Tag. Möchten Sie mich nicht adoptieren?«

Manche Leute hätten das gern gemocht, weil Mondo so nett aussah mit seinem runden Kopf und den glänzenden Augen. Aber es war schwierig. Die Leute konnten ihn nicht so einfach vom Fleck weg adoptieren. Sie begannen ihn auszufragen, nach seinem Alter, seinem Namen, seiner Adresse, wo seine Eltern seien, und Mondo mochte diese Fragen gar nicht. Er antwortete:

»Ich weiß nicht, ich weiß nicht.«

Und er lief weg.

Mondo hatte viele Freunde gefunden, einfach so, indem er durch die Straßen lief. Aber er sprach nicht mit jedem. Das waren keine Rede- oder Spielfreunde. Es waren Grüß-Freunde, denen man im Vorbeigehen sehr rasch zuzwinkerte oder aus der Ferne, von der anderen Straßenseite, zuwinkte. Es waren auch Eß-Freunde, wie die Bäckerin, die ihm jeden Tag ein Stück Brot schenkte. Sie hatte ein altes rosiges Gesicht, sehr regelmäßig und sehr glatt, wie eine italienische Statue. Sie war auch immer schwarz gekleidet, und das weiße Haar war zu einem Knoten frisiert. Sie hatte übrigens auch einen italienischen Namen, sie hieß Ida, und Mondo ging gern in ihren Laden. Manchmal arbeitete er für sie, er trug Brot zu den Geschäften in der

13

Nachbarschaft aus. Wenn er zurückkam, schnitt die Bäckerin eine dicke Scheibe von einem runden Laib und gab sie ihm, in ein Stück durchsichtiges Papier gewikkelt. Mondo hatte nie gefragt, ob sie ihn adoptieren wolle, vielleicht, weil er sie wirklich gern hatte und ihn das einschüchterte.

Mondo ging langsam auf das Meer zu und aß dabei das Stück Brot. Er brach es in kleine Happen, damit es länger vorhielt, und er ging und aß ohne Eile. Anscheinend lebte er damals hauptsächlich von Brot. Trotzdem ließ er ein paar Krümel übrig, um sie seinen Freundinnen, den Möwen, zu geben.

Es kamen viele Straßen, Plätze und ein öffentlicher Park, ehe man den Geruch des Meeres wahrnahm. Plötzlich war es mit dem Wind da, mit dem monotonen Geräusch der Wellen.

Am Ende des Parks stand ein Zeitungskiosk. Mondo machte halt und suchte sich ein Bildermagazin aus. Er zögerte zwischen mehreren Geschichten von Akim und kaufte schließlich eine Geschichte von Kit Carson. Mondo wählte Kit Carson wegen des Bildes, das Carson mit seiner berühmten Fransenjacke zeigte. Dann suchte er sich eine Bank. Das war nicht leicht, denn auf der Bank mußte jemand sitzen, der den Text der Geschichte von Kit Carson lesen konnte. Kurz vor Mittag war die günstigste Zeit, weil dann immer ein paar pensionierte Postler da waren, die ihre Zigarette rauchten und sich langweilten. Wenn Mondo einen gefunden hatte, setzte er sich neben ihm auf die Bank, schaute die Bilder an und ließ sich die Geschichte vorlesen. Ein Indianer stand mit gekreuzten Armen vor Kit Carson und sagte:

»Zwei Monde sind vergangen und mein Volk ist am Ende. Man soll das Kriegsbeil unserer Ahnen ausgraben!«

Kit Carson hob die Hand.

»Höre nicht auf deinen Zorn, Rasendes Pferd. Bald wird dir Gerechtigkeit werden.«

»Zu spät«, sagte Rasendes Pferd. »Sieh!«

Er wies auf die Krieger, die am Fuß des Hügels versammelt waren.

»Mein Volk hat zu lange gewartet. Der Krieg wird beginnen, und ihr werdet sterben, und auch du wirst sterben, Kit Carson!«

Die Krieger taten, was Rasendes Pferd befohlen hatte, aber Kit Carson warf sie mit einem Fausthieb zurück und floh auf seinem Pferd. Noch einmal drehte er sich um und rief Rasendem Pferd zu:

»Ich komme wieder, und dann wird dir Gerechtigkeit werden!«

Als Mondo die Geschichte von Kit Carson gehört hatte, nahm er das Heft wieder an sich und bedankte sich bei dem Rentner.

»Wiedersehen!« sagte der Rentner.

»Wiedersehen!« sagte Mondo.

Mondo lief rasch bis zur Mole, die mitten ins Meer ragte. Mondo betrachtete eine Weile das Meer, er kniff die Lider zusammen, um nicht von den Sonnenreflexen geblendet zu werden. Der Himmel war sehr blau, wolkenlos, und die kurzen Wellen sprühten Funken.

Mondo stieg die kleine Treppe hinunter, die zu den Wellenbrechern führte. Dort war er sehr gern. Der steinerne Deich war sehr lang, von gewaltigen rechteckigen Betonblöcken gesäumt. Am Ende des Deichs war der Leuchtturm. Die Seevögel schwebten im Wind, segelten, kreisten langsam und stießen wimmernde Laute aus, wie kleine Kinder. Sie flogen über Mondo, streiften seinen Kopf und riefen ihn. Mondo warf die Brotkrümel so hoch er konnte, und die Seevögel schnappten sie im Flug.

Mondo ging gern hier auf den Wellenbrechern entlang. Er sprang von einem Block zum nächsten und betrachtete das Meer. Er fühlte den Wind, der auf seine rechte Wange blies, sein Haar zur Seite wehte. Trotz des Windes war die Sonne sehr heiß. Die Wellen prallten gegen den Sockel der Betonblöcke, so daß die Gischte hoch ins Licht sprühten.

Von Zeit zu Zeit blieb Mondo stehen, um die Küste zu betrachten. Sie war schon weit weg, ein brauner Streifen, von kleinen weißen Würfeln gesprenkelt. Über den Häusern waren die Hügel grau und grün. An manchen Stellen stieg der Rauch der Brände hoch und machte einen bizarren Fleck am Himmel. Aber man sah keine Flammen.

»Das muß ich mir aus der Nähe anschauen«, sagte Mondo.

Er dachte an die mächtigen roten Flammen, die das Buschwerk und die Korkeichenwälder verschlangen. Er dachte auch an die Feuerwehrautos, die auf den Wegen standen, weil die roten Autos ihm gut gefielen.

Im Westen war auch etwas wie ein Brand auf dem Meer, aber das war nur die Spiegelung der Sonne. Mondo blieb unbeweglich stehen, und er fühlte die Flämmchen der Reflexe auf seinen Lidern tanzen, dann sprang er wieder weiter über die Wellenbrecher.

Mondo kannte alle die Betonblöcke sehr gut, sie

sahen aus wie mächtige schlafende Tiere, die halb im Wasser lagen und ihre riesigen Rücken in der Sonne wärmten. Auf dem Rücken trugen sie seltsame Zeichen eingraviert, braune und rote Flecken, Muschelwerk, das mit dem Beton verwachsen war. Am Sockel der Wellenbrecher, dort, wo das Meer anprallte, bildete der Tang einen grünen Teppich, und hier gab es auch Kolonien von Weichtieren mit weißen Schalen. Mondo kannte vor allem einen der Betonblöcke, fast am Ende der Mole. Dorthin setzte er sich immer, dort war es ihm am liebsten. Der Block war leicht abschüssig, aber nicht zu sehr, und der Beton war glattgeschliffen, sehr sanft. Mondo ließ sich im Schneidersitz auf ihm nieder und redete ein bißchen mit leiser Stimme zu ihm, sagte ihm guten Tag. Manchmal erzählte er ihm sogar eine Ge-schichte, um ihm die Zeit zu vertreiben, denn bestimmt langweilte der Block sich manchmal ein bißchen, weil er die ganze Zeit stilliegen mußte und nicht weg konnte. Dann erzählte Mondo ihm von Reisen, von Schiffen und natürlich vom Meer, und auch von den großen Walen, die langsam von einem Pol zum anderen ziehen. Der Wellenbrecher sagte nichts, regte sich nicht, aber die Geschichten, die Mondo ihm erzählte, gefielen ihm. Bestimmt war er deshalb so sanft.

Mondo blieb lange auf seinem Wellenbrecher sitzen, betrachtete die Funken auf dem Meer und horchte auf das Geräusch der Wellen. Wenn die Sonne heiß war, am Spätnachmittag, legte er sich mit angezogenen Knien auf die Seite, eine Wange auf dem lauen Beton, und schlief ein bißchen.

An einem solchen Nachmittag hatte er Giordan, den Fischer, kennengelernt. Mondo hatte durch den Beton das Geräusch von Schritten gehört, die über die Wellen-brecher näherkamen. Er war hochgefahren, auf dem Sprung zu einem Versteck, aber er hatte diesen etwa fünfzigjährigen Mann gesehen, der eine lange Angelrute über der Schulter trug, und er hatte sich nicht vor ihm gefürchtet. Der Mann war bis zu der letzten Betonplatte vor Mondos Platz gegangen, dann hatte er zur Begrü-ßung leicht die Hand gehoben.

»Was machst du denn da?«

Er hatte sich auf den Wellenbrechern niedergelassen und aus seiner Wachstuchtasche allerlei Schnüre und Köder genommen. Mondo war zu dem Mann hinge-gangen und hatte ihm beim Präparieren der Köder zugesehen. Der Fischer zeigte ihm, wie man den Köder anbringt, dann, wie man die Angel auswirft, abrollen läßt, zuerst langsam, danach immer schneller, je weiter die Haspel abläuft. Er hatte Mondo die Angel gegeben, damit er lernen könne, die Rolle gleichmäßig zu drehen und dabei die Rute ein wenig von links nach rechts zu schwenken.

Mondo mochte Giordan, den Fischer, weil er ihn nie etwas gefragt hatte. Sein Gesicht war von der Sonne gerötet, von tiefen Furchen durchzogen, und die beiden kleinen Augen zeigten ein erstaunlich lebhaftes Grün.

Giordan angelte lange auf dem Wellenbrecher, bis die Sonne ganz dicht am Horizont war. Er redete nicht viel, vielleicht, um die Fische nicht zu erschrecken, aber er lachte jedesmal, wenn er etwas fing. Er hakte den Fisch mit knappen und präzisen Griffen ab und steckte seinen Fang in die Wachstuchtasche. Von Zeit zu Zeit ging Mondo für ihn auf die Suche nach grauen Krabben, mit denen Giordan die Angelschnur beköderte. Er stieg zum

Sockel der Wellenbrecher hinunter und spähte zwischen die Algenbüschel. Wenn die Welle zurückflutete, kamen die kleinen grauen Krabben zum Vorschein, und Mondo fing sie mit der Hand. Giordan, der Fischer, zerbrach sie auf den Betonplatten und zerstückelte sie mit einem kleinen rostigen Taschenmesser.

Eines Tages sahen sie, nicht sehr weit draußen auf dem Meer, ein großes schwarzes Frachtschiff, das lautlos dahinglitt.

»Wie heißt es?« fragte Mondo.

Giordan, der Fischer, legte die Hand über die Augen und verkniff die Lider.

»Erythrea«, sagte er, dann wunderte er sich ein bißchen.

»Siehst du nicht gut?«

»Doch«, sagte Mondo, »aber ich kann nicht lesen.«

»Ach so«, sagte Giordan.

Sie schauten lang das Frachtschiff an, das vorüberzog.

»Was bedeutet das, dieser Name des Schiffs?« fragte Mondo.

»Erythrea? So heißt ein Land, an der Küste von Afrika, am Roten Meer.«

»Ein hübscher Name«, sagte Mondo. »Es muß ein schönes Land sein.«

Mondo überlegte eine Weile.

»Und das Meer dort drüben heißt Rotes Meer?«

Giordan, der Fischer, lachte:

»Du glaubst wohl, das Meer dort drüben ist wirklich rot?«

»Ich weiß nicht«, sagte Mondo.

»Wenn die Sonne untergeht, wird das Meer rot, das

stimmt. Aber es hat seinen Namen nach den Menschen, die früher dort gelebt haben.«

Mondo sah dem Frachtschiff nach, das sich entfernte.

»Sicher fährt es dort hinüber, nach Afrika.«

»Das ist weit«, sagte Giordan, der Fischer. »Es ist sehr heiß dort drüben, es gibt viel Sonne, und die Küste ist wie eine Wüste.«

»Gibt es Palmen?«

»Ja, und sehr lange Sandstrände. Bei Tag ist das Meer sehr blau, und viele kleine Fischerboote mit Segeln, die wie Flügel sind, fahren an der Küste entlang, von einem Dorf zum anderen.«

»Dann kann man also am Strand sitzen und die Boote vorbeifahren sehen? Man bleibt im Schatten sitzen und man erzählt sich Geschichten und betrachtet dabei die Boote auf dem Meer?«

»Die Männer arbeiten, sie flicken die Netze und nageln Blechplatten an den Rumpf der Boote, die auf den Sand aufgelaufen sind. Die Kinder sammeln trockene Zweige und zünden am Strand Feuer an, um das Pech zu erhitzen, mit dem die Ritzen in den Booten abgedichtet werden.«

Giordan, der Fischer, blickte jetzt nicht mehr auf seine Angelschnur. Er blickte in die Ferne, zum Horizont, als versuchte er wirklich, das alles zu sehen.

»Gibt es im Roten Meer Haifische?«

»Ja, es gibt immer ein paar, die hinter den Booten herschwimmen, aber die Leute sind daran gewöhnt, sie machen sich nichts daraus.«

»Die Haifische sind nicht gefährlich?«

»Die Haifische sind wie die Füchse, weißt du. Immer auf der Suche nach Abfällen, die ins Wasser geworfen werden, nach irgend etwas zum Stibitzen. Aber gefährlich sind sie nicht.«

»Es muß groß sein, das Rote Meer«, sagte Mondo.

»Ja, es ist sehr groß... An den Küsten gibt es viele Städte, Häfen mit drolligen Namen... Ballul, Barasali, Debba... Massawa, das ist eine große ganz weiße Stadt. Die Schiffe fahren weit an der Küste entlang, sie sind Tage und Nächte unterwegs, sie fahren nach Norden bis Ras Kasar oder zu den Inseln, nach Dahlak Kebir, zum Nora-Archipel, manchmal sogar bis zu den Farasan-Inseln auf der anderen Seite des Meeres.«

Mondo liebte Inseln sehr.

»O ja, es gibt viele Inseln mit roten Felsen und Sandstränden, und auf den Inseln gibt es Palmen!«

»Zur Regenzeit gibt es Stürme, der Wind ist so gewaltig, daß er die Palmen entwurzelt und die Hausdächer fortträgt.«

»Gehen die Boote unter?«

»Nein, die Leute bleiben zu Hause, im Trockenen, niemand fährt aufs Meer hinaus.«

»Aber das dauert nicht lange?«

»Auf einer kleinen Insel lebt ein Fischer mit seiner ganzen Familie. Sie wohnen in einem Haus aus Palmblättern, nah am Strand. Der älteste Sohn des Fischers ist schon groß, er muß ungefährt so alt sein wie du. Er fährt mit seinem Vater zum Fischen und wirft die Netze aus. Wenn er sie wieder einholt, sind sie voller Fische. Er fährt gern mit seinem Vater im Boot hinaus, er ist stark und versteht sich drauf, mit dem Segel umzugehen, damit es Wind aufnimmt. Wenn das Wetter schön ist und das Meer ruhig, nimmt der Fischer seine ganze Familie mit, sie besuchen Verwandte und Freunde auf den benachbarten Inseln, und am Abend fahren sie wieder heim.«

»Das Boot fährt von allein, ohne jedes Geräusch, und das Rote Meer ist ganz rot, weil die Sonne untergeht.«

Während sie redeten, hatte der Frachter »Erythrea« eine weite Kurve auf dem Meer beschrieben. Das Lotsenschiff machte schlingernd in den Kielwellen kehrt, und der Frachter ließ einmal kurz die Sirene ertönen, das hieß auf Wiedersehen.

»Und wann fahren Sie auch dort hinüber?« fragte Mondo.

»Nach Afrika, ins Rote Meer?« Giordan, der Fischer, lachte. »Ich kann nicht hinfahren, ich muß hier bleiben, auf der Mole.«

»Warum?«

Der Fischer suchte nach einer Antwort.

»Weil... weil... ich bin ein Seemann, der kein Schiff hat.«

Dann blickte er wieder auf seine Angelschnur.

Als die Sonne ganz nah am Horizont war, legte Giordan, der Fischer, seine Angel flach auf die Betonplatte und holte ein belegtes Brot aus seiner Joppe. Er gab Mondo die Hälfte, und sie aßen zusammen und betrachteten die Sonnenreflexe auf dem Meer.

Mondo brach auf, ehe es Nacht wurde, um ein Versteck zum Schlafen zu suchen.

»Wiedersehen!« sagte Mondo.

»Wiedersehen!« sagte Giordan. Als Mondo ein Stück weit gegangen war, rief er ihm nach:

»Komm wieder hierher! Ich bringe dir das Lesen bei. Es ist nicht schwer.«

Er blieb und angelte weiter, bis es vollends Nacht war und der Leuchtturm anfing, pünktlich alle vier Sekunden seine Signale auszusenden.

2

Das alles war sehr gut, aber man mußte sich vor dem Ciapacan, dem Hundefänger, in acht nehmen. Jeden Tag in der Morgendämmerung fuhr der graue Kombi mit den vergitterten Fenstern langsam durch die Straßen der Stadt, geräuschlos, dicht am Gehsteig entlang. Er durchstreifte die noch schlafenden und nebelverhangenen Straßen auf der Suche nach herrenlosen Hunden und streunenden Kindern.

Mondo hatte das Gefährt einmal gesehen, kurz nachdem er sein Versteck am Strand verlassen hatte und einen Park durchquerte. Es war ein paar Meter vor ihm stehengeblieben, und er hatte gerade noch Zeit gehabt, sich hinter ein Gebüsch zu kauern. Er hatte gesehen, wie die Hecktüre aufging und zwei Männer in grauen Overalls herauskletterten. Sie trugen zwei große Leinwandsäcke und Seile. Sie hatten angefangen, die Alleen des Parks abzusuchen, und Mondo hatte sie sprechen hören, als sie an dem Gebüsch vorbeigekommen waren.

»Er ist dort rübergerannt.«

»Hast du ihn gesehen?«

»Ja, er kann nicht weit sein.«

Die beiden grauen Männer hatten sich entfernt, jeder in eine andere Richtung, und Mondo war regungslos hinter seinem Busch geblieben und hatte kaum zu atmen gewagt. Kurz darauf war ein merkwürdiger rauher Schrei zu hören gewesen, der erstickt war, dann wieder Stille. Als die beiden Männer zurückgekommen waren, hatte Mondo gesehen, daß sie in einem der Säcke etwas trugen. Sie hatten den Sack ins Heck des Wagens gelegt, und wieder hatte Mondo diese schrillen Schreie gehört, die in den Ohren schmerzten. In dem Sack mußte ein Hund stecken. Der graue Kombi war ohne Eile weitergefahren und hinter den Bänken des Parks verschwunden. Jemand, der des Wegs gekommen war, hatte Mondo erklärt, das sei der Ciapacan gewesen, der die herrenlosen Hunde einfange; er hatte Mondo eindringlich gemustert und, um ihm Angst zu machen, hinzugefügt, der Kombi lese manchmal auch Kinder auf, die sich herumtrieben, anstatt in die Schule zu gehen. Seit jenem Tag hielt Mondo ständig Ausschau, nach allen Seiten und manchmal sogar nach hinten, damit er den grauen Kombi auch wirklich rechtzeitig sähe.

Nach Unterrichtsschluß oder an schulfreien Tagen wußte Mondo, daß er nichts zu fürchten hatte. Nur wenn wenig Leute auf den Straßen waren, sehr früh morgens oder bei Einbruch der Nacht, hieß es aufgepaßt. Vielleicht war das der Grund, warum Mondo diesen seitwärts verschobenen Gang hatte, wie ein Hund.

Damals hatte er den Zigeuner kennengelernt, den Kosaken und deren alten Freund Dadi. Diese Namen hatte man ihnen hier gegeben, in unserer Stadt, weil niemand wußte, wie sie wirklich hießen. Der Zigeuner war kein Zigeuner, aber man nannte ihn so wegen seiner braunen Hautfarbe, der kohlschwarzen Haare und des Adlerprofils, und vor allem deshalb, weil er in einem alten schwarzen Hotchkiss wohnte, der auf der Esplanade abgestellt war, und weil er seinen Lebensunterhalt als Zauberkünstler verdiente. Der zweite, der Kosak, war ein merkwürdiger, mongolisch aussehender Mann, der ständig eine riesige Pelzmütze trug, mit der er einem Bären glich. Er spielte vor den Café-Terrassen Akkordeon, vor allem nachts, denn tagsüber war er stockbetrunken.

Am liebsten aber mochte Mondo den alten Dadi. Er hatte ihn eines Tages bei einem Spaziergang am Strand auf einer Zeitung auf dem Boden sitzen sehen. Der Alte wärmte sich in der Sonne, ohne auf die Passanten zu achten. Mondo fragte sich, was wohl in dem durchlöcherten Pappkoffer sein mochte, der, ebenfalls auf einer Zeitung, neben dem alten Dadi auf dem Boden stand. Dadi sah sanft und ruhig aus, und Mondo hatte kein bißchen Angst vor ihm. Er war nähergekommen, um den gelben Koffer anzuschauen, und er hatte Dadi gefragt:

»Was haben Sie in Ihrem Koffer?«

Der Mann hatte die Augen ein wenig aufgemacht. Ohne ein Wort hatte er den Koffer auf die Knie genommen und den Deckel gelüpft. Mit geheimnisvollem Lächeln hatte er die Hand unter den Deckel geschoben und dann ein Paar weiße Tauben herausgeholt.

»Sie sind sehr schön«, hatte Mondo gesagt. »Wie heißen sie?«

Dadi glättete das Gefieder der Vögel und legte sie dann an seine Wangen.

»Der da, das ist Pilu, und sie, sie heißt Zoé.«

Er hielt die beiden Tauben in den Händen und rieb ganz zart sein Gesicht an ihnen. Er blickte in die Ferne, mit seinen feuchten und hellen Augen, die nicht sehr gut sahen.

Mondo hatte behutsam die Köpfe der Tauben gestreichelt. Das Sonnenlicht blendete sie, sie wollten wieder in ihren Koffer. Dadi redete leise auf sie ein, um sie zu beruhigen, dann schob er sie wieder unter den Kofferdeckel.

»Sie sind sehr schön«, wiederholte Mondo. Und er war weggegangen, während der Mann die Augen wieder geschlossen und auf seiner Zeitung weitergeschlafen hatte.

Als es Nacht wurde, ging Mondo zur Esplanade, um Dadi zu sehen. Dadi trat zusammen mit dem Zigeuner und dem Kosaken öffentlich auf, das heißt, er saß mit seinem gelben Koffer ein wenig abseits, während der Zigeuner Banjo spielte und der Kosak mit seiner dröhnenden Stimme die Gaffer anlockte. Der Zigeuner spielte schnell, sah dabei seinen flinken Fingern zu und sang vor sich hin. Sein dunkles Gesicht glänzte im Licht der Straßenlaternen.

Mondo stellte sich in die vorderste Reihe der Zuschauer und begrüßte Dadi. Jetzt begann der Zigeuner mit der Vorführung. Vor dem Publikum stehend zog er mit unglaublicher Schnelligkeit Taschentücher aller Farben aus der geschlossenen Faust. Die leichten Tücher flatterten zu Boden, und Mondo durfte sie nacheinander aufsammeln. Das war seine Arbeit. Dann zog der Zigeuner alle möglichen Gegenstände aus der hohlen Hand, Schlüssel, Ringe, Bleistifte, Bildchen, Ping-

Pong-Bälle und sogar brennende Zigaretten, die er an die Leute verteilte. Er machte das so schnell, daß man keine Zeit hatte, die Bewegungen seiner Hände zu verfolgen. Die Leute lachten und klatschten, und die ersten Geldstücke fielen zu Boden.

»Kleiner, hilf uns die Münzen einsammeln«, sagte der Kosak.

Die Hände des Zigeuners ergriffen ein Ei, wickelten es in ein rotes Taschentuch und verharrten dann eine Sekunde reglos.

»Ach-tung!«

Die Hände klatschten aneinander. Als sie das Taschentuch aufknoteten, war das Ei verschwunden. Die Leute applaudierten noch kräftiger, und Mondo sammelte noch mehr Geldstücke ein und legte sie in eine Blechbüchse.

Wenn alle Münzen aufgesammelt waren, hockte Mondo sich auf die Fersen und beobachtete wieder die Hände des Zigeuners. Sie bewegten sich so flink, als führten sie ihr eigenes Leben. Der Zigeuner holte noch mehr Eier aus der geschlossenen Faust und ließ sie dann blitzschnell zwischen seinen Händen verschwinden. Jedesmal, wenn ein Ei verschwinden sollte, blinzelte er Mondo zu.

»Hopp! Hopp!«

Aber das schönste Kunststück des Zigeuners ging so: Er nahm zwei schneeweiße Eier, die in seinen Händen aufgetaucht waren, ohne daß man dahinterkam, woher; er wickelte sie in zwei große rote Taschentücher, dann reckte er die Arme hoch und blieb so eine Weile unbeweglich stehen. Nun staunte das Publikum mit angehaltenem Atem.

»Ach-tung!«

Der Zigeuner ließ die Arme sinken und entfaltete die Taschentücher, und zwei weiße Tauben flogen aus den Tüchern, kreisten einmal über seinem Kopf und ließen sich dann auf den Schultern des alten Dadi nieder.

Die Leute riefen:

»Oh!«

Und sie klatschten stürmisch, und es regnete Geldstücke.

Wenn die Vorstellung zu Ende war, kaufte der Zigeuner Sandwiches und Bier, und die ganze Gruppe setzte sich auf das Trittbrett des alten schwarzen Hotchkiss.

»Du hast mir brav geholfen, Kleiner«, sagte der Zigeuner zu Mondo.

Der Kosak trank Bier und schrie ganz laut:

»Ist das dein Sohn, Zigan?«

»Nein, das ist mein Freund Mondo.«

Er war auch schon ein bißchen betrunken.

»Kannst du Musik machen?«

»Nein, Monsieur«, sagte Mondo.

Der Kosak lachte schallend.

»Nein, Monsieur! Nein, Monsieur!« Er wiederholte es brüllend, aber Mondo begriff nicht, warum er so lachen mußte.

Dann nahm der Kosak sein kleines Akkordeon und begann zu spielen. Er spielte keine richtige Musik, es war eine Abfolge seltsamer und monotoner Klänge, die tiefer und höher wurden, bald rasch, bald langsam. Der Kosak schlug dazu mit dem Fuß den Takt und sang mit seiner tiefen Stimme immer wieder dieselben Silben.

»Aj, aj, jaja, jaja, ajaja, jaja, aj, aj!« Er sang und spielte Akkordeon und wiegte sich im Takt, und Mondo dachte, er sehe wirklich aus wie ein großer Bär.

Die Passanten blieben stehen und sahen ihm zu, sie lachten ein bißchen, dann gingen sie weiter.

Später, wenn es ganz dunkel geworden war, hörte der Kosak zu spielen auf und setzte sich neben den Zigeuner auf das Trittbrett des Hotchkiss. Beide zündeten sich Zigaretten aus schwarzem Tabak an, der sehr stark roch, und tranken mehrere Flaschen Bier. Sie unterhielten sich über alte Geschichten, die Mondo nicht recht begriff, Erinnerungen an Kriege und Reisen. Manchmal redete auch der alte Dadi, und Mondo hörte ihm zu, weil hauptsächlich von Vögeln die Rede war, von Haustauben und von Brieftauben. Dadi erzählte mit seiner leisen, ein wenig atemlosen Stimme die Geschichten von diesen Vögeln, wie sie lang über dem freien Land dahinflogen und unter ihnen die Erde wegglitt mit ihren gewundenen Flüssen, den kleinen Bäumen zu beiden Seiten der Landstraßen, die schwarzen Bändern glichen, den Häusern mit den roten und grauen Dächern, den Gehöften inmitten buntfarbiger Felder, den Wiesen, den Hügeln, den Gebirgen, die wie Steinhäufchen aussahen. Der kleine Mann erzählte auch, wie die Vögel immer wieder nach Hause zurückkamen, weil sie sich nach den Sternen richteten wie die Seeleute und die Piloten. Die Vogelhäuser glichen Türmen, aber sie hatten keine Tür, bloß schmale Fenster direkt unterm Dach. Wenn es heiß war, hörte man das Gurren, das aus den Türmen drang, und man wußte, daß die Tauben heimgekommen waren.

Mondo lauschte der Stimme Dadis, er sah die Glut

der Zigaretten, die in der Nacht aufschien. Rings um die Esplanade rollten die Autos mit leisem Rauschen, wie Wasser, und die Lichter in den Häusern erloschen eines nach dem anderen. Es war sehr spät, und Mondo fühlte, wie sein Blick sich trübte, weil er schläfrig wurde. Nun sagte der Zigeuner, er solle sich auf dem Rücksitz des Hotchkiss schlafen legen, und dort verbrachte er die Nacht. Der alte Dadi ging nach Hause, aber der Zigeuner und der Kosak schliefen nicht. Sie blieben bis zum Morgen auf dem Trittbrett des Hotchkiss sitzen, einfach so, und tranken, rauchten und redeten.

3

Mondo hatte eine Lieblingsbeschäftigung: Er setzte sich an den Strand, schlang die Arme um die Knie und beobachtete, wie die Sonne aufging. Um vier Uhr fünfzig war der Himmel rein und grau, nur ein paar Dunstwolken schwammen über dem Meer. Die Sonne erschien nicht sofort, aber Mondo fühlte ihr Kommen auf der anderen Seite des Horizonts, wenn sie langsam höher stieg wie eine auflodernde Flamme. Zuerst erschien ein blasser Lichthof, der sich in der Luft ausbreitete, und man spürte im Inneren dieses wunderliche Beben, das sich dem Horizont mitteilte, als sei eine Kraft am Werk. Nun tauchte die Scheibe über dem

Wasser auf, schleuderte ein Lichtbündel direkt in die Augen, und das Meer und die Erde schienen ineinander überzugehen. Kurz danach kamen die ersten Farben, die ersten Schatten. Aber die Straßenbeleuchtung der Stadt mit ihrem bleichen und müden Licht brannte noch, denn man war noch nicht ganz sicher, daß der Tag anbrechen würde.

Mondo beobachtete die Sonne, die über dem Meer aufstieg. Er summte vor sich hin, wiegte dazu Kopf und Oberkörper, er sang das Lied des Kosaken:

»Ajaja, jaja, jajaja, jaja . . .«

Es war niemand am Strand, nur ein paar Möwen trieben auf dem Meer. Das Wasser war sehr durchsichtig, grau, blau und rosa, und die Steine waren sehr weiß.

Mondo dachte, daß es jetzt auch im Meer Tag würde, für die Fische und für die Krabben. Vielleicht wurde auf dem Grund des Wassers alles rosa und hell wie auf der Oberfläche der Erde? Die Fische erwachten und bewegten sich langsam unter ihrem Himmel, der einem Spiegel glich. Sie waren glücklich inmitten Tausender von tanzenden Sonnen, und die Seepferdchen kletterten an den Algenstengeln hoch, um das neue Licht besser zu sehen. Sogar die Muscheln öffneten ihre Schalen einen Spalt weit, um den Tag einzulassen. Mondo dachte viel an sie, und er betrachtete die langsamen Wellen, die auf den Kiesstrand fielen und Funken sprühten.

Als die Sonne ein wenig höher gerückt war, stand Mondo auf, weil ihm kalt war. Er zog sich aus. Das Meerwasser war linder und wärmer als die Luft, und Mondo tauchte bis zum Hals hinein. Er neigte das Gesicht vor, er öffnete im Wasser die Augen, um den Grund zu sehen. Er hörte das spröde Knirschen der anbrandenden Wellen, und das war eine Musik, die man auf der Erde nicht kannte.

Mondo blieb lange im Wasser, bis seine Finger weiß wurden und seine Beine zu zittern begannen. Dann setzte er sich wieder an den Strand, lehnte sich an die Stützmauer der Straße und wartete, daß die Sonnenwärme seinen Körper einhülle.

Die Hügel über der Stadt erschienen näher. Das schöne Licht erhellte die Bäume und die weißen Fassaden der Villen, und wieder sagte Mondo:

»Das muß ich mir aus der Nähe anschauen.«

Dann zog er sich wieder an und verließ den Strand.

Es war ein Feiertag, und man brauchte sich nicht vor dem Ciapacan zu fürchten. An Feiertagen konnten die Hunde und die Kinder nach Herzenslust herumstrolchen.

Dumm nur, daß alles geschlossen war. Die Händler kamen nicht, um ihr Gemüse zu verkaufen, die Bäckereien hatten die eisernen Rolläden heruntergelassen. Mondo war hungrig. Als er zu einer Eiskonditorei kam, die sich »Zum Schneeball« nannte, kaufte er sich eine Tüte Vanille-Eis, und er aß das Eis, während er durch die Straßen schlenderte.

Jetzt lag die Sonne hell auf den Gehsteigen. Aber es waren keine Leute zu sehen. Von Zeit zu Zeit kam jemand, und Mondo grüßte, aber als Antwort kam nur ein verwunderter Blick, denn sein Haar und seine Wimpern waren weiß vom Salz und sein Gesicht war von der Sonne gebräunt. Vielleicht hielten die Leute ihn für einen Bettler.

Mondo schaute sich die Auslagen an und lutschte sein Eis. Im Hintergrund eines beleuchteten Schaufensters stand ein großes Bett aus rotem Holz, mit geblümten Laken und Kopfkissen, als würde jemand sich gleich zum Schlafen hineinlegen. Ein Stück weiter war eine Auslage mit vielen sehr weißen Küchenherden und einem Grill, in dem sich langsam ein Huhn aus Pappe drehte. Das alles war wunderlich. Unter der Tür eines Ladens hatte Mondo eine Bildergeschichte gefunden, und er hatte sich auf eine Bank gesetzt, um sie zu lesen.

Das Magazin erzählte eine Geschichte mit farbigen Fotos, die eine schlanke blonde Frau zeigten, wie sie kochte und mit ihren Kindern spielte. Es war eine lange Geschichte, und Mondo las sie laut und hielt die Fotos ganz nah an die Augen, damit die Farben ineinanderflossen.

»Der Junge heißt Jacques, und das Mädchen heißt Camille. Ihre Mama ist in der Küche, und sie macht alle möglichen guten Sachen zum Essen, Brot, Brathuhn, Kuchen. Sie hat die Kinder gefragt: Was wollt ihr heute Gutes essen? Mach uns bitte eine große Erdbeertorte, hat Jacques gesagt. Aber die Mama hat gesagt, es gibt jetzt keine Erdbeeren, es gibt nur Äpfel. Da haben Camille und Jacques die Äpfel geschält und sie in kleine Stücke geschnitten, und die Mama hat die Torte gemacht. Sie bäckt die Torte im Ofen. Im ganzen Haus riecht es sehr fein. Als die Torte fertig gebacken ist, stellt die Mama sie auf den Tisch und schneidet sie auf. Jacques und Camille essen die gute Torte und trinken dazu heiße Schokolade. Danach sagen sie: Noch nie haben wir eine so gute Torte gegessen!«

Als Mondo die Geschichte fertig gelesen hatte, versteckte er das illustrierte Heft in einem Gebüsch des Parks, um es später noch einmal zu lesen. Er hätte sich gern ein Bildermagazin gekauft, eine Geschichte über Akim im Dschungel zum Beispiel, aber der Zeitschriftenhändler hatte geschlossen.

Als die Sonne am Himmel hochstieg, wurde das Licht sanfter. Jetzt fuhren auch schon Autos hupend auf den Straßen. Am anderen Ende des Parks, nahe am Ausgang, spielte ein kleiner Junge mit einem roten Dreirad. Mondo blieb neben ihm stehen.

»Gehört das dir?« fragte er.

»Ja«, sagte der kleine Junge.

»Leihst du es mir?«

Der kleine Junge umklammerte mit aller Kraft die Lenkstange.

»Nein! Nein! Geh weg!«

»Wie heißt denn dein Dreirad?«

Der kleine Junge senkte den Kopf ohne zu antworten, dann sagte er sehr schnell:

»Mini.«

»Es ist sehr schön«, sagte Mondo.

Er sah sich noch eine Weile das Dreirad an, den rot lackierten Rahmen, den schwarzen Sattel, die verchromte Lenkstange und die Schutzbleche. Er betätigte ein paarmal die Klingel, aber der kleine Junge schob ihn weg und radelte davon.

Auf dem Marktplatz war nicht viel los. Die Leute gingen in kleinen Gruppen zur Kirche oder spazierten zum Meer. An einem solchen Feiertag hätte Mondo gern jemanden getroffen, um zu fragen:

»Möchten Sie mich adoptieren?«

Aber vielleicht hätte ihm an einem solchen Tag niemand zugehört.

Mondo betrat auf gut Glück die Wohnhäuser. Er

blieb in der Eingangshalle stehen, um die leeren Briefkästen und die Feuerlöschgeräte zu betrachten. Er drückte auf den Knopf der Treppenbeleuchtung und horchte eine Weile auf das Ticken, bis das Licht wieder erlosch. Im Hintergrund der Eingangshalle sah man die untersten Treppenstufen, das polierte hölzerne Geländer und einen großen trüben Spiegel, der von Gipsstatuen flankiert war. Mondo hatte große Lust, mit dem Lift zu fahren, aber er getraute sich nicht, weil es verboten ist, Kinder mit dem Lift spielen zu lassen.

Eine junge Frau betrat die Eingangshalle. Sie war schön mit ihrem gewellten kastanienbraunen Haar und dem hellen Kleid, das um sie raschelte. Sie roch gut.

Mondo war aus der Türnische hervorgekommen, und die junge Frau war erschrocken.

»Was willst du denn?«

»Kann ich mit Ihnen im Lift hinauffahren?«

Die junge Frau lächelte freundlich.

»Aber natürlich! Komm!«

Der Lift schwankte ein wenig unter den Füßen, wie ein Boot.

»Wohin willst du?«

»Ganz hinauf.«

»In den sechsten? Ich auch.«

Der Lift stieg sachte hoch. Mondo sah durch die Scheiben die Stockwerke zurückbleiben. Die Türen zitterten, und in jedem Stockwerk hörte man ein seltsames Knacken. Man hörte auch die Drahtseile im Liftschacht summen.

»Wohnst du hier?«

Die junge Frau sah Mondo neugierig an.

»Nein, Madame.«

»Besuchst du Freunde?«

»Nein, Madame, ich fahre spazieren.«

»Ach?«

Die junge Frau sah Mondo noch immer an. Ihre großen Augen waren ruhig, sanft und ein wenig feucht. Sie hatte ihre Handtasche geöffnet und Mondo ein Bonbon geschenkt, das in durchsichtiges Papier gewikkelt war.

Mondo sah die Stockwerke sehr langsam vorüberziehen.

»Das ist hoch, wie in einem Flugzeug.«

»Bist du schon einmal geflogen?«

»O nein, Madame, noch nie. Es muß sehr schön sein.«

Die junge Frau lachte ein bißchen.

»Es geht schneller als der Lift, weißt du.«

»Es geht auch höher hinauf!«

»Ja, viel höher!«

Der Lift hatte mit einem Seufzer und einem Ruck angehalten. Die junge Frau stieg aus.

»Steigst du auch aus?«

»Nein«, sagte Mondo; »ich fahre sofort wieder hinunter.«

»Tatsächlich? Wie du willst. Zum Abwärtsfahren drückst du auf den zweituntersten Knopf, hier. Paß auf, daß du nicht den roten Knopf drückst, das ist die Alarmklingel.«

Ehe sie die Lifttür schloß, lächelte sie noch einmal.

»Gute Fahrt!«

»Auf Wiedersehen!« sagte Mondo.

Als Mondo das Haus verließ, hatte er gesehen, daß die Sonne hoch am Himmel stand, fast auf ihrem

Mittagsplatz. Die Tage vergingen schnell zwischen Morgen und Abend. Wenn man nicht aufpaßte, vergingen sie noch schneller. Darum hatten die Leute es auch immer so eilig. Sie beeilten sich, alles zu erledigen, was sie zu erledigen hatten, ehe die Sonne wieder unterging.

Um Mittag gingen die Leute mit großen Schritten durch die Straßen der Stadt. Sie kamen aus den Häusern, stiegen in die Autos, schlugen die Türen zu. Mondo hätte gern zu ihnen gesagt: »Wartet! Wartet auf mich!« Aber niemand achtete auf ihn.

Da auch sein Herz zu rasch und zu stark schlug, blieb Mondo in den Türnischen stehen. Er stand ganz still mit gekreuzten Armen da und beobachtete die Menge, die sich auf der Straße bewegte. Die Leute sahen nicht mehr müde aus wie am Morgen. Sie gingen rasch, traten geräuschvoll auf und schwatzten und lachten sehr laut.

Zwischen ihnen bewegte eine alte Frau sich langsam, gebückt auf dem Gehsteig, ohne jemanden zu sehen. Ihre Einkaufstasche war mit Lebensmitteln gefüllt und so schwer, daß sie bei jedem Schritt den Boden berührte. Mondo ging zu der Frau hin und half ihr die Tasche tragen. Er hörte den Atem der alten Frau, die ein wenig hinter ihm herkeuchte.

Die alte Frau war vor der Tür eines grauen Mietshauses stehengeblieben, und Mondo war mit ihr die Treppe hinaufgestiegen. Er dachte, die alte Frau sei vielleicht seine Großmutter oder seine Tante, aber er sagte nichts zu ihr, weil sie ein wenig taub war. Die alte Frau hatte eine Tür im vierten Stock geöffnet und war in ihre Küche gegangen, um ein Stück altbackenen

Honigkuchen abzuschneiden. Sie hatte es Mondo gegeben, und er hatte gesehen, daß ihre Hände sehr zitterten. Auch ihre Stimme zitterte, als sie sagte:

»Gott segne dich.«

Wenig später fühlte Mondo auf der Straße, daß er sehr klein wurde. Er ging dicht an den Hauswänden entlang, und die Leute ringsum wurden hoch wie die Bäume und ihre Gesichter so fern wie die Balkone der Häuser. Mondo schlängelte sich zwischen all diesen Riesen hindurch, die gewaltig ausschritten. Er wich kirchturmhohen Frauen aus, die gigantische gepunktete Kleider trugen, und Männern, breit wie Klippen, mit blauen Anzügen und weißen Hemden. Vielleicht hatte das Tageslicht diese Wirkung, das Licht, das die Dinge streckt und die Schatten kürzt. Mondo schlüpfte zwischen ihnen durch, und nur wer nach unten blickte, konnte ihn sehen. Er hatte keine Angst, nur von Zeit zu Zeit, beim Überqueren der Straßen. Aber er suchte jemanden, die ganze Zeit, überall in der Stadt, in den Parks, am Strand. Er wußte nicht genau, wen er suchte, auch nicht, warum, aber irgendwen, nur so, einfach um sehr rasch zu ihm zu sagen und sofort darauf die Antwort in seinen Augen zu lesen:

»Möchten Sie mich nicht adoptieren?«

4

Ungefähr um diese Zeit hatte Mondo mit Ti Tschin Bekanntschaft gemacht, als die Tage schön und die Nächte lang und warm waren. Mondo war aus seinem Abendversteck unter dem Deich herausgekommen. Der laue Wind blies von der Landseite her, der trockene Wind, der das Haar elektrisch auflädt und die Korkeichenwälder in Brand setzt. Auf den Hügeln über der Stadt sah Mondo eine große weiße Rauchwolke, die sich am Himmel ausbreitete.

Mondo hatte eine Weile die sonnenerleuchteten Hügel betrachtet, und er hatte den Weg eingeschlagen, der auf sie zuführt. Es war ein gewundener Weg, der sich stellenweise in Treppen mit hohen Stufen aus Betonwürfeln verwandelte. Zu beiden Seiten des Weges liefen Gräben, die mit welkem Laub und Papierfetzen gefüllt waren.

Mondo stieg gern diese Treppen hinauf, sie gingen im Zickzack quer über die Hügel, ohne Eile, als führten sie nirgendwohin.

Den ganzen Weg entlang standen hohe Steinmauern mit Flaschenscherben obenauf, so daß man nicht wußte, wo man war. Mondo stieg langsam die Stufen hinauf und hielt Ausschau, ob sich in den Gräben nichts Interessantes fände. Manchmal fand man eine Münze, einen rostigen Nagel, ein Bild oder eine seltsame Frucht.

Je weiter man stieg, um so flacher wurde die Stadt mit allen ihren Rechtecken aus Häusern und den geraden Linien der Straßen, in denen die roten und blauen Autos fuhren. Auch das Meer unter dem Hügel wurde flach, es glänzte wie ein Stück Weißblech. Mondo drehte sich von Zeit zu Zeit um und betrachtete das alles zwischen den Baumästen hindurch und über die Mauern der Villen hinweg.

Es war niemand auf den Treppen, nur einmal kauerte eine dicke getigerte Katze im Rinnstein und fraß Fleischreste aus einer rostigen Konservendose. Die Katze lag flach auf dem Boden, mit zurückgelegten Ohren, und sie hatte Mondo aus den runden Pupillen ihrer gelben Augen angestarrt.

Mondo war wortlos an ihr vorbeigegangen. Er hatte die schwarzen Pupillen gefühlt, die ihm nachstarrten, bis er um eine Kurve gebogen war.

Mondo stieg lautlos weiter. Er setzte die Füße sehr behutsam auf, wich den dürren Zweigen und den Fruchtkörnern aus, glitt sehr geräuschlos dahin, wie ein Schatten.

Diese Treppe war ziemlich verrückt. Bald war sie steil mit kleinen kurz aufeinanderfolgenden und hohen Stufen, die einen außer Atem brachten, bald war sie faul, dehnte sich lässig zwischen den Besitzungen und den unbebauten Grundstücken. Manchmal sah sie sogar aus, als wolle sie wieder hinunterführen.

Mondo war nicht in Eile. Auch er stieg im Zickzack hinauf, von einer Mauer zur anderen. Er blieb stehen, um in die Rinnsteine zu spähen oder um Blätter von den Bäumen zu reißen. Er pflückte ein Blatt von einem Pfefferbaum und zerrieb es zwischen den Fingern, um den Geruch einzuatmen, der in der Nase und in den Augen brennt. Er pflückte die Blüten des Geißblatts und saugte das süße Tröpfchen heraus, das auf dem Grund des Kelches perlt. Oder er machte Musik auf einem Grashalm, den er zwischen die Lippen preßte.

Mondo spazierte gern hier umher, ganz allein über die Hügel. Je höher er stieg, um so gelber wurde das Sonnenlicht, um so sanfter, als käme es aus dem Blattwerk und den Steinen der alten Mauern. Das Licht hatte sich tagsüber in der Erde gesammelt, und jetzt strahlte es von ihr ab, es verbreitete seine Wärme, es schwellte seine Wolken.

Es war niemand auf dem Hügel. Vermutlich wegen der späten Nachmittagsstunde und auch, weil diese Gegend nur wenig bewohnt war. Die Villen waren zwischen den Bäumen versteckt, sie waren nicht unfreundlich, aber sie sahen aus, als dösten sie, mit ihren verrosteten Toren und den abblätternden Fensterläden, die schlecht schlossen.

Mondo horchte auf die Geräusche der Vögel in den Bäumen, auf das leise Ächzen der Äste im Wind. Vor allem auf das Zirpen einer Grille, ein durchdringendes Schrillen, das immerfort den Ort wechselte und mit Mondo Schritt zu halten schien. Manchmal entfernte es sich ein wenig, dann kam es wieder so nah, daß Mondo sich umdrehte, um das Insekt zu erspähen. Aber das Geräusch verflüchtigte sich und ertönte vor ihm wieder, oder auch über ihm, auf der Mauerkrone. Mondo rief das Insekt, indem er auf seinem Grashalm pfiff. Aber die Grille zeigte sich nicht. Sie blieb verborgen.

Ganz oben auf dem Hügelkamm waren Hitzewolken erschienen. Sie zogen gelassen nach Norden, und wenn sie an der Sonne vorbeisegelten, fühlte Mondo ihren Schatten auf seinem Gesicht. Die Farben veränderten sich, bewegten sich, das gelbe Licht erstrahlte, erlosch.

Schon lange hatte Mondo einmal bis zum Hügelkamm

hinaufsteigen wollen. Von seinen Verstecken am Strand aus hatte er oft Ausschau gehalten nach den vielen Bäumen und dem schönen Licht, das auf den Fassaden der Villen glänzte und am Himmel strahlte wie ein Glorienschein. Und deshalb wollte er auf den Hügel steigen, weil der Treppenweg in den Himmel und in das Licht zu führen schien. Es war wirklich ein schöner Hügel, direkt über dem Meer, ganz nah an den Wolken, und Mondo hatte ihn lange betrachtet, am Morgen, wenn er noch grau und fern war, am Abend und sogar in der Nacht, wenn er mit all den elektrischen Lichtern funkelte. Jetzt freute er sich, daß er auf ihm hochsteigen konnte.

Aus den Haufen welken Laubs entlang der Mauern flüchteten die Eidechsen. Mondo versuchte, sie zu überraschen, indem er sich geräuschlos näherte; aber sie hörten ihn dennoch, und sie liefen schleunigst in ihre Verstecke in den Ritzen.

Mondo piff durch die Zähne, um die Eidechsen zu locken. Er hätte gern eine Eidechse gehabt. Er dachte, daß er sie zähmen und sie in die Hosentasche stecken und mit ihr spazierengehen könnte. Er würde Fliegen fangen und sie ihr zu fressen geben, und wenn er sich auf dem Strand oder in den Felsen des Deichs in die Sonne setzen würde, käme sie aus seiner Tasche gekrochen und würde ihm auf die Schultern klettern. Dort würde sie sich zur Ruhe setzen und ihre Kehle pochen lassen, was bei Eidechsen soviel ist wie Schnurren.

Dann war Mondo ans Tor von Haus Goldlicht gekommen. Diesen Namen hatte Mondo dem Haus gegeben, als er es zum erstenmal betreten hatte, und seither hieß es so. Es war ein schönes altes Haus italienischer Bauart, gelb und orangefarben verputzt. Vor den hohen Fenstern waren klapprige Läden, und über der Vortreppe wuchs wilder Wein. Rings um das Haus war ein Garten, nicht sehr groß, aber so dicht von Dornengebüsch und Unkraut überwuchert, daß man die Grenzen nicht sah. Mondo hatte das eiserne Tor aufgestoßen und sich auf dem Kiesweg dem Haus genähert, ohne dabei ein Geräusch zu machen. Das gelbe Haus war einfach, ohne Stuck oder Reliefs, aber Mondo fand, er habe niemals ein so schönes Haus gesehen.

In dem ungepflegten Garten vor dem Haus standen zwei schöne Palmen, die bis übers Dach reichten und, wenn ein leichter Wind blies, an den Regenrinnen und den Dachziegeln schabten. Rings um die Palmen war dichtes dunkles Buschwerk, von dicken lila Dornenranken durchzogen, die wie Schlangen über den Boden krochen.

Das Schönste aber war das Licht, das das Haus einhüllte. Seinetwegen hatte Mondo dem Haus sofort diesen Namen gegeben: Haus Goldlicht. Das Sonnenlicht des Spätnachmittags hatte eine sehr zarte und ruhige Farbe, so warm wie die Farbe von Herbstlaub oder Sand, die einen umspült und berauscht. Während er langsam über den Kiesweg wanderte, fühlte Mondo das Licht, das sein Gesicht streichelte. Er war schläfrig und sein Herz schlug schleppend. Er atmete kaum.

Der Gesang der Grille ertönte aufs neue sehr laut, als komme er aus den Büschen im Garten. Mondo blieb stehen und lauschte, dann ging er langsam auf das Haus zu, fluchtbereit, falls ein Hund herbeiliefe. Aber niemand kam. Ringsum standen die Gewächse des Gartens unbeweglich, ihre Blätter waren schwer von Hitze.

Mondo kroch ins Gebüsch. Auf allen vieren wand er sich unter den Zweigen der Büsche hindurch, schob die Dornenranken beiseite. Er suchte sich ein Versteck im Gebüsch und betrachtete von dort aus das gelbe Haus.

Das Licht auf der Fassade schwand fast unmerklich. Es war kein Laut zu hören, nur die Stimme der Grille und das schrille Summen der Mücken, die um Mondos Haare tanzten. Mondo saß auf der Erde unter den Blättern eines Lorbeerbusches und starrte unverwandt auf die Haustür und die Stufen der zweiarmigen Freitreppe, die zum Vorplatz führte. Zwischen den Stufenplatten sproßte Gras. Nach einer Weile hatte Mondo sich auf der Erde zusammengerollt und den Kopf auf den Ellbogen gestützt.

Es schlief sich gut hier, am Fuß des wohlriechenden Baums, nicht sehr weit vom Haus Goldlicht entfernt, ganz eingehüllt von Hitze und Frieden, während das Zirpen der Grille unaufhörlich bald näher bald ferner ertönte. Als du schliefst, Mondo, warst du nicht hier. Du bist anderswo gewesen, fern von deinem Körper. Du hast deinen schlafenden Körper auf der Erde liegenlassen, ein paar Meter vom Kiesweg entfernt, und du bist anderswo umhergewandert. Das war das Seltsame daran. Dein Körper blieb auf der Erde liegen, er atmete ruhig, der Wind wehte die Wolkenschatten über dein Gesicht mit den geschlossenen Augen. Die getigerten Mücken tanzten um deine Wangen, die schwarzen Ameisen erforschten deine Kleider und deine Hände. Deine Haare bewegten sich leicht im Abendwind. Aber du, du warst nicht hier. Du warst anderswo, du warst im warmen Licht des Hauses, im Duft der Lorbeerblätter, in der Feuchtigkeit, die aus der Erdkrume stieg. Die Spinnen zitterten an ihrem Faden, denn es war die Stunde, zu der sie erwachen. Die alten schwarzgelben Salamander schlüpften aus ihren Ritzen auf die Hauswand, und sie blieben dort, mit ihren gespreizten Zehen festgeklammert, und schauten dich an. Alles schaute dich an, denn deine Augen waren geschlossen. Und irgendwo am anderen Ende des Gartens, zwischen einem Dornbusch und einer Stechpalme, nah einer alten dürren Zypresse, machte das Lotsen-Insekt unermüdlich sein sägendes Geräusch, mit dem es zu dir sprach, mit dem es dich rief. Aber du, du hörtest es nicht, du warst weit fort.

»Wer bist du?« fragte die hohe Stimme.

Jetzt stand vor Mondo eine Frau, aber sie war so klein, daß Mondo sie einen Augenblick lang für ein Kind gehalten hatte. Ihr schwarzes Haar war rund um das Gesicht abgeschnitten, und sie trug eine lange blaugraue Schürze.

Sie lächelte.

»Wer bist du?«

Mondo stand auf, er war nur wenig kleiner als sie. Er gähnte.

»Hast du geschlafen?«

»Entschuldigen Sie«, sagte Mondo. »Ich bin in Ihren Garten gegangen, ich war ein bißchen müde, also habe ich ein bißchen geschlafen. Ich gehe jetzt wieder.«

»Warum willst du gleich wieder gehen? Gefällt dir der Garten nicht?«

»Doch, er ist sehr schön«, sagte Mondo. Er suchte im Gesicht der kleinen Frau nach einem Zeichen von Zorn. Aber sie lächelte weiter. In den schrägen Augen lag ein Ausdruck von Neugier, wie bei einer Katze. Rings um Augen und Mund zogen sich tiefe Falten, und Mondo dachte, daß die Frau alt sei.

»Komm und sieh dir auch das Haus an«, sagte sie.

Sie stieg die kleine Freitreppe hinauf und öffnete die Tür.

»Komm doch!«

Mondo trat hinter ihr ein. Es war ein großer, fast leerer Raum, der sein Licht durch hohe Fenster auf allen vier Seiten erhielt. In der Mitte des Raums standen ein hölzerner Tisch und vier Stühle, und auf dem Tisch ein Lacktablett mit einer schwarzen Teekanne und Schalen. Mondo blieb regungslos auf der Schwelle stehen und betrachtete den Raum und die Fenster. Die Fenster bestanden aus kleinen trüben Scheiben, und das einfallende Licht war noch wärmer und goldener. Mondo hatte noch nie ein so schönes Licht gesehen.

Die kleine Frau stand am Tisch und goß den Tee in die Schalen.

»Magst du gern Tee?«

»Ja«, sagte Mondo.

»Dann setz dich hierher.«

Mondo setzte sich langsam auf die Stuhlkante und trank. Auch das Getränk war goldfarben, es verbrannte einem Lippen und Kehle.

»Er ist heiß«, sagte Mondo.

Die kleine Frau trank geräuschlos einen Schluck.

»Du hast mir nicht gesagt, wer du bist«, sagte sie. Ihre Stimme war wie leise Musik.

»Ich bin Mondo«, sagte Mondo.

Die kleine Frau betrachtete ihn lächelnd. Auf ihrem Stuhl wirkte sie noch kleiner.

»Und ich bin Ti Tschin.«

»Sind Sie Chinesin?« fragte Mondo. Die kleine Frau schüttelte den Kopf.

»Ich bin Vietnamesin, nicht Chinesin.«

»Ist Ihr Land weit von hier?«

»Ja, sehr weit.«

Mondo trank den Tee und seine Müdigkeit schwand.

»Und du, woher kommst du? Du bist nicht von hier, wie?«

Mondo wußte nicht recht, was er sagen sollte.

»Nein, ich bin nicht von hier«, sagte er. Er schob sich die Haare aus der Stirn und senkte den Kopf. Die kleine Frau hörte nicht auf zu lächeln, aber ihre schmalen Augen waren plötzlich ein bißchen ängstlich.

»Bleib noch ein bißchen«, sagte sie. »Du willst doch nicht gleich wieder weg?«

»Ich hätte nicht in Ihren Garten gehen dürfen«, sagte Mondo. »Aber das Tor war offen, und ich war ein wenig müde.«

»Gut, daß du gekommen bist«, sagte Ti Tschin einfach.

»Du siehst ja, ich habe das Tor für dich offengelassen.«

»Dann haben Sie gewußt, daß ich kommen würde?« sagte Mondo. Dieser Gedanke beruhigte ihn.

Ti Tschin nickte und reichte Mondo eine Blechdose voll Makronen.

»Bist du hungrig?«

»Ja«, sagte Mondo. Er knabberte eine Makrone und

betrachtete die großen Fenster, durch die das Licht einfiel.

»Es ist schön«, sagte er. »Woher kommt dieses ganze Gold?«

»Vom Sonnenlicht«, sagte Ti Tschin.

»Dann sind Sie also reich?«

Ti Tschin lachte.

»Dieses Gold gehört niemand.«

Beide betrachteten das schöne Licht wie in einem Traum.

»So ist es in meinem Land«, sagte Ti Tschin leise. »Wenn die Sonne untergeht, wird der Himmel so wie jetzt, ganz gelb mit kleinen schwarzen sehr leichten Wolken, sie sehen aus wie Vogelfedern.«

Das goldene Licht erfüllte den ganzen Raum, und Mondo fühlte sich ruhiger und kräftiger, wie nach dem Genuß des heißen Tees.

»Gefällt dir mein Haus?« fragt Ti Tschin.

»Ja, Madame«, sagte Mondo. Seine Augen spiegelten die Farbe der Sonne wider.

»Dann ist es auch dein Haus, wenn du willst.«

So hatte Mondo Ti Tschin und das Haus Goldlicht kennengelernt. Er blieb lange in dem großen Raum und betrachtete die Fenster. Das Licht blieb, bis die Sonne vollständig hinter den Hügeln verschwand. Sogar dann noch blieben die Wände des großen Raums so mit Licht vollgesogen, daß es war, als könne es nicht erlöschen. Dann war der Schatten gekommen, und alles war grau geworden, die Wände, die Fenster, Mondos Haar. Auch die Kälte war gekommen. Die kleine Frau stand auf, um eine Lampe anzuzünden, dann hatte sie Mondo in den Garten geführt, damit er die Nacht sehen könne. Über

48

den Bäumen funkelten die Sterne, und am Himmel stand eine schmale Mondsichel.

In dieser Nacht hatte Mondo auf Kissen hinten in dem großen Raum geschlafen. Er hatte dort auch in den folgenden Nächten geschlafen, denn er liebte dieses Haus sehr. Manchmal, wenn die Nacht warm war, schlief er im Garten unter dem Lorbeer oder auf den Stufen der Freitreppe vor der Tür. Ti Tschin sprach nicht viel, und vielleicht mochte er sie gerade deshalb so gern. Seit sie ihn gefragt hatte, wie er heiße und woher er komme, damals, bei seinem ersten Besuch, stellte sie ihm keine Fragen mehr. Sie nahm ihn einfach bei der Hand und zeigte ihm allerlei Lustiges im Garten oder im Haus. Sie zeigte ihm die Kiesel mit den bizarren Formen und Mustern, die Blätter mit ihrer feinen Äderung, die roten Samenkapseln der Palmen, die kleinen weißen und gelben Blumen, die zwischen den Steinen sprossen. Sie brachte ihm schwarze Käfer, Tausendfüßer, die sie in der Hand hielt, und Mondo gab ihr dafür Muschelschalen und Möwenfedern, die er am Strand gefunden hatte.

Ti Tschin gab ihm Reis und eine Schale mit rotgrünem, halb gekochtem Gemüse zu essen, und immer heißen Tee in den kleinen weißen Schalen. Manchmal, wenn die Nacht sehr dunkel war, holte Ti Tschin ein Bilderbuch und erzählte ihm eine alte Geschichte. Es war eine lange Geschichte, und sie spielte in einem unbekannten Land, wo es Bauten mit spitzen Dächern gab, Drachen und Tiere, die sprechen konnten, wie Menschen. Die Geschichte war so schön, daß Mondo sie nicht bis zum Ende hören konnte. Er schlief ein, und die kleine Frau ging geräuschlos hinaus, nachdem sie die Lampe gelöscht hatte. Sie schlief im ersten Stock in einem kleinen Zimmer. Wenn sie am Morgen erwachte, war Mondo schon fort.

5

Es brannte auf den meisten Hügeln, denn der Sommer war nahe. Tagsüber sah man große weiße Rauchsäulen, die den Himmel zeichneten, und in der Nacht sah man drohende rote Glutflecke, wie glimmende Zigaretten. Mondo schaute oft hinauf zu den Bränden, wenn er am Strand war oder wenn er den Treppenpfad zu Ti Tschins Haus hinaufstieg. Eines Nachmittags war er sogar früher als gewöhnlich zurückgekommen, um das Unkraut zu jäten, das rings um das Haus wuchs, und als Ti Tschin ihn gefragt hatte, was er da mache, hatte er gesagt:

»Damit das Feuer nicht hierher kommen kann.«

Da er jetzt fast jede Nacht im Haus Goldlicht oder im Garten schlief, hatte er weniger Angst vor dem grauen Kombi des Hundefängers. Er ging nicht mehr in die Felsverstecke beim Deich. Sobald es Tag wurde, stieg er hinunter zum Meer und badete. Er liebte das durchsichtige Morgenmeer, das seltsame Geräusch der Wellen, wenn man den Kopf unter Wasser hat, und die Schreie der Möwen am Himmel. Dann ging er hinüber zum Markt, um ein paar Kisten abzuladen und um Früchte und Gemüse aufzulesen. Er brachte sie Ti Tschin für das Abendessen.

Nach Mittag schwatzte er ein bißchen mit dem Zigeuner, der auf dem Trittbrett seines Wagens saß und träumte. Die beiden redeten nicht viel miteinander, aber der Zigeuner schien sich zu freuen, wenn Mondo kam. Dann kam auch der Kosak mit einer Flasche Schnaps. Er war immer ein bißchen betrunken, und er rief mit seiner lauten Stimme:

»He! Freund Mondo!«

Manchmal kam auch eine dicke Frau mit rotem Gesicht und sehr hellen Augen, die den Passanten die Zukunft aus der Hand lesen konnte; aber Mondo ging weg, wenn sie auftauchte, denn er mochte sie nicht.

Er machte sich auf die Suche nach dem alten Dadi. Der alte Mann war nicht leicht zu finden, weil er seinen Platz häufig wechselte. Er saß auf den Zeitungen, seinen kleinen gelben Koffer mit den Löchern darin neben sich, und die Vorübergehenden hielten ihn für einen Bettler. Meist traf Mondo ihn auf dem Vorplatz der Kirchen an, und er setzte sich zu ihm. Mondo hörte ihm gern zu, denn Dadi wußte viele Geschichten über die Brieftauben und über die weißen Haustauben. Er erzählte von ihrer Heimat, einem Land, wo es viele Bäume gibt, ruhige Flüsse, sehr grüne Felder und einen milden Himmel. Neben den Häusern stehen spitze Türme mit roten und grünen Ziegeldächern, wo die Brieftauben und die Haustauben wohnen. Der alte Dadi sprach mit seiner langsamen Stimme, und es war wie der Flug der Vögel am Himmel, der zögert und um die Dörfer kreist. Aber er sprach zu niemandem sonst davon.

Wenn Mondo bei dem alten Dadi vor den Kirchenportalen saß, wunderten die Leute sich ein wenig. Sie blieben stehen, um den kleinen Jungen und den alten Mann mit seinen Tauben anzusehen, und sie spendeten reichlicher, weil sie gerührt waren. Aber Mondo spielte nicht sehr lange den Bettler, weil immer ein paar Frauen des Wegs kamen, denen dieser Anblick nicht gefiel und die anfingen, Fragen zu stellen. Und außerdem mußte man sich vor dem Ciapacan hüten. Wäre jetzt der graue Kombi vorbeigefahren, dann wären bestimmt die uniformierten Männer ausgestiegen und hätten Mondo mitgenommen. Sie hätten vielleicht sogar den alten Dadi und seine Tauben mitgenommen.

Einmal blies ein heftiger Wind, und der Zigeuner hatte zu Mondo gesagt:

»Komm, sehen wir uns den Drachenkampf an.«

Die Drachenkämpfe fanden nur an sehr windigen Sonntagen statt. Mondo und der Zigeuner waren frühzeitig an den Strand gekommen, und die Kinder mit ihren Drachen waren schon dort. Es gab Drachen aller Arten und Farben, rautenförmige oder quadratische, Eindecker oder Doppeldecker, auf denen Tierköpfe aufgemalt waren. Aber der schönste Drache gehörte einem etwa fünfzigjährigen Mann, der am äußersten Ende des Strandes stand. Es war eine Art großer Schmetterling, gelb und schwarz mit riesigen Flügeln. Als der Mann den Drachen steigen ließ, war alles stehengeblieben, um zuzuschauen. Der große gelbschwarze Schmetterling war eine Weile ein paar Meter vom Meer entfernt geschwebt, dann hatte der Mann an der Schnur gezogen, und der Drache hatte sich aufgebäumt. Da hat der Wind sich in den Flügeln gefangen, und der Drache hat seinen Höhenflug begonnen. Er stieg zum Himmel auf, sehr weit über dem Meer. Der heftige Wind ließ die Leinwand der Flügel knattern. Der Mann auf dem Strand bewegte sich fast nicht von der Stelle. Er ließ die Garnspule ablaufen und sein Blick war starr auf den gelbschwarzen Schmetterling gerichtet, der sich über dem Meer wiegte. Von Zeit zu Zeit zog der Mann an der Schnur, spulte sie auf, und der Drache stieg noch höher in den Himmel. Jetzt war er höher als alle anderen, er schwebte über dem Strand mit ausgebreiteten Flügeln. So blieb er, er schwebte mühelos im heftigen Wind, so weit über der Erde, daß man die Schnur, die ihn hielt, nicht mehr sah.

Als Mondo und der Zigeuner nähergetreten waren, hatte der Mann Mondo die Spule und die Schnur gegeben.

»Gut festhalten!« sagte er.

Er hatte sich auf den Strand gesetzt und eine Zigarette angezündet.

Mondo versuchte, sich gegen den Wind zu stemmen.

»Wenn er zu stark zerrt, läßt du ein bißchen Schnur, dann spulst du sie wieder auf.«

Abwechselnd hatten Mondo, der Zigeuner und der Mann die Schnur gehalten, bis die anderen Drachen erschöpft ins Meer gefallen waren. Alle Zuschauer hatten die Köpfe weit zurückgelegt und den gelbschwarzen Schmetterling beobachtet, der immer weiterschwebte. Er war wirklich der Champion aller Drachen, und kein anderer konnte so hoch steigen und so lange fliegen.

Nun hatte der Mann sehr langsam den großen Schmetterling eingeholt, Meter um Meter. Der Drache schwankte im Wind, und man hörte das Knattern der Bespannung und das schrille Pfeifen der Schnur. Das war der gefährlichste Moment, denn die Schnur konnte unter der Spannung reißen, und der Mann bewegte sich ein bißchen vorwärts und rollte dabei die Schnur auf die Spule. Als der Drache ganz nah am Strand gewesen war, hatte der Mann sich seitwärts bewegt und plötzlich die Schnur angezogen, sie dann locker gelassen, und der Drache war auf den Steinen gelandet, sehr langsam, wie ein Flugzeug.

Danach waren sie alle müde und blieben auf dem Strand sitzen. Der Zigeuner hatte Hot Dogs gekauft, und sie hatten gegessen und aufs Meer hinausgeschaut. Der Mann hatte Mondo von Drachenkämpfen an den Stränden der Türkei erzählt, wo man Rasierklingen an die Schwänze der Drachen band. Wenn sie sehr hoch am Himmel waren, ließ man sie aufeinander losfliegen und versuchte, sie zum Absturz zu bringen. Die Rasierklingen zerschnitten ihnen die Bespannung. Einmal, es war schon ziemlich lange her, war es dem Mann sogar gelungen, die Schnur eines Drachens zu durchschneiden, der in der Ferne verschwunden war, fortgetragen vom Wind wie ein welkes Blatt. An sehr windigen Tagen ließen die Kinder Hunderte von Drachen steigen, und der blaue Himmel war mit bunten Tupfen übersät.

»Das muß schön gewesen sein«, sagte Mondo.

»Ja, das war schön. Aber jetzt verstehen die Leute sich nicht mehr drauf«, sagte der Mann. Er stand auf und wickelte den großen gelbschwarzen Schmetterling in eine Plastikhülle.

»Das nächste Mal zeige ich dir, wie man einen richtigen Drachen baut«, sagte der Mann. »Im September, das ist die beste Zeit, und du kannst deinen

Drachen fliegen lassen, wie einen Vogel, fast ohne ihn zu berühren.«

Mondo dachte, daß er seinen Drachen ganz weiß machen wolle, wie eine Möwe.

Da war noch jemand, den Mondo von Zeit zu Zeit gern aufsuchte. Das war ein Schiff namens *Oxyton*. Zum ersten Mal hatte er es an einem Nachmittag gesehen, gegen zwei Uhr, als die Sonne auf das Wasser im Hafen brannte. Das Schiff lag am Kai vor Anker, inmitten anderer Schiffe, und es wiegte sich auf dem Wasser. Es war keineswegs ein großes Schiff, keines von denen, die einen Bug haben wie eine Haifischnase und große weiße Segel tragen. Nein, *Oxyton* war bloß ein Boot mit einem dicken Bauch und einem kurzen Mast im Vorderteil, aber Mondo hatte es sehr gut gefallen. Er hatte einen Mann, der am Hafen arbeitete, nach dem Namen des Schiffs gefragt, und auch der Name hatte ihm gefallen.

Nun suchte er es oft auf, wenn er in der Gegend war. Er stellte sich an den Rand des Kais, und er wiederholte den Namen mit lauter, leicht singender Stimme:

»Oxyton! Oxyton!«

Das Schiff zerrte an seiner Vertäuung, prallte zurück an die Kaimauer, stieß sich wieder ab. Sein Rumpf war blau und rot mit einer weißen Einfassung. Mondo setzte sich auf den Kai neben den Landungsring, betrachtete die *Oxyton* und aß dabei eine Orange. Er betrachtete auch die Sonnenreflexe auf dem Wasser, die weichen Wellen, die den Schiffsrumpf wiegten. *Oxyton* schien sich zu langweilen, weil niemand je mit ihr hinausfuhr. Nun sprang Mondo auf das Schiff. Er setzte sich auf die Holzbank im Heck, und er wartete, spürte die Bewegungen der Wellen. Das Schiff regte sich sacht, drehte sich ein wenig, stieß sich ab, so daß seine Vertäuung knirschte. Mondo wäre gern mit ihm aufs Meer hinausgefahren, aufs Geratewohl. Wenn er am Deich vorüberkäme, würde er Giordan, den Fischer, mit an Bord nehmen, und sie wären zusammen zum Roten Meer gefahren.

Mondo blieb lange im Heck des Bootes sitzen und beobachtete die Sonnenreflexe und die Schwärme winziger Fische, die vorbeischwänzelten. Manchmal sang er dem Boot ein Lied vor, ein Lied, das er eigens erfunden hatte:

»Oxyton, Oxyton, Oxyton,
Wir fahren auf dem O-ze-on
Wir fahren zum Angeln
Wir fahren zum Angeln
Sardinen und Krabben fangen!«

Danach spazierte Mondo ein bißchen auf den Kais herum, dort, wo die Frachter lagen, denn unter den Kränen hatte er auch einen Freund.

Es gab eine ganze Menge zu sehen, überall, auf den Straßen, am Strand und auf den unbebauten Grundstücken. Wo viele Leute waren, hielt Mondo sich nicht sehr gern auf. Freie Plätze waren ihm lieber, von denen man eine weite Sicht hatte, die Esplanaden, die Molen, die mitten ins Meer vorstoßen, die geraden Avenuen, auf denen die Tanklaster rollen. An solchen Orten konnte er Leuten begegnen zum Ansprechen, zu denen er im Vorbeigehen sagte:

»Möchten Sie mich adoptieren?«

Es waren ein bißchen verträumte Leute, die beim Gehen die Hände auf dem Rücken hielten und an etwas anderes dachten. Zum Beispiel Astronomen, Geschichtslehrer, Musiker, Zöllner. Manchmal auch ein Sonntagsmaler, der auf einem Klappstuhl saß und Schiffe malte, Bäume oder Sonnenuntergänge. Mondo blieb eine Weile neben ihm stehen und betrachtete das Bild. Der Maler drehte sich um und sagte:

»Gefällt es dir?«

Mondo nickte. Er zeigte auf einen Mann und einen Hund, die weit draußen auf dem Kai spazierten.

»Werden Sie die beiden auch malen?«

»Wenn du willst«, sagte der Maler. Mit seinem feinsten Pinsel setzte er eine kleine schwarze Gestalt auf die Leinwand, fast so etwas wie ein Insekt. Mondo überlegte eine Weile, dann sagte er: »Können Sie den Himmel malen?«

Der Maler hörte auf zu malen und betrachtete ihn erstaunt.

»Den Himmel?«

»Ja, den Himmel, mit den Wolken, der Sonne. Das wäre fein.«

Daran hatte der Maler noch nie gedacht. Er blickte zum Himmel über sich auf, und er lachte.

»Du hast recht, auf meinem nächsten Bild wird nichts zu sehen sein als der Himmel.«

»Mit den Wolken und der Sonne?«

»Ja, mit allen Wolken und mit der strahlenden Sonne.«

»Das wird schön sein«, sagte Mondo beifällig. »Ich möchte es sehr gern gleich sehen.«

Der Maler blickte in die Luft.

»Morgen früh fange ich an. Hoffentlich wird das Wetter schön.«

»Ja, morgen wird es schön, und der Himmel wird noch schöner sein als heute«, sagte Mondo, denn er konnte ein wenig das Wetter vorhersagen.

Dann war da noch der Stuhlflechter. Mondo ging am Nachmittag oft hin und sah dem Stuhlflechter zu. Der Mann arbeitete im Hof eines alten Mietshauses, und neben ihm saß, in einen dicken Pullover gehüllt, sein Enkel Pipo. Mondo sah dem Stuhlflechter gern bei der Arbeit zu, denn der Mann war zwar alt, aber er konnte seine Finger sehr behende bewegen, um die Strohfasern ineinander zu flechten und zu verknoten. Sein Enkel saß regungslos neben ihm, in dem Pullover, der ihn wie ein Mantel bedeckte, und Mondo machte sich ein bißchen Spaß mit ihm. Er brachte ihm Dinge, die er unterwegs gefunden hatte, bizarr geformte Steine vom Strand, Algenbüschel, Muschelschalen oder auch eine Handvoll grüner und blauer Scherben, die das Meer glattpoliert hatte. Pipo nahm die Steine und betrachtete sie lange, dann steckte er sie in seine Jackentasche. Er konnte nicht sprechen, aber Mondo mochte ihn gern, weil der Junge so regungslos neben seinem Großvater sitzenblieb, in die graue Jacke gehüllt, die ihm bis zu den Füßen reichte und seine Hände bedeckte, wie ein Chinesenkleid. Mondo mochte Menschen, die in der Sonne sitzen können, ohne sich zu rühren, ohne zu sprechen, und deren Augen ein wenig verträumt sind.

Mondo kannte viele Leute hier in dieser Stadt, aber sehr viele Freunde hatte er nicht. Er mochte nur Leute, die einen schönen leuchtenden Blick haben und die lächeln, wenn sie einen sehen, als freuten sie sich über die Begegnung. Dann blieb Mondo stehen, redete ein bißchen mit ihnen, stellte ihnen ein paar Fragen, über das Meer, den Himmel oder über die Vögel, und wenn die Leute wieder weitergingen, waren sie wie verwandelt. Mondo fragte sie keine sehr schwierigen Dinge, aber es waren Dinge, die die Leute vergessen und an die sie seit Jahren nicht mehr gedacht hatten, wie zum Beispiel, warum die Flaschen grün sind oder warum es Sternschnuppen gibt. Es war, als hätten die Leute lange darauf gewartet, daß jemand etwas sagte, nur ein paar Worte an einer Straßenecke, und daß Mondo eben diese Worte gefunden hatte.

Es waren auch die Fragen. Die meisten Leute können nicht die richtigen Fragen stellen. Mondo wußte die Fragen zu stellen, genau im rechten Moment, wenn man nicht darauf gefaßt war. Die Leute blieben ein paar Sekunden stehen, sie hörten auf, an sich selbst und an ihre Geschäfte zu denken, sie überlegten, und ihre Augen trübten sich ein wenig, denn sie erinnerten sich, daß sie genau das einst auch selbst gefragt hatten.

Einen Menschen gab es, auf den Mondo sich immer freute. Das war ein junger Mann, ziemlich groß und kräftig, mit einem sehr roten Gesicht und blauen Augen. Er trug eine dunkelblaue Uniform und schleppte eine große lederne Umhängetasche voller Briefe. Mondo begegnete ihm oft des Morgens auf dem Treppenweg, der über den Hügel führte. Als Mondo ihn zum ersten Mal gefragt hatte: »Haben Sie einen Brief für mich?«, hatte der dicke Mann gelacht. Aber Mondo begegnete ihm jeden Tag, und jeden Tag ging er auf ihn zu und stellte die gleiche Frage: »Und heute? Haben Sie einen Brief für mich?«

Dann öffnete der dicke Mann seine Tasche und suchte darin herum.

»Mal sehen, mal sehen … Wie heißt du doch gleich wieder?«

»Mondo«, sagte Mondo.

»Mondo … Mondo … Nein, heute ist nichts dabei.«

Manchmal aber fischte er aus seiner Tasche einen kleinen Prospekt oder eine Reklame und reichte sie Mondo.

»Da, das ist heute für dich gekommen.«

Er zwinkerte ihm zu und setzte seinen Weg fort.

Eines Tages bekam Mondo große Lust, Briefe zu schreiben, und er hatte beschlossen, jemand zu suchen, der ihn lesen und schreiben lehren würde. Er war durch die Straßen der Stadt gewandert, durch die Parkanlagen, aber es war sehr heiß, und die pensionierten Postbeamten waren nicht da. Er hatte seine Suche fortgesetzt und war zum Meer gelangt. Die Sonne brannte sehr stark, und auf den Kieseln am Strand lag eine spiegelnde Salzschicht. Mondo sah den Kindern zu, die am Rand des Wassers spielten. Sie trugen Badeanzüge in bizarren Farben, tomatenrot und apfelgrün, und vielleicht war das der Grund, warum sie beim Spielen so laut schrien. Aber Mondo hatte keine Lust, zu ihnen hinzugehen.

Nah bei der Holzhütte des Privatstrands hatte Mondo dann diesen alten Mann gesehen, der dabei war, mit einem langen Rechen den Strand zu glätten. Es war wirklich ein sehr alter Mann, und er trug ausgewaschene und fleckige blaue Shorts. Sein Körper war braun wie verbranntes Brot, und die Haut war ganz verbraucht und runzelig wie die Haut eines alten Elefanten. Der Mann zog den langen Rechen langsam über die Kiesel, vom oberen Ende des Strands zum unteren, und er kümmerte sich nicht um die Kinder und die Badenden. Die Sonne glänzte auf seinem Rücken und seinen Beinen, und der Schweiß rann ihm übers Gesicht. Von Zeit zu Zeit blieb er stehen, zog ein Taschentuch aus der Hosentasche und trocknete sich Gesicht und Hände.

Mondo hatte sich an die Mauer gesetzt, vor den alten Mann. Er hatte lange gewartet, so lange, bis der Mann sein Stück Strand fertig gerecht hatte. Als der Mann sich auch an die Mauer setzte, hatte er Mondo gemustert. Seine Augen waren sehr hell, blaßgrau, als wären sie zwei Löcher in der braunen Haut seines Gesichts. Er ähnelte ein wenig einem Inder.

Er betrachtete Mondo, als habe er dessen unausgesprochene Frage gehört. Er sagte nur:

»Salut!«

»Würden Sie mir bitte das Lesen und Schreiben beibringen?« sagte Mondo.

Der Alte machte keine Bewegung, aber er schien nicht erstaunt zu sein.

»Gehst du denn nicht in die Schule?«

»Nein, Monsieur«, sagte Mondo.

Der Alte setzte sich auf den Strand und lehnte sich an die Mauer, das Gesicht der Sonne zugewandt. Er blickte vor sich hin, und sein Gesichtsausdruck war sehr ruhig und sanft, trotz der Adlernase und der Runzeln, die seine Wangen durchzogen. Als er Mondo ansah, war es, als schaute er durch ihn hindurch, so hell waren seine Pupillen. Dann leuchteten seine Augen belustigt auf, und er sagte:

»Ich bring dir gern das Lesen und Schreiben bei, wenn du's willst.« Seine Stimme war wie die Augen, sehr ruhig und fern, als fürchtete er, beim Sprechen zu viel Lärm zu machen.

»Du kannst wirklich keins von beiden?«

»Nein, Monsieur«, sagte Mondo.

Der Mann hatte aus seinem Strandsack ein altes Taschenmesser mit rotem Griff geholt, und er hatte angefangen, die einzelnen Buchstaben in besonders flache Steine zu ritzen. Zugleich sprach er zu Mondo von allem, was in den Buchstaben steckt, von allem, was man in ihnen sehen kann, wenn man sie betrachtet und wenn man ihnen zuhört. Er sprach vom A, das wie eine große Fliege mit rückwärts gefalteten Flügeln ist; vom B, das komisch ist mit seinen zwei Bäuchen, vom C und vom D, die wie der Mond sind, ein zunehmender und ein Halbmond, und vom O, das der Vollmond am schwarzen Himmel ist. Das H ist hoch, es ist eine Leiter, mit der man auf die Bäume steigt und auf die Hausdächer; E und F, die einem Rechen und einer Schaufel ähneln, und G, ein dicker Mann, der in einem Sessel sitzt; das I tanzt auf Zehenspitzen, und sein kleiner Kopf löst sich bei jedem Sprung, während das J schaukelt; aber das K ist geknickt wie ein Greis, das R marschiert mit großen Schritten wie ein Soldat, und das Y steht aufrecht, reckt die Arme hoch und ruft: Zu Hilfe! Das L ist ein Baum am Flußufer, das M ist ein Berg; das N ist für die Namen, und die Leute heben grüßend die Hand, das P schläft auf einem Bein, und das Q sitzt auf seinem Schwanz; das S ist immer eine Schlange, das Z immer ein Blitz; das T ist schön, es ist wie der Mast eines Schiffes. Das U ist wie eine Vase. V und W sind Vögel, Vogelflüge; das X ist ein Kreuz, damit man sich erinnert.

Mit der Spitze seines Taschenmessers grub der alte Mann die Zeichen in die Kiesel und legte sie vor Mondo aus.

»Wie heißt du?«

»Mondo«, sagte Mondo.

Der alte Mann suchte ein paar Kiesel aus und legte einen weiteren dazu.

»Schau her. So sieht dein Name geschrieben aus.«

»Wie schön!« sagte Mondo. »Zuerst ein Berg, dann der Mond, dann jemand, der die Mondsichel grüßt, und nochmals der Mond. Warum sind alle diese Monde darin?«

»Weil sie in deinem Namen sind, darum«, sagte der alte Mann. »Weil du so heißt.«

Er sammelte die Kiesel wieder ein.

»Und Sie, Monsieur? Was ist alles in Ihrem Namen drin?«

Der alte Mann zeigte einen Kiesel nach dem anderen, und Mondo hob sie auf und reihte sie auf den Strand.

»Da ist ein Berg.«

»Ja, der Berg auf dem ich geboren bin.«

»Und eine Fliege.«

»Vielleicht war ich einmal eine Fliege, vor langer Zeit, bevor ich ein Mensch war.«

»Und ein Mann, der marschiert, ein Soldat.«

»Ich bin Soldat gewesen.«

»Und der zunehmende Mond.«

»So war er bei meiner Geburt.«

»Ein Rechen!«

»Na siehst du!«

Der alte Mann wies auf den Rechen, der vor ihnen lag.

»Und ein Baum an einem Fluß.«

»Ja, vielleicht werde ich das einmal, wenn ich tot bin, ein regungsloser Baum an einem schönen Fluß.«

»Es ist gut, wenn man lesen kann«, sagte Mondo. »Ich möchte gern alle Buchstaben kennen.«

»Und schreiben wirst du auch«, sagte der alte Mann. Er gab ihm das Taschenmesser, und Mondo blieb lange dort und ritzte die Bilder der Buchstaben in die Strandkiesel. Dann legte er sie nebeneinander, um zu sehen, welche Namen sie ergaben. Es waren immer viele O und I dabei, weil Mondo sie am liebsten mochte. Er mochte auch die T, die Z und die Vögel V und W. Der alte Mann las:

OVO OWO OTTO IZTI

und darüber mußten sie beide sehr lachen.

Der alte Mann wußte auch noch viele andere ein wenig seltsame Dinge, die er mit seiner sanften Stimme erzählte, während er hinaus aufs Meer blickte. Er sprach von einem fremden Land, sehr weit weg, jenseits des Meeres, einem sehr großen Land, wo die Menschen schön und sanft waren, wo es keine Kriege gab und wo niemand sich vor dem Sterben fürchtete. In diesem Land gab es einen Fluß, so breit wie das Meer, und die Leute gingen jeden Abend bei Sonnenuntergang hin und badeten. Während der alte Mann von diesem Land sprach, war seine Stimme noch sanfter und langsamer, und seine blassen Augen blickten noch weiter in die Ferne, als wäre er schon dort drüben am Ufer dieses Flusses.

»Kann ich mit Ihnen hingehen?« fragte Mondo.

Der alte Mann hatte die Hand auf Mondos Schulter gelegt.

»Ja, ich nehme dich mit.«

»Wann brechen Sie auf?«

»Ich weiß nicht. Wenn ich genug Geld habe. Aber ich nehme dich mit.«

Später nahm der alte Mann seinen Rechen wieder auf und setzte seine Arbeit ein Stück weiter weg am Strand fort. Mondo steckte die Kiesel mit seinem Namen ein, grüßte seinen Freund mit einem Heben der Hand und ging.

Jetzt waren überall viele Zeichen, auf Wände geschrieben, auf Türen oder auf Eisentafeln. Mondo sah sie, wenn er durch die Straßen der Stadt wanderte, und er erkannte einige im Vorübergehen. In den Zement des Gehsteigs waren Buchstaben eingraviert, wie zum Beispiel:

D

E

NADINE

E

Aber das war nicht leicht zu begreifen.

Als es Nacht wurde, kehrte Mondo in das Haus Goldlicht zurück. Er aß mit Ti Tschin in dem großen Raum den Reis und das Gemüse, dann ging er hinaus in den Garten. Er wartete, bis die kleine Frau auch kam, und sie wanderten zusammen sehr langsam den Kiespfad entlang, bis sie ganz von den Bäumen und Büschen umgeben waren. Ti Tschin nahm Mondos Hand und drückte sie so fest, daß es weh tat. Aber es war trotzdem schön, so in der Nacht ohne Lichter dahinzuwandern, sich mit den Fußspitzen vorzutasten, damit man nicht hinfiel, nur geleitet vom Geräusch des Kiespfads, der unter den Sohlen knirschte. Mondo horchte auf den schrillen Gesang der versteckten Grille, er roch die Düfte der Büsche, die in der Nacht ihre Blätter spreizten. Man wurde ein wenig schwindelig davon, und deshalb drückte die kleine Frau seine Hand so fest, um nicht schwindelig zu werden.

»In der Nacht riecht alles gut«, sagte Mondo.

»Das kommt daher, daß man nichts sieht«, sagte Ti Tschin. »Man riecht besser und man hört besser, wenn man nichts sieht.«

Sie blieb auf dem Weg stehen.

»Schau, jetzt kann man die Sterne sehen.«

Der hohe Grillenruf erklang ganz in der Nähe, als käme er direkt vom Himmel. Die Sterne erschienen, einer nach dem anderen, sie flimmerten schwach in der Feuchtigkeit der Nacht. Mondo legte den Kopf zurück, er betrachtete sie mit angehaltenem Atem.

»Sie sind schön, sagen sie etwas, Ti Tschin?«

»Ja, sie sagen sehr viele Dinge, aber man versteht nicht, was sie sagen.«

»Auch wenn man lesen könnte, würde man sie dann auch nicht verstehen?«

»Nein, auch dann nicht, Mondo. Die Menschen können nicht verstehen, was die Sterne sagen.«

»Vielleicht erzählen sie, was später sein wird, in sehr langer Zeit.«

»Ja, oder vielleicht erzählen sie auch Geschichten.«

Auch Ti Tschin betrachtete regungslos die Sterne und drückte dabei Mondos Hand sehr fest.

»Vielleicht sagen sie, welchen Weg man gehen muß, in welche Länder man gehen soll.«

Mondo überlegte.

»Sie glänzen jetzt stark. Vielleicht sind sie Seelen.«

Ti Tschin wollte Mondos Gesicht sehen, aber alles war schwarz. Nun begann sie plötzlich zu zittern, als fürchte sie sich. Sie preßte Mondos Hand an ihre Brust, und sie legte die Wange an seine Schulter. Ihre Stimme war ganz seltsam und traurig, als tue ihr etwas weh.

»Mondo, Mondo...«

Sie wiederholte seinen Namen mit erstickter Stimme, und ihr Körper zitterte.

»Was haben Sie denn?« fragte Mondo. Er versuchte, sie zu beruhigen, und er redete zu ihr. »Ich bin da, ich gehe nicht weg, ich will nicht fort von hier.«

Er sah Ti Tschins Gesicht nicht, aber er erriet, daß sie weinte, und daß sie deshalb am ganzen Körper zitterte. Ti Tsching wich ein wenig zurück, damit Mondo ihre Tränen nicht fühle.

»Verzeih mir, ich bin dumm«, sagte sie; aber ihre Stimme gehorchte ihr nicht.

»Nicht traurig sein«, sagte Mondo. Er zog sie ans andere Ende des Gartens. »Kommen Sie, wir wollen die Lichter der Stadt am Himmel ansehen.«

Sie gingen bis zu der Stelle, wo man das große pilzförmige rosa Leuchten über den Bäumen sehen konnte. Sogar ein Flugzeug kam und flog blinkend über sie weg, und beide mußten lachen.

Dann setzten sie sich auf den Kiespfad, ohne ihre Hände voneinander zu lösen. Die kleine Frau hatte ihre Traurigkeit vergessen und wieder zu sprechen begonnen, mit leiser Stimme, ohne an das zu denken, was sie sagte. Auch Mondo redete, und die Grille machte ihr schrilles Geräusch in ihrem Versteck inmitten des Blatt-

67

werks. Mondo und Ti Tschin blieben sehr lange so sitzen, bis ihre Lider schwer wurden. Dann schliefen sie auf der Erde ein, und der Garten bewegte sich langsam, langsam, wie das Verdeck eines Schiffes.

6

Das letzte Mal, das war zu Beginn des Sommers. Mondo hatte bei Sonnenaufgang lautlos das Haus verlassen. Er war über den Treppenpfad den Hügel hinuntergestiegen, ohne sich zu beeilen. Die Bäume und Gräser waren naß vom Tau, und über dem Meer lag eine Art Nebel. In den großen Blättern der Wicke, die entlang der alten Mauern wuchs, hing ein Wassertropfen und glänzte wie ein Diamant. Mondo näherte seinen Mund der Pflanze, kippte das Blatt und trank den kühlen Wassertropfen. Es waren ganz kleine Tropfen, aber sie breiteten sich in seinem Mund und in seinem Körper aus und löschten seinen Durst. Zu beiden Seiten des Wegs waren die Mauern schon lauwarm. Die Salamander waren aus ihren Ritzen gekommen, um das Tageslicht zu sehen.

Mondo stieg den Hügel hinab bis zum Meer und setzte sich auf seinen Platz auf dem verlassenen Strand. Um diese Zeit war außer den Möwen kein lebendes Wesen zu sehen. Sie schwammen am Ufer entlang auf dem Wasser oder watschelten über die Strandkiesel. Sie öffneten die Schnäbel und ächzten. Sie flogen auf, zogen einen Kreis und ließen sich ein Stück weiter weg wieder nieder. Die Möwen hatten am Morgen immer drollige Stimmen, als riefen sie einander, ehe sie abflogen.

Wenn die Sonne ein wenig höher am rosigen Himmel stand, erlosch die Straßenbeleuchtung, und man hörte, wie die Stadt zu grollen begann. Es war ein fernes Geräusch, das aus den Straßen zwischen den hohen Häusern aufstieg, ein dumpfes Geräusch, das in den Strandkieseln vibrierte. Die Mopeds sausten durch die Avenuen und machten ihr Hummelgebrumm, auf ihnen saßen Männer und Frauen, die Anoraks trugen und Wollmützen bis über die Ohren.

Mondo blieb regungslos auf dem Strand sitzen und wartete, daß die Sonne die Luft erwärme. Er horchte auf das Geräusch der Wellen auf den Kieseln. Mondo mochte diese Stunde besonders gern, weil kein Mensch am Meer war, nur er und die Möwen. Dann konnte er an all die Leute in der Stadt denken, an alle, die er treffen würde. Er dachte an sie und betrachtete das Meer und den Himmel, und es war, als seien die Leute zugleich sehr fern und sehr nah, als säßen sie rings um ihn. Es war, als genügte es, sie anzusehen, damit sie existierten, und dann den Blick abzuwenden, und sie waren nicht mehr da.

Auf dem verlassenen Strand redete Mondo mit den Leuten. Er redete auf seine Art mit ihnen, ohne Worte, indem er Wellen aussandte. Diese Wellen liefen zu ihnen, dorthin, wo sie waren, vermischten sich mit dem Geräusch der Meereswogen und dem Licht, und die Leute empfingen sie ohne zu wissen, woher sie kamen.

Mondo dachte an den Zigeuner, an den Kosaken, an den Stuhlflechter, an Rosa, an die Bäckerin Ida, an den Champion der Drachen oder an den alten Mann, der ihn das Lesen gelehrt hatte, und sie alle hörten ihn. Sie hörten etwas wie ein Pfeifen in den Ohren oder wie ein Flugzeuggeräusch, und sie schüttelten ein wenig den Kopf, weil sie nicht begriffen, was das war. Aber Mondo freute sich, daß er so zu ihnen sprechen, daß er ihnen die Wellen von Meer, Sonne und Himmel zuschicken konnte.

Danach marschierte Mondo den Strand entlang bis zu dem Holzbau des Privatstrandes. Am Fuß der Stützmauer suchte er die Steine, in die der alte Mann die Zeichen der Buchstaben geritzt hatte. Mondo war schon seit ein paar Tagen nicht mehr hier gewesen, und Salz und Licht hatten die Zeichen schon halb gelöscht. Mit einem scharfen Flintstein zog Mondo die Zeichen nach, und er ordnete die Steine an der Mauer entlang, um seinen Namen zu schreiben, so:

M

O   O

D   N

damit der alte Mann, wenn er wiederkommen würde, den Namen sehen und wissen sollte, daß Mondo dagewesen war.

Dieser heutige Tage war nicht wie die anderen, denn jemand fehlte in der Stadt. Mondo suchte den alten Bettler mit den zahmen Tauben, und sein Herz schlug heftiger, weil er schon wußte, daß er ihn nicht finden würde. Er suchte ihn überall, auf den Straßen und Gassen, auf dem Marktplatz, vor den Kirchen. Mondo hätte ihn so gern gesehen. Aber während der Nacht war der graue Kombi des Wegs gekommen, und die uniformierten Männer hatten den alten Dadi mitgenommen.

Mondo fuhr fort, Dadi überall zu suchen, stundenlang. Sein Herz schlug immer heftiger, während er von einem Versteck zum anderen lief. Er suchte alle Stellen ab, wo der alte Bettler immer hingegangen war, Tornischen, Treppen, die Umgebung der Brunnen, die Parkanlagen, die Eingänge alter Mietshäuser. Manchmal sah er einen Fetzen Zeitung auf dem Gehsteig, und er blieb stehen und schaute sich um, als müsse der alte Dadi hierherkommen und sich auf den Boden setzen.

Schließlich hatte Mondo es vom Kosaken erfahren. Mondo hatte ihn auf der Straße getroffen, nah am Marktplatz. Der Kosak kam schwankend daher, suchte Halt an den Mauern, denn er war völlig betrunken. Die Leute blieben stehen und schauten ihn lachend an. Er hatte sogar sein kleines schwarzes Akkordeon verloren, jemand hatte es ihm gestohlen, während er seinen Rausch ausschlief. Als Mondo ihn gefragt hatte, wo der alte Dadi und seine Tauben seien, hatte der Kosak ihn eine Weile verständnislos mit leerem Blick angesehen. Dann hatte er nur gebrummt:

»Weiß nicht... Sie haben ihn heute nacht mitgenommen...«

»Wohin haben sie ihn mitgenommen?«

»Weiß nicht... Ins Spital.«

Der Kosak mühte sich gewaltig, wieder in Gang zu kommen.

»Warten Sie! Und die Tauben? Haben sie die auch mitgenommen?«

»Die Tauben?«

Der Kosak begriff nicht.

»Die weißen Vögel!«

»Ah ja, ich weiß nicht...« Der Kosak zuckte die Achseln.

»Weiß nicht, was sie damit gemacht haben, mit seinen Tauben... Vielleicht aufgegessen...«

Und er setzte, an der Mauer entlangschwankend, seinen Weg fort.

Da hatte Mondo plötzlich große Müdigkeit empfunden. Er wollte zurück ans Meer und sich auf den Strand setzen und schlafen. Aber es war zu weit, er hatte keine Kraft mehr. Vielleicht aß er schon viel zu lange nicht mehr richtig, oder es war die Angst. Er hatte den Eindruck, alle Geräusche hallten in seinem Kopf wider und die Erde bewege sich unter seinen Füßen.

Mondo hatte sich eine Stelle auf der Straße gesucht, auf dem Gehsteig, und sich dort hingesetzt, mit dem Rücken an die Mauer. Jetzt wartete er. In einiger Entfernung war ein Möbelgeschäft mit einem großen Schaufenster, in dem sich das Licht spiegelte. Mondo blieb regungslos sitzen, er sah nicht einmal die Beine der Leute, die an ihm vorbeigingen, manchmal stehenblieben. Er hörte die Stimmen nicht, die redeten. Er empfand eine Art Starre, die wie Kälte in ihm hochstieg, bis seine Lippen empfindungslos wurden und er die Augen nicht mehr bewegen konnte.

Sein Herz schlug nicht mehr sehr heftig; es klang fern und ganz schwach, regte sich langsam in seiner Brust, als wolle es jeden Augenblick stehenbleiben.

Mondo dachte an alle seine guten Verstecke, an alle, die er kannte, am Ufer des Meeres, in den weißen Felsen, zwischen den Wellenbrechern oder im Garten um das Haus Goldlicht.

Er dachte auch an das Schiff *Oxyton*, das sich vom Kai fortzubewegen suchte, weil es bis ins Rote Meer fahren wollte. Aber zugleich war es, als könne er seinen Platz auf dem Gehsteig, an dieser Mauer nicht mehr verlassen, als könnten seine Beine nicht mehr weitergehen.

Wenn die Leute ihn ansprachen, hatte Mondo nicht den Kopf gehoben. Er war regungslos auf dem Gehsteig sitzen geblieben, den Kopf auf die Unterarme gestützt. Jetzt waren die Beine der Leute vor ihm stehengeblieben, hatten einen halbkreisförmigen Wall gebildet, wie bei den Vorstellungen des Zigeuners. Mondo dachte, sie sollten besser weitergehen, ihren Weg fortsetzen. Er betrachtete alle diese stehenden Füße, die kräftigen schwarzen Lederschuhe der Männer, die hochhackigen Sandaletten der Frauen. Er hörte die Stimmen, die hoch über ihm sprachen, aber er konnte nicht begreifen, was sie sagten.

»... telefonieren...«, sagten die Stimmen. Wem telefonieren? Mondo dachte, er sei ein Hund geworden, ein alter Hund mit lohfarbenem Fell, der zusammengerollt in einem Winkel des Gehsteigs schlief. Niemand konnte ihn sehen, niemand konnte auf einen alten gelben Hund achten. Noch immer stieg die Kälte in seinem Körper hoch, langsam, in seinen Gliedern, in seinem Bauch, bis in den Kopf.

Dann war der graue Kombi des Hundefängers gekommen, Mondo hatte ihn im Halbschlaf näherkommen hören, er hatte gehört, wie die Bremsen quietschten und die Türen geöffnet wurden. Aber das war ihm ganz gleichgültig. Die Beine der Leute waren ein wenig zurückgewichen, und Mondo hatte die marineblaue Hose und die schwarzen Schuhe mit den dicken Sohlen gesehen, die sich ihm näherten.

»Bist du krank?«

Mondo hörte die Stimmen der uniformierten Männer. Sie klangen wie aus Tausenden Kilometern Entfernung.

»Wie heißt du? Wo wohnst du?«

»Du kommst jetzt schön mit uns, ja?«

Mondo dachte an die Hügel, die brannten, rings um die Stadt. Es war, als säße er am Rand der Autostraße und sähe die Glutfelder, die riesigen roten Flammen, als röche er das Harz und die weiße Rauchsäule, die in den Himmel stieg; er sah sogar die roten Feuerwehrautos vor den Büschen stehen und die langen Schläuche, die sich entrollten.

»Kannst du gehen?«

Die Hände der Männer schoben sich unter Mondos Achseln und hoben ihn auf wie ein leichtes Bündel, und sie trugen ihn zu dem Kombi mit den geöffneten Hecktüren. Mondo spürte, wie seine Beine am Boden schleiften, an die Stufen des Trittbretts stießen, aber es war, als gehörten sie nicht ihm, als wären sie die Beine eines Hampelmanns aus Holz und Schrauben. Dann schlossen die Türen sich mit einem Knall hinter ihm, und der Kombi begann durch die Stadt zu rollen. Es war das letzte Mal.

Zwei Tage später hatte die kleine vietnamesische Frau das Büro des Polizeikommissars betreten. Sie war blaß, und ihre Augen waren müde, weil sie nicht geschlafen hatte. Sie hatte zwei Nächte hindurch auf Mondo gewartet, und bei Tage hatte sie ihn in der ganzen Stadt gesucht. Der Kommissar betrachtete sie ohne Neugier.

»Sind Sie eine Verwandte?«

»Nein, nein«, sagte Ti Tschin. Sie suchte nach Worten. »Ich bin eine – eine Bekannte.«

Sie wirkte noch kleiner, fast wie ein Kind, trotz der Runzeln in ihrem Gesicht.

»Wissen Sie, wo er ist?«

Der Kommissar betrachtete sie, ohne sich mit der Antwort zu beeilen.

»Er ist bei der Fürsorge«, sagte er schließlich.

Die kleine Frau wiederholte, als begreife sie nicht:

»Bei der Fürsorge...«

Dann schrie sie fast:

»Aber das ist doch nicht möglich!«

»Was ist nicht möglich?« fragte der Kommissar.

»Aber warum? Was hat er getan?«

»Er hat uns gesagt, er habe keine Angehörigen, also ist er dorthin gebracht worden.«

»Das ist doch unmöglich!« wiederholte Ti Tschin. »Sie wissen nicht, was Sie tun...«

Der Kommissar sah sie streng an.

»Mir scheint, Sie wissen nicht, was Sie tun, Madame«, sagte er; »ein Kind ohne Angehörige, ohne Zuhause, das sich auf der Straße herumtreibt, mit den Clochards, den Bettlern, noch Schlimmerem vielleicht! Das wie ein Wilder lebt, wer weiß was ißt, wer weiß wo schläft! Übrigens ist uns sein Fall schon gemeldet worden, Leute hatten sich beklagt, und wir haben ihn schon lange gesucht, aber er war schlau, er hielt sich versteckt! Es war Zeit, daß damit Schluß gemacht wurde.«

Die kleine Frau blickte starr vor sich hin und zitterte am ganzen Körper. Der Kommissar verlor ein wenig von seiner Strenge.

»Sie – Sie haben sich um ihn gekümmert, Madame?«

Ti Tschin nickte.

»Hören Sie, wenn Sie für dieses Kind sorgen wollen. Wenn Sie wollen, daß Ihnen das Sorgerecht übertragen wird, so wird sich das sicherlich machen lassen.«

»Er muß heraus aus –«

»Aber zunächst muß er bei der Fürsorge bleiben, bis... bis sein Zustand sich gebessert hat. Wenn Sie für ihn sorgen wollen, müssen Sie ein Gesuch einreichen, es muß eine Akte angelegt werden, das geht nicht von heute auf morgen.«

Ti Tschin suchte in ihrem Kopf nach Worten, aber sie konnte nicht sprechen.

»Zunächst ist die Behörde am Zug. Dieses Kind... wie heißt der Junge doch gleich?«

»Mondo«, sagte Ti Tschin. »Ich –«

»Dieses Kind ist unter Beobachtung. Es muß behandelt werden. Die Fürsorge wird sich um ihn kümmern, man wird seine Akte anlegen. Wissen Sie, daß der Junge, in seinem Alter, weder lesen noch schreiben kann, daß er nie in eine Schule gegangen ist?«

Ti Tschin versuchte zu sprechen, aber ihre Kehle war wie zugeschnürt.

»Kann ich ihn sehen?« fragte sie endlich.

»Ja, natürlich.« Der Kommissar stand auf. »In ein paar Tagen, wenn sein Zustand es erlaubt, können Sie ihn aufsuchen, Sie können beim Direktor um die Genehmigung nachsuchen.«

»Aber heute?« sagte Ti Tschin. Sie weinte von neuem, und ihre Stimme wurde heiser. »Heute, heute muß ich ihn sehen!«

»Nein, das ist ganz unmöglich. Vor Ablauf von vier oder fünf Tagen können Sie ihn nicht sehen.«

»Ich bitte Sie! Es ist jetzt sehr wichtig für ihn!«

Der Kommissar führte Ti Tschin zur Tür.

»Nicht vor vier oder fünf Tagen.«

Als er die Tür öffnete, fiel ihm noch etwas ein.

»Lassen Sie mir Ihre Adresse hier, damit wir Sie erreichen können.«

Er schrieb sie in ein altes Notizbuch.

»Gut. Rufen Sie mich übermorgen an, damit wir mit der Akte anfangen können.« Aber am übernächsten Tag war der Kommissar in Ti Tschins Haus aufgetaucht. Er hatte das Tor geöffnet und war durch die Kiesallee bis zur Tür gegangen.

Als Ti Tschin geöffnet hatte, war er ins Haus gegangen und hatte sich in dem großen Raum umgesehen.

»Ihr Mondo«, begann er.

»Was ist mit ihm?« fragte Ti Tschin. Sie war noch blasser als zwei Tage zuvor, und ihre Augen blickten angsterfüllt zum Gesicht des Polizisten hoch.

»Er ist fort.«

»Fort?«

»Ja, fort, verschwunden. Verduftet!«

Über Ti Tschins Kopf hinweg musterte der Polizist das Innere des Hauses.

»Haben Sie ihn nicht gesehen? Er ist nicht hierhergekommen?«

»Nein!« rief Ti Tschin.

»Er hat seine Matratze im Krankensaal in Brand gesteckt und hat sich das Durcheinander zunutze gemacht, um auszureißen. Ich dachte, Sie hätten ihn vielleicht des Wegs kommen sehen?«

»Nein! Nein!« rief Ti Tschin wiederum. Jetzt funkelten die schmalen Augen vor Zorn. Der Kommissar wich vor ihr zurück.

»Falls er hierher zurückkommen sollte, benachrichtigen Sie mich!«

Er war schon auf dem Kiesweg zum Tor.

»Ich habe es Ihnen vorgestern ja gesagt! Er ist ein Wilder!«

Ti Tschin stand regungslos auf der Schwelle. Ihre Augen füllten sich mit Tränen, und ihre Kehle war so zugeschnürt, daß sie nicht atmen konnte.

»Ihr habt nichts begriffen, nichts!« Sie sprach leise, für sich, während der Polizeikommissar das Tor aufstieß und mit großen Schritten den Treppenpfad zu seinem schwarzen Wagen hinunterstieg.

Nun setzte Ti Tschin sich auf die weißen Stufen, und sie blieb lange regungslos sitzen, ohne das goldene Licht zu beachten, das nach und nach den großen leeren Raum erfüllte, ohne auf das durchdringende Geräusch der versteckten Grille zu lauschen. Sie weinte ein bißchen, ohne es selber zu merken, und die Tränen liefen Tropfen um Tropfen zu ihrer Nasenspitze und fielen auf die blaue Schürze. Sie wußte, daß das Kind mit dem aschfarbenen Haar nicht wiederkommen würde, weder morgen noch an einem anderen Tag. Der Sommer stand jetzt vor der Tür, und doch war es, als wäre es kalt geworden. Wir alle hier in unserer Stadt haben das gefühlt. Wie immer kamen und gingen die Leute, verkauften und kauften, die Autos fuhren wie zuvor durch die Straßen und Avenuen und machten viel Lärm mit ihren Motoren und ihren Hupen. Von Zeit zu Zeit flog ein blaues Flugzeug über den Himmel und zog eine lange weiße Spur hinter sich her. Wie immer bettelten die Bettler in den Mauerwinkeln, vor dem Rathaustor und den Kirchenportalen. Aber nichts war mehr wie zuvor. Es war, als bedeckte eine unsichtbare Wolke die Erde und verhinderte, daß das Licht ganz bis zu uns käme.

Die Dinge waren nicht mehr wie früher. Zudem war der Zigeuner wenig später von der Polizei festgenommen worden, als sich herausstellte, daß er auch Sachen aus den Taschen der Passanten zauberte. Der Kosak war ein Trunkenbold, der nicht einmal ein Kosak war, sondern aus der Auvergne stammte. Giordan, der Fischer, zerschlug seine Angeln an den Wellenbrechern und würde niemals nach Erithrea fahren und auch nicht anderswohin. Der alte Dadi war endlich aus dem Spital entlassen worden, aber er hatte seine Tauben nicht wiedergefunden und sich statt ihrer eine Katze gekauft. Dem Sonntagsmaler war es nicht gelungen, den Himmel zu malen, und er hatte wieder angefangen, Seestücke und Stilleben zu pinseln, und der kleine Junge aus dem Park hatte sich sein schönes rotes Dreirad stehlen lassen. Was den alten Mann mit dem Indianergesicht angeht, so hatte er auch weiterhin sein Stück Strand gerecht und war nicht zu den Ufern des Ganges aufgebrochen. Das Schiff *Oxyton* an seinem Haltetau, das an einem rostigen Eisenring des Kais angebunden war, hat sich ganz allein auf dem Wasser des Hafens gewiegt, inmitten der Dieselschlieren, und niemand kam und setzte sich in sein Heck, um ihm ein Lied vorzusingen.

Die Jahre, die Monate und die Tage vergingen jetzt ohne Mondo, denn es war eine zugleich sehr lange und zu kurze Zeit, und viele Leute hier in unserer Stadt warteten auf jemand und wagten nicht, es zu sagen. Unwillkürlich haben wir ihn oft in der Menge gesucht, an den Straßenecken, vor einer Haustür. Wir haben die weißen Kiesel am Strand betrachtet, und das Meer, das einer Mauer gleicht. Dann haben wir alles ein wenig vergessen.

Eines Tages, lang danach, ging die kleine vietnamesische Frau in ihrem Garten oben auf dem Hügel herum. Sie setzte sich unter den Lorbeerbusch, wo viele getigerte Mücken in der Luft tanzten, und sie hatte einen komischen, vom Meer blank polierten Stein aufgehoben. Auf einer Seite des Steins hatte sie eingravierte Zeichen gesehen, halb vom Staub gelöscht. Behutsam, mit ein wenig rascher klopfendem Herzen hatte sie mit einem Schürzenzipfel den Staub abgewischt, und sie hatte, in ungeschickten Großbuchstaben geschrieben, zwei Wörter gesehen:

IMMER   VIEL

Lullaby

I

Es war in aller Frühe an einem Tag um die Oktobermitte, als Lullaby beschloß, nicht mehr in die Schule zu gehen. Sie stieg aus dem Bett, ging barfuß durchs Zimmer und zog ein wenig die Lamellen des Rolladens auseinander, um nach draußen zu spähen. Es war sehr sonnig, und wenn sie sich ein wenig vorneigte, konnte sie ein Stück blauen Himmel sehen. Unten auf dem Gehsteig trippelten drei oder vier Tauben mit windzerzaustem Gefieder. Über den Dächern der parkenden Wagen war das Meer dunkelblau, und da war ein weißer Segler, der mühsam vorankam. Lullaby betrachtete das alles und fühlte sich erleichtert, weil sie beschlossen hatte, nicht mehr in die Schule zu gehen.

Sie ging zur Mitte des Zimmers zurück, setzte sich an ihren Tisch und fing ohne Licht zu machen an, einen Brief zu schreiben.

Guten Morgen, lieber Ppa.
Es ist schön heute, und der Himmel ist sehr sehr blau, genau wie ich ihn mag. Wenn Du nur hier wärst und den Himmel sehen könntest. Das Meer ist auch sehr sehr blau. Bald kommt der Winter. Dann beginnt wieder ein sehr langes Jahr. Hof-

fentlich kannst Du bald kommen, denn ich weiß nicht, ob der Himmel und das Meer noch lange auf Dich warten können. Wie ich heute morgen aufgewacht bin (das ist jetzt schon über eine Stunde her), hab ich geglaubt, ich sei wieder in Istanbul. Ich möchte die Augen schließen, und wenn ich sie wieder öffnen würde, wäre es wie damals in Istanbul. Weißt Du noch? Du hattest zwei Blumensträuße gekauft, einen für mich und einen für Schwester Laurence. Große weiße Blumen, die stark dufteten (nennt man sie deshalb Arome?). Sie dufteten so stark, daß wir sie ins Badezimmer tun mußten. Du hattest gesagt, daß man aus ihnen Wasser trinken könne, und ich war ins Badezimmer gegangen und hatte lange getrunken, und meine Blumen waren ganz aufgeweicht. Weißt Du noch?

Lullaby hörte auf zu schreiben. Sie kaute an ihrem blauen Kugelschreiber und schaute dabei auf den Briefbogen. Aber sie las nicht. Sie schaute nur auf das Weiß des Papiers und dachte, daß vielleicht irgend etwas erscheinen würde, wie Vögel am Himmel oder wie ein kleines weißes, langsam vorbeiziehendes Schiff.

Sie warf einen Blick auf den Wecker: acht Uhr zehn. Es war ein kleiner, mit schwarzem Eidechsleder überzogener Reisewecker, den man nur alle acht Tage aufziehen mußte.

Lullaby schrieb auf den Briefbogen.

Lieber Ppa, ich möchte so gern, daß Du kommst und den Wecker wieder mitnimmst. Du hattest

ihn mir geschenkt, bevor ich von Teheran weg-
fuhr, und Mama und Schwester Laurence hatten
gesagt, daß er sehr schön sei. Ich finde ihn auch
sehr schön, aber ich glaube, daß er mir jetzt nicht
mehr nützt. Darum solltest Du kommen und ihn
holen. Dir kann er wieder nützen. Er geht sehr gut.
Er macht nachts kein Geräusch.

Sie steckte den Brief in einen Luftpostumschlag. Bevor
sie den Umschlag zuklebte, suchte sie noch etwas zum
Mitschicken. Aber auf dem Tisch waren nur Papiere,
Bücher und Zwiebackkrümel. Da schrieb sie die
Adresse auf den Umschlag.

Monsieur Paul Ferlande
P.R.O.C.O.M.
84, avenue Ferdowsi
Teheran
Iran

Sie legte den Umschlag an den Tischrand und ging
schnell ins Bad, um sich die Zähne zu putzen und das
Gesicht zu waschen. Sie hatte Lust auf eine kalte
Dusche, befürchtete jedoch, das Geräusch würde ihre
Mutter wecken. Immer noch barfuß ging sie in ihr
Zimmer zurück. Sie zog sich hastig an, einen grünen
Wollpullover, eine braune Kordhose und einen beigen
Blouson. Dann schlüpfte sie in ihre Kniestrümpfe und in
ihre Wanderstiefel mit Kreppsohle. Sie kämmte sich
ihre blonden Haare ohne in den Spiegel zu schauen und
stopfte alles, was sie um sich herum auf dem Tisch
und auf dem Stuhl fand, in ihre Umhängetasche: Lip-
penstift, Papiertaschentücher, Kugelschreiber, Schlüs-

sel, Aspirinröhrchen. Sie wußte nicht genau, was sie brauchen würde, und griff wahllos nach allem, was sie im Zimmer sah: einem zusammengeknüllten roten Schal, einem alten Fotoständer aus Moleskin, einem Taschenmesser, einem kleinen Porzellanhund. Aus einer Schuhschachtel im Schrank nahm sie ein Paket Briefe. In einer anderen Schachtel fand sie eine große Zeichnung, die sie zusammenfaltete und zu den Briefen in die Umhängetasche steckte. In einer Tasche ihres Regenmantels fand sie ein paar Banknoten und eine Handvoll Geldstücke, die sie auch in ihre Umhängetasche fallen ließ. Sie war schon dabei, das Zimmer zu verlassen, als sie nochmals zum Tisch zurückging und den Brief nahm, den sie gerade geschrieben hatte. Sie öffnete die linke Schublade und wühlte in den Papieren und Dingen, bis sie eine kleine Mundharmonika fand, auf der geschrieben stand

ECHO Super Vamper MADE IN GERMANY

und mit einer Messerspitze

david

eingeritzt war.

Sie betrachtete die Mundharmonika einen Augenblick lang, ließ sie dann in die Umhängetasche fallen, streifte den Tragriemen über die rechte Schulter und ging.

Draußen war die Sonne warm, Himmel und Meer glänzten. Lullaby hielt nach den Tauben Ausschau, aber sie waren verschwunden. In der Ferne, ganz dicht am Horizont, bewegte sich der weiße Segler langsam, schräg über das Meer geneigt.

Lullaby spürte, wie ihr Herz hämmerte. Es rumorte und lärmte in ihrer Brust. Warum führte es sich so auf? Vielleicht war es von diesem strahlenden Himmel berauscht. Lullaby lehnte sich ans Geländer und preßte die Arme fest an die Brust. Sie murmelte sogar ein wenig wütend:

»Mach doch keinen Wirbel!«

Dann setzte sie sich wieder in Bewegung und versuchte, nicht weiter darauf zu achten.

Die Leute gingen zur Arbeit. Sie fuhren schnell in ihren Autos die Straße entlang in Richtung Innenstadt. Die Mopeds machten ein Wettrennen, wobei sie ratterten wie Kugellager. In den neuen Autos mit den geschlossenen Fenstern sahen die Leute aus, als hätten sie es eilig. Wenn sie vorbeifuhren, wandten sie ein wenig den Kopf, um Lullaby anzusehen. Einige Männer tippten sogar ein paarmal auf die Hupe, doch Lullaby schaute sie nicht an.

Auch sie ging schnell die Straße entlang, ohne ein Geräusch zu machen mit ihren Kreppsohlen. Sie ging in die entgegengesetzte Richtung auf die Hügel und die Felsen zu. Sie schaute aufs Meer, kniff dabei die Augen zusammen, denn sie hatte nicht daran gedacht, ihre Sonnenbrille mitzunehmen. Der weiße Segler mit seinem großen vom Wind geblähten Segel in Form eines gleichschenkligen Dreiecks schien denselben Weg einzuschlagen wie sie. Im Gehen betrachtete Lullaby das blaue Meer und den blauen Himmel, das weiße Segel und die Felsen des Kaps, und sie war froh über ihren Entschluß, nicht mehr in die Schule zu gehen. Alles war so schön, ganz als habe die Schule für sie niemals existiert.

Der Wind blies in ihre Haare und verstrubbelte sie, ein kalter Wind, der in den Augen biß und die Haut ihrer Wangen und Hände rötete. Lullaby dachte, daß es gut sei, so in der Sonne und im Wind zu wandern, ohne zu wissen wohin.

Als sie aus der Stadt kam, stieß sie auf einen Schmugglerpfad. Der Pfad begann mitten in einem Piniengehölz und ging die Küste entlang hinunter bis zu den Felsen. Hier war das Meer noch schöner, ganz voller Farbe und Licht.

Lullaby ging auf dem Schmugglerpfad dahin und sie sah, daß das Meer bewegter wurde. Die kurzen Wellen schlugen gegen die Felsen, verursachten eine Gegenwelle, kreuzten sich, schwappten zurück. Das Mädchen blieb in den Felsen stehen, um dem Meer zu lauschen. Es kannte sein Geräusch gut, das Wasser, das plätschernd auseinanderfließt und dann wieder zusammenknallt, Lullaby mochte das, doch heute war es, als hörte sie es zum ersten Mal. Nichts anderes war da als die weißen Felsen, das Meer, der Wind, die Sonne. Es war, als sei man auf einem Schiff, weit draußen auf hoher See, dort wo die Thunfische und die Delphine leben.

Lullaby dachte nicht einmal mehr an die Schule. Das Meer ist eben so: Es löscht die Dinge der Erde aus, weil es das Wichtigste ist, das es auf der Welt gibt. Das Blau, das Licht waren unermeßlich, der Wind, die heftigen und sanften Geräusche der Wellen, und das Meer glich einem großen Tier, das den Kopf bewegte und mit seinem Schwanz die Luft peitschte.

Jetzt fühlte Lullaby sich wohl. Sie blieb lange auf einem flachen Fels am Rand des Schmugglerpfads sitzen und schaute. Sie sah den scharfen Horizont, die schwarze Linie, die das Meer vom Himmel trennt. Sie dachte überhaupt nicht mehr an die Straßen, die Häuser, die Autos, die Motorräder.

Sie blieb lange auf ihrem Felsen. Dann machte sie sich wieder auf den Weg. Es gab keine Häuser mehr, die letzten Villen lagen hinter ihr. Lullaby drehte sich nach ihnen um, und sie fand, daß sie mit ihren geschlossenen Fensterläden und ihren weißen Fassaden merkwürdig aussahen, als ob sie schliefen. Hier gab es keine Gärten mehr. Zwischen den Felsplatten bizarre Fettpflanzen, stachelige Kugeln, gelbe narbenbedeckte Feigenkaktusse. Niemand lebte hier. Nur Eidechsen, die zwischen den Felsblöcken dahinliefen, und ein paar Wespen, die über den nach Honig duftenden Kräutern flogen.

Die Sonne brannte machtvoll am Himmel. Die weißen Felsen funkelten und der Schaum blendete wie Schnee. Hier fühlte man sich glücklich wie am Ende der Welt. Man erwartete nichts mehr, man brauchte niemanden mehr. Lullaby betrachtete das Kap, das vor ihr aufwuchs, die steil ins Meer abfallende Klippe. Der Schmugglerpfad ging bis zu einem deutschen Bunker, und man mußte einen engen Stollen hinabsteigen. Im Tunnel ließ die kalte Luft das Mädchen erschaudern. Es war feucht und dunkel wie in einer Grotte. Die Mauern der Festung rochen nach Schimmel und Urin. Das andere Ende des Tunnels mündete auf eine Plattform, die von einer niedrigen Mauer umrandet war. Ein paar Gräser sprossen in den Rissen des Bodens.

Vom Licht geblendet schloß Lullaby die Augen. Sie fand sich jetzt direkt dem Meer und dem Wind gegenüber.

Plötzlich bemerkte sie auf dem Mäuerchen der Plattform die ersten Zeichen. Mit Kreide waren unregelmäßige Großbuchstaben aufgemalt, die einfach sagten:

»SUCHT MICH«

Lullaby schaute um sich, dann sagte sie halblaut:
»Ja, aber wer bist du?«

Eine große Seeschwalbe flog kreischend über die Plattform.

Lullaby zuckte die Achseln und ging weiter. Der Weg wurde jetzt schwieriger, denn der Schmugglerpfad war wahrscheinlich im letzten Krieg von den Leuten zerstört worden, die den Bunker gebaut hatten. Man mußte klettern, von einem Felsen zum anderen springen und sich mit den Händen festhalten, um nicht abzugleiten. Die Küste wurde immer steiler, und ganz unten sah Lullaby das tiefe smaragdfarbene Wasser, das gegen die Felsen schlug.

Glücklicherweise konnte sie gut in Felsen gehen, es war sogar das, was sie am besten konnte. Man muß sehr schnell mit den Augen abschätzen, die guten Stellen sehen, Felsen, die Treppen oder Sprungbretter bilden, Wege erraten, die einen nach oben führen; man muß die Sackgassen vermeiden, die brüchigen Steine, die Erdspalten, die Dornbüsche.

Es war vielleicht eine Hausaufgabe für die Mathematikstunde. »Wenn ein Felsen gegeben ist, der einen Winkel von 45° bildet und ein zweiter Felsen, der

2,50 m von einem Ginsterbusch entfernt ist, wo verläuft dann die Tangente?« Die weißen Felsen glichen Pulten, und Lullaby sah im Geist die strenge Gestalt von Mademoiselle Lorti mit dem Rücken zum Meer über einem großen trapezförmigen Felsen thronen. Aber es war vielleicht nicht eigentlich eine Mathematikaufgabe. Hier galt es vor allem, die Schwerpunkte zu berechnen.

»Zeichnen Sie eine senkrechte Linie zur Waagrechten, um klar die Richtung anzugeben«, sagte Monsieur Filippi. Er balancierte auf einem abschüssigen Felsen und lächelte nachsichtig. Seine weißen Haare bildeten im Sonnenlicht eine Krone, und hinter seiner Kurzsichtigenbrille funkelten seine blauen Augen seltsam.

Lullaby freute sich über die Entdeckung, daß ihr Körper so leicht die Lösung der Aufgaben fand. Sie neigte sich vor, zurück, wiegte sich auf einem Bein, sprang dann geschmeidig, und ihre Füße landeten genau auf der anvisierten Stelle.

»Sehr gut, sehr gut, Mademoiselle«, sagte die Stimme von Monsieur Filippi in ihrem Ohr. »Die Physik ist eine Naturwissenschaft, vergessen Sie das nie. Machen Sie so weiter, Sie sind auf dem richtigen Weg.«

»Ja, aber wohin?« murmelte Lullaby.

Und wirklich, sie wußte nicht recht, wohin sie das führte. Um Luft zu holen, blieb sie stehen und betrachtete das Meer, aber auch dort stellte sich eine Aufgabe, denn es galt, den Brechungswinkel des Sonnenlichts auf der Wasseroberfläche zu berechnen.

»Das schaffe ich nie«, dachte sie.

»Aber, aber, wenden Sie die Cartesianischen Gesetze an«, sagte die Stimme von Monsieur Filippi in ihrem Ohr.

Lullaby versuchte angestrengt sich zu erinnern.

»Der gebrochene Strahl...«

»... bleibt immer in der Einfallsebene«, sagte Lullaby.

Filippi:

»Gut. Zweites Gesetz?«

»Wenn der Einfallswinkel wächst, wächst der Brechungswinkel, und das Verhältnis der Sinus dieser Winkel ist konstant.«

»Konstant«, sagte die Stimme. »Also?«

$$\frac{\text{Sin } i}{\text{Sin } r} = \text{Konstante}$$

»Brechungszahl Wasser/Luft?«

»1, 33«

»Foucaultsches Gesetz?«

»Der Brechungsindex eines Mediums im Verhältnis zu einem anderen Medium ist gleich dem Verhältnis der Geschwindigkeit des ersten Mediums zum zweiten.«

»Woraus folgt?«

$$N_{2/1} = v_1/v_2$$

Doch die Sonnenstrahlen schossen ununterbrochen aus dem Meer, und der Übergang vom Zustand der Brechung zum Zustand der Totalreflexion war so schnell, daß es Lullaby nicht gelang, ihre Berechnungen anzustellen. Sie würde wohl am besten später an Monsieur Filippi schreiben, um ihn zu fragen.

Es war sehr heiß. Das Mädchen suchte eine Stelle, wo es baden könnte. Es fand ein wenig weiter eine winzige Bucht mit einem verfallenen Landesteg. Lullaby stieg zum Ufer hinunter und zog sich aus.

Das Wasser war sehr klar und kalt. Lullaby tauchte ohne zu zögern hinein und spürte, wie das Wasser die Poren ihrer Haut zusammenzog. Sie schwamm lange mit offenen Augen unter Wasser. Dann setzte sie sich auf den Zement des Landestegs, um zu trocknen. Jetzt stand die Sonne in ihrer senkrechten Achse, und das Licht strahlte nicht mehr zurück. Es glänzte sehr stark in den Wassertröpfchen, die an der Haut ihres Bauches und den feinen Haaren ihrer Schenkel hingen.

Das eisige Wasser hatte ihr gut getan. Es hatte die Gedanken aus ihrem Kopf gespült, und sie dachte nicht mehr an die Tangentenprobleme, noch an die absoluten Indizes der Körper. Sie hatte Lust, noch einen Brief an ihren Vater zu schreiben. Sie holte den Block mit dem Luftpostpapier aus ihrer Tasche und begann mit dem Kugelschreiber zuerst ganz unten auf der Seite zu schreiben. Ihre nassen Hände hinterließen Spuren auf dem Blatt.

»LLBY
grüßt und küßt Dich
besuch mich schnell da, wo ich bin!«
Dann schrieb sie auf die Blattmitte:
»Vielleicht mach ich ein bißchen Dummheiten. Du darfst mir nicht böse sein. Ich hatte wirklich den Eindruck, in einem Gefängnis zu leben. Du kannst es Dir nicht ausdenken. Oder doch, vielleicht weißt Du das alles, aber Du hast den Mut zu bleiben, ich nicht. Stell Dir überall diese Mauern vor, so viele Mauern, daß Du sie gar nicht zählen könntest, mit Stacheldraht, Zäunen, Fenstergittern. Stell Dir den Hof vor mit all diesen Bäumen, die ich hasse, Kastanien, Linden, Platanen. Die

Platanen vor allem sind scheußlich, sie verlieren ihre Haut, als seien sie krank!«

Ein wenig weiter oben schrieb sie:

»Weißt Du, es gibt so viele Dinge, die ich gern möchte. Es gibt so viele, viele, viele Dinge, die ich gern möchte, ich weiß gar nicht, ob ich sie Dir alle nennen könnte. Es sind Dinge, die hier sehr fehlen, die Dinge, die ich früher so gern anschauen mochte. Das grüne Gras, die Blumen und die Vögel, die Flüsse. Wenn Du hier wärst, könntest Du mir von ihnen erzählen, und ich sähe sie dann rund um mich auftauchen, aber in der Schule ist niemand, der von diesen Dingen reden könnte. Die Mädchen sind strohdumm! Die Jungen sind albern. Sie interessieren sich nur für ihre Motorräder und ihre Lederjacken.«

Sie setzte nun ganz oben auf der Seite an.

»Grüß Dich, lieber Ppa. Ich schreibe Dir an einem ganz kleinen Strand, er ist wirklich so klein, daß man von einem einplätzigen Strand sprechen könnte, mit einem kaputten Landesteg, auf dem ich sitze (ich habe gerade gebadet). Das Meer möchte den kleinen Strand gern verschlingen, es schnellt seine Zunge immer wieder bis ganz nach hinten, es ist einfach unmöglich, trocken zu bleiben! Auf meinem Brief werden sehr viele Meerwasserflecke sein, hoffentlich gefällt Dir das. Ich bin ganz allein hier, aber es macht mir Spaß. Ich gehe jetzt überhaupt nicht mehr zur Schule, das ist beschlossen, aus und vorbei. Ich werde nie wieder gehen, selbst wenn man mich dafür ins Gefängnis steckt. Das wäre übrigens nicht schlimmer.«

Es blieb nicht mehr sehr viel freier Platz auf dem Blatt Papier. Nun amüsierte sich Lullaby damit, die Löcher eines ums andere auf gut Glück mit Wörtern und Satzfetzen zu stopfen:

»Das Meer ist blau«

»Sonne«

»Schicke weiße Orchideen«

»Die Holzhütte, schade, daß Du nicht hier bist«

»Schreib mir«

»Ein Schiff segelt vorbei, wo fährt es hin?«

»Ich möchte auf einem großen Berg sein«

»Sag mir, wie das Licht bei Dir ist«

»Erzähl mir von den Korallenfischern«

»Wie geht es Sloughi?«

Sie füllte die letzten weißen Stellen mit den Wörtern:

»Algen«

»Spiegel«

»Weit«

»Leuchtkäfer«

»Rallye«

»Perpendikel«

»Koriander«

»Stern«

Dann faltete sie das Papier und steckte es in den Umschlag, zusammen mit einem Kräuterblatt, das nach Honig roch.

Als sie über die Felsen wieder hochstieg, sah sie zum zweiten Mal die merkwürdigen Zeichen, die mit Kreide auf die Steine geschrieben waren, darunter auch Pfeile, um den Weg zu weisen. Auf einem großen flachen Felsen las sie:

»NUR NICHT AUFGEBEN!«

Und ein wenig weiter:
»DAS VERLÄUFT SICH VIELLEICHT IM SANDE«

Lullaby schaute wieder um sich, doch soweit sie sehen konnte, war niemand in den Felsen. Da setzte sie ihren Weg fort. Sie kletterte, stieg ab, sprang über Spalten und kam schließlich ans Ende des Kaps, dorthin, wo ein Steinplateau und das griechische Haus waren.

Lullaby blieb bewundernd stehen. Noch nie hatte sie ein so hübsches Haus gesehen. Es stand inmitten der Felsen und Fettpflanzen dem Meer gegenüber, ganz quadratisch und einfach, mit einer von sechs Säulen getragenen Veranda, und es glich einem Miniaturtempel. Es war blendend weiß, totenstill, an die Steilküste geschmiegt, die es vor Wind und Blicken schützte.

Mit klopfendem Herzen näherte sich Lullaby langsam dem Haus. Es war niemand da, und es mußte schon seit Jahren verlassen sein, denn Gras und Lianen hatten die Veranda überwuchert, und um die Säulen schlangen sich Winden.

Als Lullaby ganz nahe am Haus war, sah sie, daß über der Tür, im Stuck des Säulengangs, ein Wort eingraviert war:

ΧΑΡΙΣΜΑ

Lullaby las den Namen laut, und sie dachte, daß kein Haus je einen so schönen Namen besessen habe.

Ein verrosteter Drahtzaun lief um das Haus. Lullaby ging am Zaun entlang, um einen Eingang zu finden. Sie kam an eine Stelle, wo der Draht hochgezogen worden war, und sie kroch auf allen vieren durch die Öffnung.

Sie hatte keine Angst, alles war still. Lullaby ging durch den Garten bis zur Verandatreppe und blieb vor der Haustür stehen. Nach einem Augenblick des Zögerns stieß sie die Tür auf. Das Hausinnere war düster, und sie mußte warten, um ihre Augen an die Dunkelheit zu gewöhnen. Sie sah nun einen einzigen Raum mit schadhaften Wänden; der Boden war mit Scherben, alten Stoffetzen und Zeitungen übersät. Es war kalt. Die Fenster waren wohl seit Jahren nicht mehr geöffnet worden. Lullaby versuchte die Läden aufzumachen, aber sie klemmten. Als ihre Augen sich völlig an das Halbdunkel gewöhnt hatten, sah Lullaby, daß sie nicht als erste hier hereingekommen war. Die Wände waren mit Graffiti und obszönen Zeichnungen bedeckt. Das machte sie wütend, als wäre es wirklich ihr Haus. Mit einem Stoffetzen versuchte sie, die Graffiti wegzuwischen. Dann ging sie wieder auf die Veranda hinaus und zog die Tür so heftig zu, daß die Klinke brach und sie beinahe gefallen wäre.

Doch außen war das Haus schön. Lullaby setzte sich, mit dem Rücken an eine Säule gelehnt, auf die Veranda und schaute auf das Meer vor sich. So war es gut, nur das Geräusch des Wassers, und der Wind, der zwischen den weißen Säulen wehte. Zwischen den kerzengeraden Schäften schienen Himmel und Meer grenzenlos. Hier war man nicht mehr auf der Erde, hier hatte man keine Wurzeln mehr. Das Mädchen atmete langsam, den Rücken und Nacken ganz flach an die lauwarme Säule gelehnt, und so oft die Luft in ihre Lungen strömte, war es, als ob Lullaby jedesmal ein Stück mehr in den klaren Himmel über der Scheibe des Meeres emporsteige. Der Horizont war ein dünner bogenförmig gekrümmter

Draht, das Licht schickte seine geradlinigen Strahlen, und man war in einer anderen Welt, am Rande des Prismas.

Lullaby hörte eine Stimme, die im Wind kam, die nahe an ihren Ohren sprach. Es war jetzt nicht mehr die Stimme von Monsieur Filippi, sondern eine Stimme aus alter Zeit, die Himmel und Meer durchquert hatte. Die sanfte und ein wenig tiefe Stimme hallte um sie her in der warmen Luft und wiederholte ihren Namen von einst, den Namen, den ihr Vater ihr eines Tages gegeben hatte, bevor sie einschlief.

»Ariel ... Ariel ...«

Sehr leise zuerst, dann immer lauter sang Lullaby die Melodie, die sie seit so vielen Jahren nicht vergessen hatte:

> *»Where the bee sucks, there suck I;*
> *In the cowslip's bell I lie:*
> *There I couch when the owls do cry.*
> *On the bat's back I do fly*
> *After summer merrily:*
> *Merrily, merrily shall I live now,*
> *Under the blossom that hangs on the bough.«*

Ihre klare Stimme stieg in den freien Raum, trug sie über das Meer. Sie sah alles über den dunstigen Küsten, über den Städten, den Bergen. Sie sah die breite Straße des Meeres, auf dem die Reihen der Wellen dahineilten, sie sah alles bis zum anderen Ufer, das lange Band aus grauer und dunkler Erde, auf dem die Zedernwälder wachsen, und noch weiter weg, wie eine Fata Morgana, den schneebedeckten Gipfel des Kuhha-Ye-Alborz.

Lullaby blieb lange an die Säule gelehnt sitzen, schaute aufs Meer und sang für sich selbst den Text des Ariel-Liedes und anderer Lieder, die ihr Vater erfunden hatte. Sie blieb, bis die Sonne ganz dicht am Horizont stand und das Meer violett geworden war. Dann verließ sie das griechische Haus und ging auf dem Schmugglerpfad wieder in Richtung Stadt. Als sie in der Nähe des Bunkers war, bemerkte sie einen kleinen Jungen, der vom Fischen kam. Er blieb stehen, um auf sie zu warten.

»Guten Abend«, sagte Lullaby.

»Salut!« sagte der kleine Junge.

Er hatte ein ernsthaftes Gesicht, und seine blauen Augen waren hinter einer Brille verborgen. Er trug eine lange Angelrute und einen Fischkorb und hatte seine Schuhe an den Schnürsenkeln zusammengebunden um den Hals gehängt.

Sie gingen nebeneinander her, ohne viel zu reden. Als sie das Ende des Wegs erreichten, blieben noch ein paar Augenblicke bis zum Einbruch der Dunkelheit, und sie setzten sich in die Felsen, um auf das Meer zu schauen. Der kleine Junge zog seine Schuhe an. Er erzählte Lullaby die Geschichte seiner Brille. Eines Tages, sagte er, vor ein paar Jahren, hatte er eine Sonnenfinsternis beobachten wollen, und seitdem war die Sonne in seine Augen eingebrannt geblieben.

Währenddessen war die Sonne untergegangen. Sie sahen, wie der Leuchtturm anging, dann die Straßenlampen und die Positionslichter der Flugzeuge. Das Wasser wurde schwarz. Da stand der kleine Junge mit der Brille als erster auf. Er nahm seine Angelrute und seinen Fischkorb und hob grüßend die Hand, bevor er ging.

Als er schon ein wenig entfernt war, rief Lullaby ihm nach:

»Mach mir eine Zeichnung, morgen!«

Der kleine Junge nickte zustimmend.

2

Lullaby ging nun schon seit einigen Tagen zum griechischen Haus. Sie mochte den Augenblick, wenn sie nach der Wanderung über alle diese Felsen, ganz außer Atem vom Herumlaufen und Herumklettern und ein wenig trunken vom Wind und vom Licht, vor der Klippenwand die weiße, geheimnisvolle Silhouette auftauchen sah, die einem vertäuten Schiff glich. Das Wetter war an diesen Tagen sehr schön, der Himmel und das Meer waren blau, und der Horizont war so klar, daß man die Wellenkämme sah. Als Lullaby vor dem Haus ankam, blieb sie stehen, und ihr Herz klopfte schneller und stärker, und sie spürte eine merkwürdige Wärme in den Adern ihres Körpers, weil dieser Ort ganz sicher ein Geheimnis barg.

Der Wind legte sich mit einem Schlag, und sie fühlte das ganze Sonnenlicht, das sie sanft einhüllte, ihre Haut und ihre Haare elektrisierte. Sie atmete tiefer, wie wenn man lange unter Wasser schwimmen will.

Langsam ging sie am Zaun entlang bis zur Öffnung. Sie näherte sich dem Haus, den Blick auf die sechs regelmäßigen weiß schimmernden Säulen gerichtet.

Laut las sie das in den Stuck des Säulenganges geschriebene Zauberwort, dem es vielleicht zu verdanken war, daß es hier soviel Frieden und Licht gab.

»Karisma...«

Das Wort strahlte innen in ihrem Körper, als sei es auch in sie geschrieben und erwartete sie. Lullaby setzte sich auf den Boden der Veranda, den Rücken an die letzte rechte Säule gelehnt, und schaute auf das Meer.

Die Sonne verbrannte ihr Gesicht. Lichtstrahlen schossen aus ihr, durch Finger, Augen, Mund, Haare, und vereinigten sich mit den Blitzen der Felsen und des Meeres.

Da war vor allem die Stille, eine so große und mächtige Stille, daß Lullaby den Eindruck hatte, sie müsse sterben. Sehr schnell zog das Leben sich aus ihr zurück und machte sich davon, ging in den Himmel und ins Meer. Es war schwer zu begreifen, doch genau so stellte Lullaby sich den Tod vor. Ihr Körper blieb, wo er war, in sitzender Stellung, mit dem Rücken an die weiße Säule gelehnt, ganz in Wärme und Licht gehüllt. Aber die Bewegungen gingen weg, lösten sich vor ihr auf. Sie konnte sie nicht zurückhalten. Sie spürte, daß alles sich mit großer Geschwindigkeit von ihr entfernte, wie Starenflüge, wie Staubwirbel. Es waren alle Bewegungen ihrer Arme und Beine, die inneren Beben, die Schauder, die Zuckungen. Das schoß schnell nach vorne in den Raum, hin zum Licht und zum Meer. Aber es war angenehm, und Lullaby wehrte sich nicht. Sie schloß nicht die Augen. Mit geweiteten Pupillen sah sie gerade vor sich hin, ohne einen Wimpernschlag, immer auf denselben Punkt am Horizont, dort wo die Falte zwischen Himmel und Erde war.

Der Atem wurde immer langsamer, und in ihrer Brust vergrößerte das Herz die Abstände zwischen seinen Schlägen, langsam, langsam. Es war fast keine Bewegung, fast kein Leben mehr in ihr, nur ihr Blick, der sich erweiterte, sich wie ein Lichtstrahl mit dem Raum mischte. Lullaby spürte, wie ihr Körper sich öffnete, ganz sacht, wie eine Tür, und sie wartete auf ihre Vereinigung mit dem Meer. Sie wußte, daß sie das bald erleben würde, also dachte sie an nichts, wollte sie nichts anderes. Ihr Körper würde weit zurückbleiben, so sein wie die weißen Säulen und die stuckbedeckten Wände, unbeweglich, still. Und das war das Geheimnis des Hauses: die Ankunft oben auf dem Meer, ganz auf der Krone der großen blauen Mauer, von wo aus man endlich sieht, was auf der anderen Seite ist. Lullabys Blick war weitgespannt, er schwebte auf der Luft, dem Licht, über dem Wasser.

Ihr Körper wurde nicht kalt wie bei den Toten in ihren Sterbezimmern. Das Licht drang nach wie vor ein, bis auf den Grund der Organe, bis ins Innere der Knochen, und sie lebte wie die Eidechsen bei einer Temperatur, die der Wärme der Luft entsprach.

Lullaby war wie eine Wolke, wie ein Gas, sie mischte sich mit allem, was sie umgab. Sie war wie der Duft der sonnengewärmten Pinien auf den Hügeln, wie der Duft des Grases, das nach Honig riecht. Sie war der Gischt der Wellen, in dem der Regenbogen aufblitzt. Sie war der Wind, der kalte Hauch, der vom Meer kommt, der warme Hauch, der wie ein Atem aus der fermentierten Erde am Fuße des Buschwerks aufsteigt. Sie war das Salz, das Salz, das wie Rauhreif auf den alten Felsen glitzert oder das Meersalz, das schwere und scharfe Salz der unterseeischen Schluchten. Es war nicht mehr eine einzelne Lullaby, die auf der Veranda eines baufälligen pseudo-griechischen Hauses saß. Sie waren so zahlreich wie die Lichtfunken auf den Wellen.

Lullaby sah mit all ihren Augen, von allen Seiten. Sie sah Dinge, die sie sich früher nicht hätte vorstellen können. Sehr kleine Dinge, Insektenverstecke, Gänge von Würmern. Sie sah die Blätter der Fettpflanzen, die Wurzeln. Sie sah sehr große Dinge, die Rückseite der Wolken, die Gestirne hinter der Himmelswand, die Polkappen, die riesigen Täler und unendlichen Gipfel der Tiefsee. Sie sah das alles gleichzeitig, und jeder Blick dauerte Monate, Jahre. Doch sie sah, ohne zu begreifen, denn es waren die einzelnen Bewegungen ihres Körpers, die vor ihr her durch den Raum liefen.

Es war, als könne sie endlich nach ihrem Tod die Gesetze prüfen, nach denen die Welt geformt ist. Es waren seltsame Gesetze, in nichts denen gleich, die in den Büchern geschrieben standen und die man in der Schule auswendig lernte. Da war das Gesetz vom Horizont, der die Körper anzieht, ein sehr langes und dünnes Gesetz, ein einziger harter Strich, der die beiden beweglichen Kugeln des Himmels und des Meeres vereinte. Dort entstand alles, vermehrte sich durch Zahlen- und Zeichenflüge, die die Sonne verdunkelten und dem Unbekannten zustrebten. Da war das Gesetz vom Meer, das weder Anfang noch Ende hat und wo sich die Lichtstrahlen brechen. Das Gesetz vom Himmel, das Gesetz vom Wind, das Gesetz von der Sonne, aber man konnte sie nicht begreifen, da sie den Menschen nicht zugänglich waren.

Später, als Lullaby aufwachte, versuchte sie, sich an

das zu erinnern, was sie gesehen hatte. Sie hätte das alles gern an Monsieur Filippi schreiben mögen, weil er vielleicht begriffen hätte, was all diese Ziffern und Zeichen besagen wollten. Aber sie fand nur Satzfetzen, die sie mehrmals laut wiederholte:

»Dort, wo man das Meer trinkt«

»Die Stützpunkte des Horizonts«

»Die See- (oder Seh-) wege«

und sie zuckte die Achseln, weil das nicht viel besagte.

Dann verließ Lullaby ihren Posten, ging aus dem Garten des griechischen Hauses hinaus und stieg zum Meer hinunter. Der Wind war plötzlich wieder aufgesprungen und zerrte hart an ihren Haaren und Kleidern, als wolle er alles wieder ordnen.

Lullaby mochte diesen Wind. Sie wollte ihm Dinge geben, denn der Wind muß oft essen, Blätter, Staub, Herrenhüte oder kleine Tropfen, die er dem Meer und den Wolken entreißt.

Lullaby setzte sich in eine Felsenhöhlung, so nahe am Wasser, daß die Wellen an ihren Füßen leckten. Die Sonne brannte über dem Meer und blendete sie durch die Spiegelung ihrer Strahlen an den Wellenflanken.

Es war überhaupt niemand anderes da als die Sonne, der Wind und das Meer. Lullaby holte die Briefe aus ihrer Umhängetasche, zog einen nach dem anderen aus dem Packen, indem sie den Gummi spreizte, und las auf gut Glück einige Wörter, einige Floskeln. Manchmal begriff sie nicht, und sie las dann nochmals laut, damit es wahrer werde.

»... Die roten Tücher, die wie Fahnen flattern...«

»Die gelben Narzissen auf meinem Schreibtisch, ganz nah an meinem Fenster, siehst Du sie, Ariel?«

»Ich höre Deine Stimme, Du sprichst in die Luft...«
»... Ariel, Ariel-Luft...«
»Das ist für Dich, damit Du Dich immer erinnerst.«
Lullaby warf die Papierblätter in den Wind. Sie wurden schnell davongefetzt, flogen einen Augenblick über dem Meer, wobei sie taumelten wie Schmetterlinge in einer Bö. Es waren leicht bläuliche Blätter Luftpostpapier, die dann mit einem Schlag im Meer verschwanden. Es tat gut, diese Papierblätter in den Wind zu werfen, diese Wörter zu verstreuen, und Lullaby sah zu, wie der Wind sie freudig verschlang.

Sie hatte Lust, Feuer zu machen. Sie suchte in den Felsen eine Stelle, wohin der Wind nicht zu stark blasen könnte. Ein wenig weiter fand sie die kleine Bucht mit dem verfallenen Landesteg, und dort ließ sie sich nieder.

Es war eine gute Stelle zum Feuermachen. Die weißen Felsen umschlossen den Landesteg, und die Windstöße kamen nicht bis dorthin. Unten am Felsen war eine trockene und warme Höhlung, und die leichten blassen Flammen schossen sofort leise knisternd in die Höhe. Lullaby warf pausenlos weitere Papierblätter hinein. Sie fingen sofort Feuer, weil sie sehr trocken und dünn waren, und verbrannten schnell.

Es war schön zu sehen, wie die blauen Blätter sich in den Flammen krümmten und wie die Wörter anscheinend rückwärts, wer weiß wohin davonflogen. Lullaby dachte, daß ihr Vater gern bei der Verbrennung seiner Briefe dabeigewesen wäre, denn er schrieb die Wörter nicht, damit etwas bleiben solle. Er hatte es ihr eines Tages am Strand gesagt und einen Brief in eine alte blaue Flasche gesteckt, um ihn sehr weit ins Meer zu werfen. Er hatte die Wörter nur für sie geschrieben, damit sie sie lesen und den Klang seiner Stimme hören solle, und jetzt konnten die Wörter einfach so, schnell in der Luft als Licht und Rauch, dahin zurückkehren, woher sie gekommen waren, und unsichtbar werden. Vielleicht würde irgend jemand auf der anderen Seite des Meeres den kleinen Rauch und die wie ein Spiegel glänzende Flamme sehen und verstehen.

Lullaby warf kleine Holzstücke, Reisig, trockene Algen in das Feuer, um die Flammen zu unterhalten. Alle möglichen Gerüche stiegen auf, der leichte und ein wenig süßliche Geruch des Luftpostpapiers, der durchdringende Geruch der Pappe und des Holzes, der schwere Geruch der Algen.

Lullaby betrachtete die Wörter, die schnell davonschossen, so schnell, daß sie den Kopf wie Blitze durchzuckten. Die vorüberflitzenden Wörter waren manchmal erkennbar, oder aber verformt und bizarr, vom Feuer verkrümmt, und sie lachte ein bißchen:

»Reeeegn!«

»leid!«

»Eeeeelan«

»Endendendende!«

»Awiel, iel, eeel...«

Plötzlich spürte sie, daß jemand hinter ihr war, und sie drehte sich um. Es war der kleine Junge mit der Brille, der auf einem Felsen über ihr stand und sie anschaute. Er hatte wie immer seine Angelrute in der Hand und die Schuhe um den Hals geknüpft.

»Warum verbrennen Sie Papiere?« fragte er.

Lullaby lächelte ihm zu.

»Weil es lustig ist«, sagte sie. »Schau!«

Sie zündete ein großes blaues Blatt an, auf das ein Baum gezeichnet war.

»Brennt gut«, sagte der kleine Junge.

»Verstehst du, sie hatten sehr große Lust zu brennen«, erklärte Lullaby. »Sie haben seit langem darauf gewartet, sie waren trocken wie dürres Laub, drum brennen sie so gut.«

Der kleine Junge mit der Brille legte seine Angelrute auf den Boden und machte sich auf die Suche nach Reisig. Sie vergnügten sich eine gute Weile damit, alles zu verbrennen, was sie fanden.

Lullabys Hände waren vom Ruß geschwärzt, und ihre Augen schmerzten. Beide waren müde und außer Atem vor lauter Feuermachen. Und auch das Feuer schien jetzt ein wenig müde. Seine Flammen waren kürzer, und die Reiser und Papiere verlöschten allmählich.

»Das Feuer geht aus«, sagte der kleine Junge und putzte seine Brille.

»Weil es keine Briefe mehr bekommt. Denn auf die war es scharf.«

Der kleine Junge zog ein vierfach gefaltetes Blatt Papier aus der Tasche.

»Was ist das?« fragte Lullaby. Sie nahm das Blatt und öffnete es. Es war eine Zeichnung, die eine Frau mit dunklem Gesicht darstellte. Lullaby erkannte ihren grünen Pullover.

»Ist das meine Zeichnung?«

»Ich hab sie für Sie gemacht«, sagte der kleine Junge.

»Aber man kann sie verbrennen.«

Doch Lullaby faltete die Zeichnung wieder zusammen und sah zu, wie das Feuer ausging.

»Wollen Sie sie nicht jetzt verbrennen?« fragte der kleine Junge.

»Nein, nicht heute«, sagte Lullaby.

Nach dem Feuer ging der Rauch aus. Der Wind blies in die Asche.

»Ich werde sie verbrennen, wenn ich sie sehr gern habe«, sagte Lullaby.

Sie blieben lange auf dem Landesteg sitzen und sahen, fast ohne ein Wort zu sprechen, auf das Meer. Der Wind strich über das Wasser und übersprühte ihr Gesicht mit brennendem Gischt. Es war, als seien sie auf hoher See im Heck eines Schiffs. Es war nichts zu hören als der Lärm der Wellen und das Pfeifen des Windes.

Als die Sonne an ihrem Mittagsplatz war, nahm der kleine Junge seine Angelrute und seine Schuhe und stand auf.

»Ich geh jetzt«, sagte er.

»Willst du nicht bleiben?«

»Ich kann nicht, ich muß nach Hause.«

Lullaby stand ebenfalls auf.

»Bleiben Sie hier?« fragte der kleine Junge.

»Nein, ich schau mich mal da hinten um.«

Sie deutete auf die Felsen am Ende des Kaps.

»Da steht noch ein Haus, aber es ist sehr viel größer, wie ein Theater«, erklärte der kleine Junge. »Man muß die Felsen hinaufklettern, dann kommt man von unten hinein.«

»Bist du schon einmal dort gewesen?«

»Ja, oft. Es ist schön, aber schwer hinzukommen.«

Der kleine Junge mit der Brille hängte die Schuhe um den Hals und entfernte sich schnell.

»Auf Wiedersehen«, sagte Lullaby.

»Salut!« sagte der kleine Junge.

Lullaby ging zur Spitze des Kaps, sie lief fast, sprang von Fels zu Fels. Hier gab es keinen Weg mehr. Man mußte die Felsen hinaufklettern und sich dabei an den Wurzeln der Baumheiden und an Grasbüscheln festhalten. Man war weit weg, inmitten der weißen Steine, in der Schwebe zwischen Himmel und Meer. Trotz der Kälte des Windes spürte Lullaby das Brennen der Sonne. Sie schwitzte unter ihren Kleidern. Ihre Tasche behinderte sie, und sie beschloß, sie irgendwo zu verstecken, um sie später wieder mitzunehmen. Sie stopfte sie in ein Erdloch am Fuß einer großen Aloe. Sie verschloß das Versteck mit ein paar Steinen.

Über ihr war jetzt das merkwürdige Zementhaus, von dem der kleine Junge gesprochen hatte. Um hinzukommen, mußte man eine Geröllhalde hinaufsteigen. Die weiße Ruine glänzte im Sonnenlicht. Lullaby zögerte einen Augenblick, weil jetzt alles hier so seltsam und still war. Die langen Zementmauern über dem Meer an der Felswand hatten keine Fenster.

Ein Seevogel zog über der Ruine Kreise, und Lullaby wünschte sich plötzlich sehr, da oben zu sein. Sie machte sich daran, die Geröllhalde hinaufzuklettern. Sie schürfte sich Hände und Knie an den Kanten der Steine auf, und hinter ihr gingen kleine Lawinen nieder. Als sie ganz oben ankam, drehte sie sich zum Meer um, und sie mußte die Augen schließen, um nicht schwindelig zu werden. Unter ihr war, so weit das Auge reichte, nur dies: das Meer. Es füllte mit seiner maßlosen Bläue den Raum bis zum geweiteten Horizont, und es war wie ein endloses Dach, eine riesige Kuppel aus dunklem Metall, auf der sich alle Wellenfurchen bewegten. Hier und dort entzündete sich darauf die Sonne, und Lullaby sah die Flecken und die dunklen Wege der Strömungen, die Algenwälder, die Schaumspuren. Der Wind fegte pausenlos über das Meer, glättete seine Oberfläche.

Lullaby öffnete die Augen und betrachtete alles, wobei sie sich mit den Nägeln an die Felsen krallte. Das Meer war so schön, es schien in reißender Geschwindigkeit durch ihren Kopf und ihren Körper zu fließen und Tausende von Gedanken durcheinanderzuwirbeln.

Langsam, vorsichtig näherte sich Lullaby der Ruine. Es war genau wie der kleine Junge mit der Brille gesagt hatte, eine Art Theater aus großen armierten Zementmauern, zwischen den hohen Mauern wuchsen Pflanzen, Dornengestrüpp und Lianen überwucherten den Boden. Auf den Mauern war ein stellenweise eingestürztes Dach aus Betonplatten. Durch die Öffnungen zu beiden Seiten des Gebäudes jagte der Seewind jähe Böen, die an den Eisenstücken der Dachbefestigung rüttelten. Die aneinanderstoßenden Lamellen erzeugten eine seltsame Musik, und Lullaby blieb stehen, um ihr zu lauschen. Es klang wie Seeschwalbengeschrei und Wellengemurmel, eine unwirkliche und rhythmuslose Musik, die einen schaudern macht. Lullaby setzte sich wieder in Bewegung. An der Außenmauer entlang lief ein schmaler Pfad durch das Buschwerk, der zu einer halb zerstörten Treppe führte. Lullaby stieg die Stufen hinauf und kam zu einer Plattform unter dem Dach, von wo aus man durch eine Mauerlücke das Meer sah. Hier setzte Lullaby sich hin, direkt dem Horizont und der Sonne gegenüber, und schaute wieder aufs Meer. Dann schloß sie die Augen.

Plötzlich fuhr sie hoch, denn sie hatte gespürt, daß

jemand kam. Es war nichts zu hören als der Wind, der die Eisenlamellen des Daches bewegte, und doch hatte sie die Gefahr gespürt. Und tatsächlich, am anderen Ende der Ruine ging jemand auf dem Weg durch das Dornengestrüpp. Es war ein Mann mit sonnverbranntem Gesicht und struppigem Haar, der eine blaue Leinenhose und ein Blouson trug. Er kam lautlos heran, wobei er von Zeit zu Zeit stehenblieb, als suche er etwas. Lullaby hielt sich mit klopfendem Herzen regungslos an der Mauer, in der Hoffnung, daß er sie nicht gesehen hatte. Ohne zu verstehen warum, wußte sie, daß der Mann sie suchte, und sie hielt den Atem an, damit er ihn nicht hören könne. Doch als der Mann die Hälfte des Wegs zurückgelegt hatte, hob er ruhig den Kopf und sah das junge Mädchen an. Seine grünen Augen glänzten absonderlich in dem dunklen Gesicht. Dann ging er ohne Hast weiter auf die Treppe zu. Es war zu spät um hinunterzusteigen; Lullaby sprang durch die Mauerlücke nach draußen und kletterte aufs Dach. Der Wind blies so heftig, daß sie beinahe gefallen wäre. So schnell sie konnte, lief sie ans andere Ende des Daches, und sie hörte das Geräusch ihrer Schritte, die in dem großen verfallenen Raum hallten. Ihr Herz hämmerte mit aller Macht. Als sie am anderen Ende des Dachs ankam, blieb sie stehen: Vor ihr war ein großer Graben, der sie von der Klippenwand trennte. Sie lauschte um sich. Noch immer war nur der Wind in den Eisenlamellen des Daches zu hören, aber sie wußte, daß der Unbekannte nicht weit war; er lief durch das Dornengestrüpp zur Rückseite der Ruine, um ihr den Weg abzuschneiden. Da sprang Lullaby. Beim Aufprall auf der Klippenschrägung verstauchte sie sich den linken Knöchel, und sie spürte einen Schmerz; sie schrie nur:

»Ah!«

Der Mann tauchte vor ihr auf, ohne daß sie begreifen konnte, woher er kam. Seine Hände waren von den Dornen zerkratzt, und er keuchte ein wenig. Er blieb regungslos vor ihr stehen, seine grünen Augen waren hart geworden wie kleine Glasstücke. Hatte er den ganzen Weg entlang die Botschaften mit Kreide auf die Felsen geschrieben? Oder war er in das schöne griechische Haus gegangen und hatte die Wände mit all diesen obszönen Aufschriften besudelt? Er war so nah, daß Lullaby seinen Geruch wahrnahm, den faden und sauren Schweißgeruch, der seine Kleidung und sein Haar durchtränkte. Plötzlich tat er einen Schritt vorwärts, mit offenem Mund, die Augen ein wenig verengt. Trotz des Schmerzes in ihrem Knöchel sprang Lullaby und hastete inmitten einer Steinlawine die Schrägung hinunter. Als sie unten an der Klippe ankam, blieb sie stehen und drehte sich um. Der Mann war vor den weißen Mauern der Ruine mit ausgebreiteten Armen stehengeblieben, als balancierte er.

Die Sonne stach hart auf das Meer, und dank des kalten Windes spürte Lullaby, wie ihre Kräfte wieder zurückkamen. Sie spürte auch den Ekel und den Zorn, die allmählich die Angst verdrängten. Dann begriff sie plötzlich, daß ihr nichts geschehen konnte, niemals. Es war der Wind, das Meer, die Sonne. Sie erinnerte sich an das, was ihr Vater eines Tages vom Wind gesagt hatte, vom Meer, von der Sonne, ein langer Satz, in dem von Freiheit und Weite die Rede war, oder dergleichen. Lullaby blieb auf einem Felsen stehen, der wie ein Bug übers Meer ragte, und sie warf den Kopf zurück, um die Wärme und das Licht besser auf ihrer Stirn und ihren

Lidern zu spüren. Das hatte ihr Vater sie gelehrt, gesagt, das müsse sie tun, um wieder zu Kräften zu kommen, er nannte das »Sonne trinken«.

Lullaby schaute auf das Meer, das unter ihr wogte, das an den Fuß des Felsens schlug und dabei seine Wirbel und seine Schwärme von dahinstrudelnden Blasen erzeugte. Sie ließ sich kopfüber fallen und tauchte in die Welle. Das kalte Wasser hüllte sie ein, drückte auf Trommelfelle und Nasenflügel, und sie sah in ihren Augen einen blendenden Schein. Als sie wieder an die Oberfläche kam, schüttelte sie ihre Haare und stieß einen Schrei aus. Weit hinter ihr schwankte die Erde wie ein riesiger grauer, mit Steinen und Pflanzen beladener Lastkahn. Auf dem Gipfel glich das weiße verfallene Haus einer auf den Himmel zu offenen Kommandobrücke.

Lullaby ließ sich einen Augenblick in der langsamen Dünung treiben, ihre Kleider klebten ihr wie Algen an der Haut. Dann schwamm sie mit langem Kraulschlag aufs offene Meer hinaus, bis das Kap zur Seite wich und in der Ferne, im Hitzedunst kaum sichtbar, die fahle Silhouette der Stadt auftauchte.

Das konnte nicht ewig so weitergehen. Lullaby wußte das wohl. Da waren zunächst alle diese Leute in der Schule und auf der Straße. Sie erzählten Dinge, redeten zuviel. Es gab sogar Mädchen, die Lullaby anhielten, um ihr zu sagen, daß sie ein wenig übertreibe, daß die Frau Direktor und alle Welt wisse, daß sie gar nicht krank sei. Und dann waren da diese Briefe, in denen Erklärungen verlangt wurden. Lullaby hatte die Briefe geöffnet, sie beantwortet und dabei mit dem Namen ihrer Mutter unterschrieben, sie hatte sogar eines Tages im Büro der Studiendirektorin angerufen und mit verstellter Stimme erklärt, ihre Tochter sei krank, sehr krank, und sie könne nicht zum Unterricht kommen.

Aber das konnte nicht ewig so weitergehen, dachte Lullaby. Da war auch noch Monsieur Filippi, der einen nicht sehr langen Brief geschrieben hatte, einen kuriosen Brief, in dem er sie bat, zurückzukommen. Lullaby hatte den Brief in die Tasche ihres Blouson gesteckt und trug ihn immer bei sich. Sie hätte Monsieur Filippi gern geantwortet, um ihm alles zu erklären, fürchtete jedoch, die Direktorin könne den Brief lesen und so erfahren, daß Lullaby nicht krank war, sondern spazierenging.

Am Morgen, als Lullaby die Wohnung verließ, war das Wetter ungewöhnlich schön. Ihre Mutter schlief noch, wegen der Pillen, die sie seit ihrem Unfall jeden Abend nahm. Lullaby trat auf die Straße und wurde vom Licht geblendet.

Der Himmel war fast weiß, das Meer glitzerte. Wie

alle anderen Tage schlug Lullaby den Schmugglerpfad ein. Die weißen Felsen schienen Eisberge, die aus dem Wasser ragten. Gegen den Wind ein wenig nach vorne geneigt, ging Lullaby eine Weile die Küste entlang. Aber sie wagte sich nicht mehr bis zur Zementplattform auf der anderen Seite des Bunkers. Gern hätte sie das schöne griechische Haus mit den sechs Säulen wiedergesehen, um sich hinzusetzen und sich bis zum Mittelpunkt des Meeres tragen zu lassen. Aber sie hatte Angst vor dem Mann mit dem struppigen Haar, der auf Mauern und Felsen schrieb. Also setzte sie sich auf einen Stein am Wegrand und versuchte, sich das Haus vorzustellen. Es war ganz klein und an die Klippe geschmiegt, seine Fensterläden und seine Türen waren geschlossen. Vielleicht würde von nun an es niemand mehr betreten. Über den Säulen im dreieckigen Giebelfeld stand sein von der Sonne beleuchteter Name, er lautete immer noch:

ΧΑΡΙΣΜΑ

denn es war das schönste Wort der Welt.

An den Felsen gelehnt betrachtete Lullaby nochmals sehr lange das Meer, als sollte sie es nie wieder sehen. Die dicht gedrängten Wellen bewegten sich bis zum Horizont. Das Licht funkelte wie Glassplitter auf ihren Kämmen. Der salzige Wind wehte. Das Meer brüllte zwischen den Felsspitzen, die Zweige der Sträucher pfiffen. Wieder überließ Lullaby sich dem seltsamen Zauber des Meeres und des leeren Himmels. Dann, gegen Mittag, drehte sie dem Meer den Rücken zu und lief zum Weg, der in die Stadtmitte führte.

In den Straßen war der Wind nicht mehr der gleiche.

Er fuhr um sich selbst herum, blies in Böen, die an den Fensterläden rüttelten und Staubwolken aufwirbelten. Die Leute mochten den Wind nicht. Sie hasteten durch die Straßen, suchten Schutz in Mauernischen.

Der Wind und die Trockenheit waren mit Elektrizität geladen. Die Menschen hampelten nervös, beschimpften sich, rempelten einander an, und manchmal stießen auf der schwarzen Fahrbahn zwei Autos unter großem Gehupe und Blechgetöse zusammen.

Lullaby ging mit langen Schritten durch die Straßen, die Augen halb geschlossen wegen des Staubs. Als sie in die Stadtmitte kam, drehte sich ihr der Kopf wie in einem Schwindelanfall. Die Menge wogte hin und her, wirbelte durcheinander wie abgefallenes Laub. Gruppen von Männern und Frauen ballten sich zusammen, zerstreuten sich, massierten sich wieder ein wenig weiter wie Eisenfeilspäne in einem Magnetfeld. Wohin gingen sie? Was wollten sie? Sie konnte es einfach nicht begreifen, denn sie hatte zu lange schon nicht mehr so viele Gesichter, so viele Augen, so viele Hände gesehen. Die langsame Bewegung der Menge auf den Gehsteigen erfaßte sie, stieß sie vorwärts, ohne daß sie wußte, wohin sie ging. Die Leute gingen dicht an ihr vorbei, sie spürte ihren Atem, das Streifen ihrer Hände. Ein Mann neigte sich zu ihrem Gesicht und murmelte etwas, aber es war, als spreche er eine unbekannte Sprache.

Ohne es zu bemerken, ging Lullaby in ein Warenhaus voller Licht und Lärm. Es war, als bliese der Wind auch drinnen durch die Gänge, in den Treppenhäusern und ließe die großen Schilder kreisen. Die Türknaufe versetzten elektrische Schläge, die Neonröhren leuchteten wie fahle Blitze.

Lullaby suchte fast im Laufschritt nach dem Ausgang. Vor der Türe stieß sie an jemand und murmelte: »Pardon, Madame.«

Aber es war nur eine große Kleiderpuppe aus Plastik, die eine grüne Lodenkotze trug. Die abstehenden Arme der Kleiderpuppe vibrierten ein wenig, und ihr spitzes wachsgelbes Gesicht glich dem der Direktorin. Durch den Stoß war der Kleiderpuppe die schwarze Perücke schräg über ein mit Fliegenbein-Wimpern versehenes Auge gerutscht, und Lullaby lachte und schauderte zugleich.

Sie fühlte sich jetzt sehr müde, leer. Das lag vielleicht daran, daß sie seit dem Vortag nichts mehr gegessen hatte, und sie ging in ein Café. Sie setzte sich in den rückwärtigen Teil des Lokals, wo es ein wenig kühl war. Der Kellner stand vor ihr.

»Ich möchte ein Omelett«, sagte Lullaby.

Der Kellner sah sie einen Augenblick an, als begreife er nicht. Dann rief er in Richtung Theke:

»Ein Omelett für das Fräulein!«

Er sah sie unentwegt an.

Lullaby zog ein Blatt Papier aus der Tasche ihres Blouson und versuchte zu schreiben. Sie wollte einen langen Brief schreiben, wußte aber nicht, an wen sie ihn schicken sollte. Sie wollte zugleich an ihren Vater, an Schwester Laurence, an Monsieur Filippi schreiben, und an den kleinen Jungen mit der Brille, um ihm für die Zeichnung zu danken. Aber das ging nicht. Sie knüllte also das Blatt Papier zusammen und nahm ein neues. Sie schrieb:

»Sehr geehrte Frau Direktor,

Meine Tochter kann leider zur Zeit nicht am Unterricht teilnehmen, denn ihr Gesundheitszustand erfordert«

Sie stockte wieder. Erfordert was? Es fiel ihr einfach nichts ein.

»Das Omelett für das Fräulein«, sagte die Stimme des Kellners. Er stellte den Teller auf den Tisch und sah Lullaby merkwürdig an.

Lullaby knüllte das zweite Blatt Papier zusammen und aß das Omelett ohne aufzuschauen. Die warme Speise tat ihr gut, und sie konnte bald aufstehen und weitergehen.

Als sie vor dem Tor der Schule ankam, zögerte sie einige Sekunden.

Sie ging hinein. Der Lärm der Kinderstimmen umfing sie mit einem Schlag. Sie erkannte sofort jede Kastanie, jede Platane. Ihre mageren Äste wurden von Windstößen geschüttelt, und ihr Laub wirbelte im Hof. Sie erkannte auch jeden Ziegelstein, jede Bank aus blauem Kunststoff, jedes der Mattglasfenster. Um den herumlaufenden Kindern aus dem Weg zu gehen, setzte sie sich auf eine Bank ganz hinten im Hof. Sie wartete. Niemand schien sie zu beachten.

Dann ebbte der Lärm ab. Die Schülerinnen gingen gruppenweise in die Klassenzimmer, die Türen schlossen sich eine nach der anderen. Bald blieben nur noch die windgeschüttelten Bäume, der Staub und die abgefallenen Blätter, die mitten im Hof rundum wirbelten.

Lullaby fror. Sie stand auf und machte sich auf die Suche nach Monsieur Filippi. Sie öffnete die Türen des Fertigbaus. Jedesmal hörte sie einen Satz, der einen Augenblick in der Luft schweben blieb und dann weiterflog, wenn sie die Türe wieder schloß.

Lullaby ging wieder über den Hof und klopfte an die Glastüre des Pedells.

»Ich möchte Monsieur Filippi sprechen«, sagte sie.

Der Mann sah sie erstaunt an.

»Er ist noch nicht da«, sagte er; er überlegte ein wenig. »Aber ich glaube, die Frau Direktor sucht Sie. Kommen Sie mit.«

Lullaby folgte dem Pedell gefügig. Er blieb vor einer lackierten Tür stehen und klopfte. Dann öffnete er die Tür und winkte Lullaby, einzutreten.

Die Direktorin saß hinter ihrem Schreibtisch und betrachtete sie mit durchdringendem Blick.

»Kommen Sie herein und setzen Sie sich. Nun? Ich warte.«

Lullaby setzte sich auf den Stuhl und sah auf den polierten Schreibtisch. Die Stille war so drohend, daß sie etwas sagen wollte.

»Ich möchte Monsieur Filippi sprechen«, sagte sie. »Er hat mir einen Brief geschrieben.«

Die Direktorin unterbrach sie. Ihre Stimme war so hart und kalt wie ihr Blick.

»Ich weiß. Er hat Ihnen geschrieben. Ich auch. Doch darum geht es nicht. Es geht um Sie. Wo waren Sie? Sie haben sicher allerhand ... Interessantes zu erzählen. Nun, Mademoiselle?«

Lullaby vermied ihren Blick.

»Meine Mutter ...«, begann sie.

Die Direktorin schrie fast.

»Ihre Mutter wird von dem allen später unterrichtet, und natürlich auch Ihr Vater.«

Sie zeigte auf ein Blatt Papier, das Lullaby sofort erkannte.

»Und von diesem Brief, der eine Fälschung ist!«

Lullaby leugnete nicht. Sie war nicht einmal erstaunt.

»Nun?« wiederholte die Direktorin. Lullabys Gleichgültigkeit schien sie ein wenig aus der Fassung zu bringen. Vielleicht lag es auch am Wind, der alles elektrisch aufgeladen hatte.

»Wo waren Sie die ganze Zeit?«

Lullaby sprach. Sie sprach langsam, suchte ein wenig nach Worten, weil sie es nicht mehr sehr gewöhnt war, und während sie sprach, sah sie statt der Direktorin das Haus mit den weißen Säulen vor sich, die Felsen und den schönen griechischen Namen, der in der Sonne glänzte. Das alles versuchte sie der Direktorin zu erzählen, das blaue Meer mit den diamantenen Reflexen, das tiefe Rauschen der Wellen, der schwarze Strich des Horizonts, der salzige Wind, in dem die Seeschwalben segelten. Die Direktorin hörte zu, und ihr Gesicht drückte einen Augenblick lang tiefe Verblüffung aus. Sie glich nun völlig der Kleiderpuppe mit der verrutschten Perücke, und Lullaby mußte an sich halten, um nicht zu lächeln. Als sie zu sprechen aufhörte, blieb es einige Sekunden still. Dann veränderte das Gesicht der Direktorin sich wieder, so als suche sie ihre Stimme. Lullaby war über den Klang erstaunt. Er war dunkler und sanfter geworden.

»Hören Sie, mein Kind«, sagte die Direktorin.

Sie neigte sich über ihren polierten Schreibtisch und sah Lullaby an. Ihre rechte Hand hielt einen schwarzen Füllfederhalter mit Goldspitze.

»Mein Kind, ich will das alles vergessen. Sie können wieder zum Unterricht kommen wie vorher. Aber Sie müssen mir sagen...«

Sie zögerte.

»Verstehen Sie, ich will nur Ihr Bestes. Ich muß die ganze Wahrheit wissen.«

Lullaby antwortete nicht. Sie verstand nicht, was die Direktorin sagen wollte.

»Sie können ohne Furcht sprechen, es bleibt alles unter uns.«

Als Lullaby immer noch nicht antwortete, sagte die Direktorin sehr schnell, mit fast leiser Stimme:

»Sie haben einen kleinen Freund, nicht wahr?«

Lullaby wollte protestieren, doch die Direktorin kam ihr zuvor.

»Leugnen ist zwecklos. Einige... einige Ihrer Klassenkameradinnen haben Sie mit einem Jungen gesehen.«

»Aber das stimmt nicht!« sagte Lullaby; sie hatte nicht geschrien, aber die Direktorin tat so, als habe sie geschrien, und sagte sehr laut:

»Ich will seinen Namen wissen!«

»Ich hab keinen kleinen Freund«, sagte Lullaby. Sie begriff plötzlich, warum das Gesicht der Direktorin sich verändert hatte; nämlich, weil sie log. Nun fühlte sie, daß ihr eigenes Gesicht wie ein kalter, glatter Stein wurde, und sie sah der Direktorin geradewegs in die Augen, denn jetzt hatte sie keine Angst mehr vor ihr.

Die Direktorin geriet in Verwirrung und mußte den Blick abwenden. Sie sagte zuerst mit einer sanften, fast zärtlichen Stimme:

»Sie müssen mir die Wahrheit sagen, mein Kind, es ist zu Ihrem Besten.«

Dann wurde ihr Ton wieder hart und böse.

»Ich will den Namen dieses Jungen wissen!«

Lullaby fühlte, wie der Zorn in ihr hochstieg. Er war sehr kalt und sehr schwer, wie ein Stein, und drang in ihre Lunge, in die Kehle. Ihr Herz schlug sehr schnell, wie damals, als sie die obszönen Sätze an den Wänden des griechischen Hauses gelesen hatte.

»Ich kenne keinen Jungen, das stimmt nicht, das stimmt nicht!« schrie sie; und sie wollte aufstehen und weggehen. Doch die Direktorin hielt sie mit einer Handbewegung zurück.

»Bleiben Sie, bleiben Sie, gehen Sie nicht weg!« Ihre Stimme war wieder leise, ein wenig gebrochen. »Ich sage das nicht um Sie – es ist zu Ihrem Besten, mein Kind, ich will Ihnen nur helfen, verstehen Sie doch – ich will sagen –«

Sie ließ den kleinen Füllfederhalter mit der vergoldeten Spitze fallen und faltete nervös ihre mageren Hände. Lullaby setzte sich wieder und rührte sich nicht mehr. Sie atmete kaum, und ihr Gesicht war ganz weiß geworden, wie eine Maske aus Stein. Sie fühlte sich schwach, vielleicht weil sie während all dieser Tage am Meeresufer so wenig gegessen und geschlafen hatte.

»Es ist meine Pflicht, Sie vor den Gefahren des Lebens zu schützen«, sagte die Direktorin. »Sie ahnen ja gar nicht, Sie sind noch zu jung. Monsieur Filippi hat sehr lobend von Ihnen gesprochen, Ihr Betragen und Ihre Leistungen sind gut und ich möchte nicht, daß – daß das alles durch eine Dummheit zu Schaden kommt...«

Lullaby hörte ihre Stimme aus sehr großer Entfernung, wie über eine Mauer, vom Wind verweht. Sie wollte sprechen, doch es gelang ihr nicht, die Lippen richtig zu bewegen.

»Sie haben eine sehr schwere Zeit durchgemacht, seit

der Sache mit Ihrer Mutter, ihrem Krankenhausaufenthalt. Sie sehen, ich weiß Bescheid, und das hilft mir, Sie zu verstehen, aber Sie müssen auch mir helfen, Sie müssen sich einen Ruck geben...«

»Ich möchte Monsieur Filippi sprechen«, sagte Lullaby endlich.

»Später, später können Sie ihn sprechen«, sagte die Direktorin. »Aber Sie müssen mir endlich die Wahrheit sagen, wo Sie gewesen sind.«

»Ich sagte Ihnen doch, ich habe das Meer angeschaut. Ich war in den Felsen und habe das Meer angeschaut.«

»Mit wem?«

»Ich war allein, ich sagte doch, allein.«

»Das stimmt nicht!«

Die Direktorin hatte geschrien, faßte sich jedoch sofort wieder.

»Wenn Sie mir nicht sagen wollen, mit wem Sie waren, sehe ich mich gezwungen, an Ihre Eltern zu schreiben. Ihr Vater...«

Lullabys Herz fing wieder zu hämmern an.

»Wenn Sie das tun, geh ich nie wieder in diese Schule hier!« Sie spürte die Wirkung ihrer Worte und wiederholte langsam, ohne die Augen abzuwenden:

»Wenn Sie an meinen Vater schreiben, geh ich nie wieder in diese Schule hier, noch in irgendeine andere.«

Die Direktorin sagte eine ganze Weile nichts, und das Schweigen füllte den großen Raum wie ein kalter Wind. Dann stand die Direktorin auf. Sie sah das Mädchen aufmerksam an.

»Sie dürfen sich nicht so aufregen«, sagte sie schließlich. »Sie sind ganz blaß. Sie sind müde. Wir werden über das alles ein andermal sprechen.«

Sie schaute auf ihre Uhr.

»Monsieur Filippis Unterricht beginnt in einigen Minuten. Sie können hingehen.«

Lullaby stand langsam auf. Sie ging zur großen Tür. Bevor sie das Zimmer verließ, drehte sie sich noch einmal um.

»Danke, Madame«, sagte sie.

Der Hof war wieder voller Schülerinnen. Der Wind schüttelte die Äste der Platanen, und die Stimmen der Kinder machten einen betäubenden Lärm. Lullaby ging langsam über den Hof, wobei sie den Gruppen der Großen und den herumlaufenden Kleinen auswich. Einige Mädchen winkten ihr von ferne zu, ohne jedoch den Mut zu haben, sich zu nähern, und Lullaby antwortete ihnen mit einem leichten Lächeln. Als sie vor dem Fertigbau ankam, sah sie am Pfeiler B die Gestalt von Monsieur Filippi. Er trug wie immer seinen blau-grauen Anzug, rauchte eine Zigarette und sah vor sich hin. Lullaby blieb stehen. Der Lehrer bemerkte sie und ging ihr fröhlich winkend entgegen.

»Nun? Nun?« sagte er. Mehr fiel ihm nicht ein.

»Ich möchte Sie fragen...«, begann Lullaby.

»Was denn?«

»Über das Meer, über das Licht, da hätte ich Ihnen so viele Fragen zu stellen.«

Doch Lullaby bemerkte plötzlich, daß sie ihre Fragen vergessen hatte. Monsieur Filippi sah sie belustigt an.

»Waren Sie auf Reisen?« fragte er.

»Ja...«, sagte Lullaby.

»Und... War's schön?«

»O ja! Sehr schön.«

Die Klingel ertönte über den Hof, in den Gängen.

124

»Ich freue mich sehr...«, sagte Monsieur Filippi. Er trat seine Zigarette mit dem Absatz aus.

»Sie erzählen mir das alles später«, sagte er. Seine blauen Augen funkelten belustigt hinter der Brille.

»Sie werden doch jetzt nicht wieder auf Reisen gehen?«

»Nein«, sagte Lullaby.

»Gut, dann müssen wir wohl«, sagte Monsieur Filippi. Er wiederholte nochmals: »Ich freue mich sehr.«

Bevor er den Fertigbau betrat, wandte er sich zu dem jungen Mädchen um.

»Und Sie fragen mich dann nach dem Unterricht, was Sie wollen. Auch ich liebe es sehr, das Meer.«

Der Berg
des lebendigen Gottes

Der Berg Reyðarbarmur war rechts vom Feldweg. Im Licht des 21. Juni war er sehr hoch und breit, beherrschte das Steppenland und den großen kalten See, und Jon hatte nur Augen für ihn. Dabei war er nicht der einzige Berg. Ein wenig weiter waren das Kalfstindar-Massiv, die großen, bis zum Meer reichenden Täler, und im Norden die dunkle Masse der Gletscherwächter. Doch der Reyðarbarmur war schöner als alle anderen Berge, er schien größer, reiner, wegen der sanften Linie, die ohne Unterbrechung von seinem Fuß zu seinem Gipfel anstieg. Er berührte den Himmel, und die Wolkenspiralen zogen wie Vulkanrauch über ihn hin.

Jon ging jetzt auf den Reyðarbarmur zu. Er hatte sein neues Fahrrad an eine Böschung am Wegrand gelehnt und ging über das Moos- und Heidefeld. Er wußte nicht, warum er auf den Reyðarbarmur zuging. Er kannte diesen Berg seit eh und je, er sah ihn jeden Morgen seit seiner Kindheit, und doch war es heute, als sei der Reyðarbarmur ihm zum ersten Mal erschienen. Er sah ihn auch, wenn er zu Fuß auf der Teerstraße zur Schule ging. Es gab im ganzen Tal keine Stelle, von wo aus man ihn nicht hätte sehen können. Er wirkte wie ein düsteres Schloß, das über den Moosflächen, den Schafweiden, den Dörfern aufragte und über das ganze Land blickte.

Jon hatte sein Rad an die feuchte Böschung gelehnt.

Es war heute der erste Tag, an dem er auf seinem Fahrrad ausfuhr, und vom Kampf gegen den Wind auf der Steigung, die zum Fuß des Berges führte, war er außer Atem geraten, und seine Wangen und Ohren brannten.

Vielleicht hatte das Licht ihm Lust auf den Reyđarbarmur gemacht. Während der Wintermonate, wenn die Wolken dicht am Boden dahinziehen und Graupelschauer niedergehen lassen, schien der Berg sehr fern, unerreichbar. Manchmal stach er, inmitten von Blitzen, ganz blau in den schwarzen Himmel, und die Talbewohner hatten Angst. Aber Jon hatte keine Angst vor ihm. Er schaute ihn an, und es war fast, als ob der Berg aus den Tiefen der Wolken, über die große graue Steppe hin auch Jon anschaute.

Heute hatte ihn vielleicht das Juni-Licht zum Berg geführt. Trotz der Kälte des Windes war das Licht schön und sanft. Während er über das feuchte Moos schritt, sah Jon die Insekten, die im Licht schwirrten, die jungen Mücken, die über den Pflanzen flogen. Die wilden Bienen kreisten zwischen den weißen Blüten, und am Himmel schwebten die schlanken Vögel flatternd über den Wasserpfützen, verschwanden dann mit einem Schlag im Wind. Das waren die einzigen lebenden Wesen.

Jon blieb stehen, um auf das Geräusch des Windes zu lauschen. Eine seltsame und schöne Musik tönte in den Erdhöhlungen und den Zweigen der Büsche. Da waren auch noch die Schreie der im Moos verborgenen Vögel: ihr schrilles Gepiepse schwoll im Wind, erstarb dann.

Das schöne Juni-Licht leuchtete den Berg hell aus. Er war – und Jon bemerkte dies, je mehr er sich ihm näherte – nicht so regelmäßig, wie er von ferne zu sein schien; er stand frei auf der Basaltebene wie ein großes verfallenes Haus, mit teils sehr hohen, teils in der Mitte abgebrochenen Wänden, durchzogen von schwarzen Brüchen, die wie die Spuren von Schlägen wirkten. Am Fuß des Berges floß ein Bach.

John hatte noch nie einen solchen Bach gesehen. Er war klar, himmelfarben und schlängelte sich langsam durch das grüne Moos dahin. Jon näherte sich behutsam, tastete den Boden mit der Fußspitze ab, um nicht in einen Tümpel zu treten. Am Bachufer kniete er nieder.

Das blaue Wasser floß summend dahin, glatt und rein wie Glas. Der Grund des Baches war mit kleinen Steinen bedeckt, und Jon tauchte seinen Arm ein, um einen herauszufischen. Das Wasser war eisig und tiefer, als er gedacht hatte, und er mußte seinen Arm bis zur Achsel hineinstrecken. Seine Finger faßten einen einzigen, herzförmigen Kiesel, der ganz weiß und ein wenig durchsichtig war.

Plötzlich hatte Jon wiederum das Gefühl, daß ihn jemand ansah. Er richtete sich schauernd auf, der Ärmel seiner Jacke war vom eisigen Wasser durchnäßt. Er drehte sich um, ließ den Blick schweifen. Doch es war nichts weiter zu sehen als das sanft abfallende Tal, die große mit Moos und Flechten bedeckte Ebene, über die der Wind strich. Sogar die Vögel waren verschwunden.

Ganz unten am Abhang bemerkte Jon den roten Fleck seines neuen an der Böschung lehnenden Fahrrads, und das beruhigte ihn.

Es war nicht genau ein Blick, der auf ihn gefallen war, als er sich über das Wasser des Baches neigte. Es war auch ein wenig so etwas wie eine Stimme, die seinen Namen sehr leise im Inneren seines Ohres ausgesprochen hatte, eine leichte und sanfte Stimme, die nichts Bekanntem glich. Oder eine Welle, die ihn wie Licht eingehüllt und erschauern lassen hatte, gleich einer Wolke, die aufreißt und die Sonne zeigt.

Jon ging eine Weile den Bach entlang auf der Suche nach einer Furt. Er fand sie weiter oben, am Ende einer Schleife, und watete hinüber. Das Wasser strudelte an den flachen Steinen der Furt, und grüne Moosbüschel, die sich vom Ufer losgelöst hatten, glitten lautlos in der Strömung dahin. Bevor Jon seinen Weg fortsetzte, kniete er wieder am Bachrand nieder und trank einige Schlucke des schönen eisigen Wassers.

Die Wolken rissen auf, schlossen sich wieder, das Licht wechselte ständig. Es war ein seltsames Licht, weil es nichts der Sonne zu verdanken schien; es schwebte in der Luft, um die Bergwände. Es war ein sehr langsames Licht, und Jon begriff, daß es noch Monate anhalten würde, unvermindert, Tag um Tag, ohne der Nacht Platz zu machen. Es war eben entstanden, aus der Erde hervorgegangen, im Himmel zwischen den Wolken entflammt, als sollte es ewig leben. Jon spürte, wie es durch die ganze Haut seines Körpers und seines Gesichts in ihn eindrang. Es brannte und floß durch die Poren wie eine warme Flüssigkeit, es durchtränkte seine Kleider und seine Haare. Plötzlich hatte er Lust, sich nackt auszuziehen. Er wählte eine Stelle, wo das Moosfeld eine windgeschützte Mulde bildete, und streifte schnell alle seine Kleider ab. Dann wälzte er sich auf dem feuchten Boden und rieb Beine und Arme im Moos. Die elastischen Büschel knisterten unter dem Gewicht seines Körpers, bedeckten ihn mit kalten Tropfen. Jon blieb regungslos mit ausgebreiteten Armen auf dem Rücken liegen, schaute in den Himmel und lauschte auf den Wind. Da öffneten sich über dem Reydarbarmur die Wolken, die Sonne brannte auf Jons Gesicht, Brust und Bauch.

Jon zog sich an und ging wieder auf die Bergwand zu. Sein Gesicht war heiß und seine Ohren rauschten, als hätte er Bier getrunken. Der federnde Boden ließ seine Füße wippen, und es war ein wenig schwierig, geradeaus zu gehen. Als das Moosfeld aufhörte, machte Jon sich über die Ausläufer des Berges an den Aufstieg. Das Gelände wurde chaotisch, dunkle Basaltblöcke und Wege aus Bimsstein, der unter den Schuhsohlen knirschte und abbröckelte.

Vor ihm erhob sich die Bergwand, so hoch, daß man ihren Gipfel nicht sah. Diese Stelle bot keine Klettermöglichkeit. Jon ging um die Wand herum, bog nach Norden auf der Suche nach einem Aufstieg. Er fand ihn plötzlich. Der Wind, vor dem ihn die Wand bisher geschützt hatte, fiel ihn unvermittelt an, so daß er zurücktaumelte. Er stand vor einer breiten Spalte, die eine Art Riesenpforte in dem schwarzen Felsen bildete. Jon trat ein.

Zwischen den Wänden der Spalte lagen wild durcheinander große abgestürzte Basaltblöcke, und man mußte langsam aufsteigen, unter Ausnutzung aller Schlitze, aller Risse. Jon erkletterte einen Block um den anderen, ohne Atem zu schöpfen. Eine Art Hast hatte sich seiner bemächtigt, er wollte so schnell wie möglich oben auf der Spalte ankommen. Mehrmals wäre er beinahe nach hinten gekippt, denn die Steinblöcke waren feucht und moosig. Jon krallte sich mit beiden Händen an und brach sich bei einem Griff den Nagel seines Zeigefingers, ohne irgend etwas zu spüren. Trotz der Schattenkälte kreiste die Wärme weiterhin in seinem Blut.

Auf dem Gipfel der Spalte drehte er sich um. Das große Lava- und Moostal dehnte sich endlos, und der Himmel, an dem graue Wolken zogen, war unermeßlich. Jon hatte nie etwas Schöneres gesehen. Es war, als sei die Erde fern und leer geworden, ohne Menschen, ohne Tiere, ohne Bäume, so groß und einsam wie der Ozean. Über dem Tal platzte hier und dort eine Wolke, und Jon sah die schrägen Regenstrahlen und die Lichthöfe.

Jon schaute auf die Ebene, regungslos, den Rücken an die Steinwand gelehnt. Er suchte mit den Augen den roten Fleck seines Fahrrads und die Form des elterlichen Hauses am anderen Ende des Tals. Aber er konnte sie nicht sehen. Alles, was er kannte, war verschwunden, als sei das Moos aufgeschossen und habe alles bedeckt. Nur unten am Berg glänzte der Bach wie eine lange, tiefblaue Schlange.

Plötzlich starrte Jon auf die dunkle Spalte unter ihm und er schauderte; er hatte es nicht bemerkt, während er die Blöcke erkletterte, aber jeder Basaltbrocken bildete die Stufe einer Riesentreppe.

Da spürte Jon wieder den seltsamen Blick, der ihn einhüllte. Die unbekannte Gegenwart lastete auf seinem Kopf, auf seinen Schultern, auf seinem ganzen Körper, ein dunkler und mächtiger Blick, der die ganze Erde umfaßte. Jon hob den Kopf. Über ihm war der Himmel voll von einem intensiven Licht, das in blendender Helle von einem Horizont zum anderen glänzte. Jon schloß die Augen wie vor einem Blitz. Dann schoben die niedrigen rauchartigen Wolkenbänke sich wieder zusammen und bedeckten die Erde mit Schatten. Jon hielt die Augen lange geschlossen, um den Schwindel nicht zu spüren. Er horchte auf das Geräusch des Windes, der über die glatten Felsen glitt, doch die wunderliche und sanfte Stimme sprach seinen Namen nicht aus. Sie flüsterte nur, unverständlich, in der Musik des Windes.

War es der Wind? Jon hörte unbekannte Töne, murmelnde Frauenstimmen, Flügelgeräusche, Wellenrauschen. Manchmal stieg aus dem Grund des Tales ein merkwürdiges Bienengesumm, ein Motorbrummen. Die Geräusche vermischten sich, hallten von den Flanken des Berges als Echo zurück, glitten dahin wie Quellwasser, versickerten in den Flechten und im Sand.

Jon öffnete die Augen. Seine Hände klammerten sich an die Felswand. Trotz der Kälte netzte ein wenig Schweiß sein Gesicht. Jetzt war er wie auf einem Lavaschiff, das langsam wendete und dabei die Wolken streifte. Der große Berg glitt leicht über die Erde, und Jon spürte die Wippbewegung des stampfenden Schiffs. Am Himmel zogen die Wolken, eilten dahin wie endlose Wellen und ließen dabei das Licht blinken.

Das dauerte lange, so lange wie die Reise zu einer Insel. Jon fühlte den Blick, der sich von ihm entfernte. Er löste seine Finger von der Felswand. Über ihm erschien klar und deutlich der Gipfel des Berges. Es war eine große Kuppel aus schwarzem Gestein, prall und glatt wie ein Ballon, der im Licht des Himmels glänzte.

An den Seiten der Kuppel bildeten Lava- und Basaltströme einen sanften Hang, über den Jon seinen Aufstieg fortsetzen wollte. Er kletterte mit vorgeneigtem Oberkörper und kleinen Zickzackschritten wie eine Ziege. Jetzt blies der Wind ungehindert, prallte heftig auf ihn, ließ seine Kleider flattern.

Jon preßte die Lippen zusammen und seine Augen waren tränenverschleiert. Aber er hatte keine Angst, spürte keinen Schwindel mehr. Der unbekannte Blick lastete nun nicht mehr auf seinem Körper, sondern stützte ihn, stieß Jon mit all seinem Licht nach oben.

Nie hatte Jon eine derartige Kraft verspürt. Es war, als ob jemand, der ihn liebte, an seiner Seite ginge, im gleichen Rhythmus ausschritt und atmete wie er. Der unbekannte Blick zog ihn auf die Felsenhöhen, half ihm beim Klettern. Jemand aus den Tiefen eines Traums, dessen Macht stetig wuchs, wie eine Wolke anschwoll. Jon trat auf den Lavaplatten immer auf die einzig richtige Stelle, vielleicht weil er unsichtbaren Spuren folgte. Der kalte Wind benahm ihm den Atem und trübte seinen Blick, aber er brauchte seine Augen nicht. Sein Körper bewegte sich von alleine, fand sich zurecht und stieg Meter um Meter an der Wölbung des Berges entlang hoch.

Er war allein inmitten des Himmels. Rings um ihn war jetzt keine Erde mehr, kein Horizont, nur noch die Luft, das Licht, die grauen Wolken. Jon strebte trunken bergan, seine Bewegungen wurden langsam wie die eines Schwimmers. Manchmal berührten seine Finger die glatte und kalte Platte, sein Bauch rieb sich an ihr, und er spürte die scharfkantigen Risse und die Spuren der Lava-Adern. Das Licht schwellte den Fels, schwellte den Himmel, es wuchs auch in seinem Körper, es vibrierte in seinem Blut. Die melodische Stimme des

Windes füllte seine Ohren, hallte in seinem Mund. Jon dachte an nichts, schaute auf nichts. Er stieg in einem Zug, sein ganzer Körper stieg, ohne anzuhalten, hinauf zum Gipfel des Berges.

Langsam näherte er sich seinem Ziel. Der Basalthang wurde sanfter, länger. Jon war nun wie im Tal am Fuß des Berges, aber in einem schönen und weiten Tal aus Stein, das sich in einer langen Wölbung bis zum Beginn der Wolken erstreckte.

Regen und Wind hatten den Fels abgescheuert, wie einen Mühlstein glatt poliert. Hier und dort funkelten blutrote Kristalle, grün-blaue Rillen, gelbe Flecke, die im Licht zu wogen schienen. Weiter oben verschwand das steinerne Tal in den Wolken; sie glitten darüber mit einer Schleppe aus Fasern und Strähnen, und wenn sie sich auflösten, sah Jon wieder die reine Linie der steinernen Wölbung.

Schließlich war Jon ganz oben auf dem Berggipfel. Er bemerkte es nicht sofort, weil es so allmählich geschehen war. Doch als er um sich schaute, sah er diesen großen schwarzen Kreis, dessen Mittelpunkt er bildete, und er begriff, daß er angekommen war. Der Berggipfel war dieses Lavaplateau, das den Himmel berührte. Hier blies der Wind nicht mehr in Böen, sondern stetig und machtvoll, strich über den Stein wie eine Klinge. Jon tat taumelnd einige Schritte. Sein Herz hämmerte in der Brust, stieß das Blut in Schläfen und Hals. Einen Augenblick lang bekam er keine Luft, weil der Wind auf seine Nasenflügel und seine Lippen drückte.

Jon suchte einen schützenden Unterschlupf. Der Berggipfel war kahl, ohne einen einzigen Grashalm, ohne eine einzige Höhlung. Die Lava glänzte hart wie

Asphalt, war hier und dort von Regenrinnen durchzogen. Der Wind riß ein wenig grauen Staub hoch, der in kurzen Schwaden aus der Steinkruste drang.

Hier herrschte das Licht. Es hatte ihn gerufen, als er am Fuß des Berges dahinging, und ihn veranlaßt, sein Fahrrad an die Moosböschung am Wegrand zu lehnen. Das Himmelslicht wirbelte hier völlig frei herum. Es schoß unaufhörlich aus dem Raum und schlug auf den Stein, prallte dann wieder bis zu den Wolken zurück. Die schwarze Lava war von diesem Licht durchdrungen, das schwer und tief war, wie das Meer im Sommer. Es war ein Licht ohne Wärme, das aus den äußersten Fernen des Raums kam, das Licht aller unsichtbaren Sonnen und Gestirne, und es fachte die alten Gluten an, ließ die Feuer wieder auflodern, die vor Jahrmillionen auf der Erde gebrannt hatten. Die Flamme glänzte in der Lava, im Inneren des Berges, sie funkelte unter dem Atem des kalten Windes. Vor sich sah Jon nun, unter dem harten Stein, alle geheimnisvollen Ströme, die sich bewegten. Die roten Adern wanden sich wie Feuerschlangen; die langsamen, im Herzen der Materie erstarrten Blasen glänzten wie die Leuchtorgane der Meerestiere.

Der Wind hörte plötzlich auf, wie ein Atem, den man anhält. Jon konnte nun zur Mitte der Lavaebene gehen. Er blieb vor drei seltsamen Gebilden stehen. Es waren drei in den Stein gehöhlte Mulden. Eine der Mulden war mit Regenwasser gefüllt, die beiden anderen bargen Moos und einen mageren Strauch. Um die Mulden waren einzelne schwarze Steine und roter Lavastaub, der in den Rillen rieselte.

Das war der einzige Unterschlupf. Jon setzte sich an den Rand der Mulde, die den Strauch enthielt. Hier schien der Wind nie sehr stark zu blasen. Die Lava war weich und glatt, vom Himmelslicht angewärmt. Jon lehnte sich auf die Ellbogen zurück und schaute die Wolken an.

Noch nie hatte er die Wolken aus solcher Nähe gesehen. Jon mochte Wolken sehr gern. Unten im Tal hatte er sie, hinter der Mauer des Gehöfts auf dem Rücken liegend, oft betrachtet. Oder er war, in einer kleinen Bucht des Sees wohlverborgen, so lange mit zurückgeneigtem Kopf verharrt, bis die Sehnen seines Halses hart geworden waren wie Taue. Doch jetzt, auf dem Berggipfel, war alles ganz anders. Die Wolken kamen dicht über der Lavafläche schnell daher und entfalteten ihre riesigen Flügel. Sie schluckten die Luft und den Stein, lautlos, mühelos, sie spreizten ihre Membranen maßlos ab. Wenn sie über den Gipfel zogen, wurde alles weiß und schimmernd, und der schwarze Stein bedeckte sich mit Perlen. Die Wolken warfen keinen Schatten. Im Gegenteil, das Licht glänzte noch stärker, machte alles schnee- und schaumfarben. Jon schaute auf seine weißen Hände, auf seine Fingernägel, die wie Metallsplitter aussahen. Er warf den Kopf zurück und öffnete den Mund, um die feinen, mit dem blendenden Licht vermischten Tröpfchen zu trinken. Seine weit offenen Augen betrachteten das silberne Licht, das den Raum ausspannte. Nun gab es keinen Berg mehr, keine Moostäler noch Dörfer, nichts mehr; nichts mehr, außer dem Körper der Wolke, die nach Süden zog, jedes Loch, jede Rille füllte. Der frische Dampf wirbelte lange auf dem Berggipfel, blendete die Welt. Dann verschwand die Wolke so schnell, wie sie gekommen war, rollte zum anderen Ende des Himmels.

Jon war froh, daß er hier bei den Wolken angekommen war. Er liebte ihr Land, so hoch, so weit von den Tälern und Straßen der Menschen. Rund um den Lavakreis öffnete und schloß sich der Himmel ohne Unterlaß, das blinkende Sonnenlicht bewegte sich wie Leuchtfeuer. Vielleicht gab es wirklich nichts anderes. Vielleicht würde sich jetzt alles pausenlos und dampfend bewegen. Wirbel, Schlingen, Flügel, Schleier, bleiche Flüsse. Auch die schwarze Lava war ins Gleiten geraten, sie breitete sich aus und strömte nach unten, die kalte, sehr langsame Lava, die aus den Lippen des Vulkans quoll.

Als die Wolken abzogen, betrachtete Jon ihre runden Rücken, die am Himmel dahinflohen. Nun erschien die sehr blaue, sonnenflimmernde Atmosphäre wieder, und die Lavablöcke verloren ihre Weichheit.

Jon legte sich auf den Bauch und berührte die Lava. Plötzlich sah er einen merkwürdigen Stein, der am Rand der Regenwassermulde lag. Er kroch darauf zu, um ihn genauer anzuschauen. Es war ein schwarzer Lavablock, der sich wohl durch Erosion aus der Masse gelöst hatte. Jon wollte ihn umdrehen, mühte sich aber vergebens. Der Stein war durch ein enormes Gewicht, das seiner Größe widersprach, an den Boden geschweißt.

Nun verspürte Jon wieder denselben Schauder wie vorhin, als er die Blöcke der Schlucht erkletterte. Der Stein hatte haargenau die Form des Berges. Kein Zweifel, es war die gleiche breite und eckige Basis, der gleiche halbkugelförmige Gipfel. Jon beugte sich näher und unterschied klar die Spalte, durch die er hochgestiegen war. Auf dem Stein bildete sie nur einen Riß, der jedoch gezahnt war wie die Stufen der Riesentreppe, die er erklommen hatte.

Jon brachte sein Gesicht so nahe an den schwarzen Stein, bis er vor seinen Augen verschwamm. Der Lavablock wurde größer, füllte seinen Blick zur Gänze, breitete sich um ihn aus. Jon spürte, wie er allmählich seinen Körper und sein Gewicht verlor. Jetzt schwebte er auf dem grauen Rücken der Wolken liegend, völlig vom Licht durchdrungen. Er sah unter sich die großen, vom Wasser und von der Sonne glänzenden Lavaplatten, die rostfarbenen Flecken der Flechten, die blauen Kreise der Seen. Langsam glitt er über der Erde dahin, denn er hatte die Leichtigkeit und die wechselnde Form einer Wolke angenommen. Er war ein grauer Rauch, ein Dunst, der sich an die Felsen heftete und seine feinen Tropfen ablagerte.

Jon ließ den Stein nicht mehr aus den Augen. Er war glücklich so, streichelte lange die glatte Oberfläche mit seinen flachen Händen. Der Stein schauderte unter seinen Fingern wie eine Haut. Er fühlte jeden Buckel, jeden Riß, jedes von der Zeit polierte Mal, und die sanfte Wärme des Lichts bildete einen leichten staubähnlichen Teppich.

Sein Blick blieb auf der Spitze des Steines haften. Dort, auf der glänzenden, abgerundeten Fläche sah er drei winzige Löcher. Eine seltsame Trunkenheit erfaßte ihn beim Anblick der Stelle, an der er sich befand. Mit fast schmerzhafter Aufmerksamkeit betrachtete Jon die Male der Mulden, aber er konnte das merkwürdige schwarze Insekt nicht sehen, das unbeweglich auf der Steinkuppe verharrte.

Er sah lange auf den Lavablock und spürte dabei, wie

er allmählich aus sich selbst entwich. Er verlor nicht das Bewußtsein, doch sein Körper erstarrte langsam. Seine Hände, die flach auf beiden Seiten des Berges lagen, wurden kalt. Sein Kopf stützte sich mit dem Kinn auf den Stein, und seine Augen wurden starr.

Währenddessen öffnete und schloß sich der Himmel rings um den Berg. Die Wolken glitten auf der Lavaebene dahin, die Tröpfchen flossen über Jons Gesicht, hefteten sich an seine Haare. Der Wind blies lange um den Berg, bald in der einen, bald in der anderen Richtung.

Dann hörte Jon die Schläge seines Herzens, jedoch weit im Inneren der Erde, weit, bis zum Lavagrund, bis zu den Feuerarterien, bis zu den Gletschersockeln. Die Schläge erschütterten den Berg, vibrierten in den Lava-Adern, im Gips, auf den Basaltzylindern. Sie hallten in den Höhlen, in den Schluchten, und das gleichmäßige Geräusch mußte wohl durch die Moostäler bis zu den Häusern der Menschen dringen.

»Dom-dom, dom-dom, dom-dom, dom-dom, dom-dom, dom-dom.«

Es war das dumpfe Geräusch, das einen, wie am Tag der Geburt, in eine andere Welt mitreißt, und John sah, wie der große schwarze Stein vor ihm im Licht pulsierte. Bei jedem Pulsschlag schwankte die ganze, durch eine blitzende Entladung verstärkte Klarheit des Himmels. Die mit Elektrizität gefüllten Wolken dehnten sich, schimmerten wie die Wolken, die um den Vollmond ziehen.

Jon bemerkte noch ein Geräusch, ein dumpf schabendes Tiefseegeräusch, ein zischendes Dampfgeräusch, und auch das riß einen weiter fort. Es war schwierig, dem Schlaf zu widerstehen. Weitere Geräusche erhoben sich ständig, neue Geräusche, Motorbrummen, Vogelrufe, das Ächzen von Winden, das Blubbern von kochenden Flüssigkeiten.

Alle Geräusche entstanden, kamen näher, entfernten sich, kamen wieder näher, und das ergab eine Musik, die einen in die Ferne trug. Jon mühte sich nun nicht mehr, zurückzukommen. Er war völlig leblos, fühlte, wie er irgendwohin hinabglitt, zum Gipfel des schwarzen Steins vielleicht, an den Rand der winzigen Löcher.

Als er die Augen wieder öffnete, sah er sofort das Kind mit dem hellen Gesicht, das auf der Lavaplatte vor dem Wasserbecken stand. Rings um das Kind strahlte das Licht intensiv, denn der Himmel war jetzt wolkenlos.

»Jon!« sagte das Kind. Seine Stimme war leise und zart, aber sein helles Gesicht lächelte.

»Woher weißt du meinen Namen?« fragte Jon.

Das Kind antwortete nicht. Es stand regungslos am Rand der Mulde, ein wenig seitlich gedreht, wie um weglaufen zu können.

»Und du, wie heißt du?« fragte Jon. »Ich kenne dich nicht.« Er rührte sich nicht, um das Kind nicht zu erschrecken.

»Warum bist du gekommen? Nie kommt jemand auf den Berg.«

»Ich wollte wissen, welche Aussicht man von hier hat«, sagte Jon. »Ich dachte, man müsse alles aus sehr großer Höhe sehen, wie die Vögel.«

Er zögerte ein wenig, dann sagte er:

»Wohnst du hier?«

Das Kind lächelte nach wie vor. Das Licht, das es

umgab, schien aus seinen Augen, aus seinen Haaren zu kommen.

»Bist du Hirte? Du bist gekleidet wie die Hirten.«

»Ich lebe hier«, sagte das Kind. »Alles, was du hier siehst, gehört mir.«

Jon schaute auf die Lavafläche und zum Himmel.

»Du irrst«, sagte er. »Das gehört niemand.«

Jon machte eine Bewegung, um aufzustehen. Doch das Kind tat einen Sprung zur Seite, als wolle es weglaufen.

»Ich rühre mich nicht«, sagte Jon, um es zu beruhigen. »Bleib. Ich stehe nicht auf.«

»Du darfst jetzt nicht aufstehen«, sagte das Kind.

»Dann setz dich zu mir.«

Das Kind zögerte. Es sah Jon an, als versuchte es, seine Gedanken zu erraten. Dann kam es näher und setzte sich im Schneidersitz neben Jon.

»Du hast mir nicht geantwortet. Wie ist dein Name?« fragte Jon.

»Das ist unwichtig, du kennst mich ja nicht«, sagte das Kind. »Ich habe dich auch nicht nach deinem Namen gefragt.«

»Stimmt«, sagte Jon. Aber er fühlte, daß er verwundert hätte sein sollen.

»Dann sag mir, was du hier tust? Wo wohnst du? Ich habe während des Aufstiegs kein Haus gesehen.«

»Das alles ist mein Haus«, sagte das Kind. Seine Hände bewegten sich langsam, mit anmutigen Bewegungen, wie Jon sie noch nie gesehen hatte.

»Lebst du wirklich hier?« fragte Jon. »Und deine Eltern? Wo sind sie?«

»Ich hab keine.«

»Deine Geschwister?«

»Ich lebe ganz allein, das hab ich dir doch gerade gesagt.«

»Hast du keine Angst? So jung noch, und schon alleine leben.«

Das Kind lächelte immer noch.

»Warum sollte ich Angst haben? Hast du Angst in deinem Haus?«

»Nein«, sagte Jon. Er dachte, daß dies nicht das Gleiche sei, wagte aber nicht, es zu sagen.

Sie schwiegen eine Weile, dann sagte das Kind:

»Ich lebe schon seit sehr langer Zeit hier. Jeden Stein dieses Berges kenne ich besser, als du dein Zimmer kennst. Weißt du, warum ich hier lebe?«

»Nein«, sagte Jon.

»Das ist eine lange Geschichte«, sagte das Kind. »Vor langer, sehr langer Zeit sind viele Menschen gekommen, sie haben ihre Häuser an den Ufern, in den Tälern gebaut, und die Häuser sind zu Dörfern geworden, und die Dörfer zu Städten. Selbst die Vögel sind geflohen. Selbst die Fische hatten Angst. Dann habe auch ich die Ufer, die Täler verlassen und bin auf diesen Berg gekommen. Jetzt bist auch du auf diesen Berg gekommen, und die anderen werden nach dir kommen.«

»Du sprichst, als seist du sehr alt«, sagte Jon. »Dabei bist du doch nur ein Kind!«

»Ja, ich bin ein Kind«, sagte das Kind. Es sah Jon starr an, und sein blauer Blick war von einem derartigen Licht erfüllt, daß Jon die Augen senken mußte.

Das Junilicht war noch schöner geworden. Jon dachte, daß es vielleicht aus den Augen des seltsamen

Hirten kam und sich bis zum Himmel, bis zum Meer ausbreitete. Über dem Berg war der Himmel von Wolken leergefegt, und der schwarze Stein war weich und lau. Jon war nun nicht mehr schläfrig. Er schaute mit all seinen Kräften auf das neben ihm sitzende Kind. Doch das Kind schaute anderswohin. Es herrschte absolute Stille, ohne den leisesten Windhauch.

Das Kind wandte sich wieder Jon zu.

»Kannst du Musik spielen?« fragte es. »Ich mag Musik sehr gern.«

Jon schüttelte den Kopf, dann fiel ihm ein, daß er eine kleine Maultrommel in der Tasche hatte. Er zog sie heraus und zeigte sie dem Kind.

»Damit kannst du Musik spielen?« fragte das Kind. Jon reichte ihm die Maultrommel und das Kind musterte sie eine Weile.

»Was soll ich dir vorspielen?« fragte Jon.

»Was du kannst, irgendwas! Ich mag jede Musik.«

Jon steckte die Maultrommel in den Mund und ließ mit dem Zeigefinger die kleine Metallzunge vibrieren. Er spielte eine Melodie, die er gern mochte, *Draumkvaedi,* eine alte Melodie, die ihn sein Vater einmal gelehrt hatte.

Die näselnden Töne der Maultrommel hallten weit in die Lava-Ebene, und das Kind lauschte, den Kopf ein wenig schräg geneigt.

»Hübsch«, sagte das Kind, als Jon fertig war. »Spiel weiter für mich, bitte.«

Ohne recht zu wissen warum, freute Jon sich darüber, daß seine Musik dem jungen Hirten gefiel.

»Ich kann auch *Manstu ekki vina* spielen«, sagte Jon. »Das ist ein ausländisches Lied.«

Während er spielte, schlug er mit dem Fuß den Takt
auf der Lavaplatte.

Das Kind lauschte, und seine Augen glänzten vor
Zufriedenheit.

»Ich mag deine Musik«, sagte es schließlich. »Kannst
du auch noch andere Musik spielen?«

Jon überlegte.

»Mein Bruder leiht mir manchmal seine Flöte. Er hat
eine schöne Flöte, ganz aus Silber, und er leiht sie mir
manchmal zum Spielen.«

»Ich möchte auch diese Musik gern hören.«

»Ich werde versuchen, mir für das nächste Mal seine
Flöte auszuleihen«, sagte Jon. »Vielleicht möchte er
mitkommen, um dir etwas vorzuspielen.«

»Das wäre schön«, sagte das Kind.

Dann fing Jon wieder an, Maultrommel zu spielen.
Die Metallzunge klang laut in der Stille des Gebirges,
und Jon dachte, daß man sie bis zum Ende des Tales, bis
zum Bauernhof hören konnte. Das Kind näherte sich
ein wenig. Es bewegte die Hände im Takt, sein Kopf
neigte sich ein wenig. Seine hellen Augen glänzten und
es brach in Lachen aus, wenn die Musik wirklich zu
näselnd wurde. Dann verlangsamte Jon den Rhythmus,
ließ lange Noten singen, die in der Luft zitterten, und
das Gesicht des Kindes wurde wieder ernst, seine Augen
nahmen die Farbe des tiefen Meeres an.

Schließlich hielt Jon atemlos inne. Seine Zähne und
seine Lippen taten ihm weh.

Das Kind klatschte in die Hände und sagte:

»Wie schön! Du kannst schön spielen!«

»Ich kann auch mit der Maultrommel sprechen«,
sagte Jon.

Das Kind sah erstaunt aus.

»Sprechen? Wie kannst du mit diesem Ding da sprechen?«

Jon steckte die Maultrommel wieder in den Mund und sprach sehr langsam einige Wörter aus, wobei er die Metallzunge vibrieren ließ.

»Hast du verstanden?«

»Nein«, sagte das Kind.

»Hör besser hin.«

Jon fing wieder an, diesmal noch langsamer. Das Gesicht des Kindes leuchtete auf.

»Du hast gesagt: Grüß dich, mein Freund.«

»Richtig.«

Jon erklärte:

»Bei uns unten im Tal können das alle Jungen. Wenn der Sommer kommt, gehen wir auf die Felder hinter den Höfen und sprechen so zu den Mädchen, mit unserer Maultrommel. Wenn wir ein Mädchen gefunden haben, das uns gefällt, gehen wir ihr auf dem Nachhauseweg nach und sprechen durch dieses Ding zu ihr, damit ihre Eltern nichts verstehen. Die Mädchen mögen das. Sie recken den Kopf zu ihrem Fenster hinaus und horchen auf das, was wir ihnen mit der Musik sagen.«

Jon zeigte dem Kind, wie man »Ich liebe dich, ich liebe dich, ich liebe dich« sagt, indem man ganz einfach nur an dem Metallblättchen zupft und die Zunge im Mund bewegt.

»Es geht ganz leicht«, sagte Jon. Er reichte dem Kind das Instrument, und das Kind versuchte nun zu sprechen, während es an der Metallzunge zupfte. Doch das hatte keinerlei Ähnlichkeit mit der Sprache, und sie mußten beide lachen.

Das Kind war nun völlig zutraulich geworden. Jon zeigte ihm auch, wie man Melodien spielt, und die näselnden Töne hallten lange in den Bergen.

Dann nahm das Licht ein wenig ab. Die Sonne neigte sich in einem roten Dunst zum Horizont. Der Himmel flammte wie in einem Brand. Jon schaute auf das Gesicht seines Gefährten, und es schien ihm, als habe es sich verfärbt. Die Haut und die Haare waren grau geworden wie Asche, und die Augen hatten die Färbung des Himmels angenommen. Die sanfte Wärme schwand allmählich. Einmal wollte Jon aufstehen, um zu gehen, doch das Kind legte ihm die Hand auf den Arm.

»Geh nicht, ich bitte dich«, sagte es einfach.

»Ich muß jetzt wieder hinunter, es ist sicher schon spät.«

»Geh nicht. Die Nacht wird klar, du kannst hier bleiben bis morgen früh.«

Jon zögerte.

»Meine Eltern erwarten mich zu Hause«, sagte er.

Das Kind überlegte. Seine grauen Augen glänzten eindringlich.

»Deine Eltern sind eingeschlafen«, sagte es; »sie werden vor morgen früh nicht aufwachen. Du kannst hier bleiben.«

»Woher weißt du, daß sie schlafen«, fragte Jon. Doch er begriff, daß das Kind die Wahrheit sagte. Das Kind lächelte.

»Du kannst Musik spielen und mit der Musik sprechen. Ich kann andere Dinge.«

Jon nahm die Hand des Kindes und drückte sie. Er wußte nicht warum, aber er hatte nie zuvor ein derartiges Glück empfunden.

»Zeig mir andere Dinge«, sagte er; »du kennst so viele!«

Statt ihm zu antworten, sprang das Kind mit einem Satz auf und lief zur Mulde. Es schöpfte in seinen gewölbten Händen ein wenig Wasser und brachte es Jon. Es näherte seine Hände Jons Mund. »Trink!« sagte es.

Jon gehorchte. Das Kind goß das Wasser sanft zwischen seine Lippen. Noch nie hatte Jon ein derartiges Wasser getrunken. Es war weich und frisch, aber auch dicht und schwer, und es schien wie eine Quelle durch seinen Körper zu fließen. Es war ein Wasser, das den Durst und den Hunger stillte, das sich wie ein Licht in den Adern bewegte.

»Schmeckt gut«, sagte Jon. »Was ist das für ein Wasser?«

»Es kommt aus den Wolken«, sagte das Kind. »Kein Mensch hat es je angeschaut.«

Das Kind stand vor ihm auf der Lavaplatte.

»Komm, ich zeig dir jetzt den Himmel.«

Jon legte seine Hand in die Hand des Kindes, und sie gingen zusammen auf den Gipfel des Berges. Das Kind schritt ein wenig vor Jon leicht dahin, seine Füße glitten kaum über den Boden. Sie gingen so bis ans Ende des Lavaplateaus, bis dorthin, wo der Berg wie ein Kap über das Land ragte.

Jon schaute auf den offenen Himmel vor ihnen. Die Sonne war völlig hinter dem Horizont verschwunden, doch das Licht erhellte weiterhin die Wolken. Sehr weit unten auf dem Tal lag ein leichter Schatten, der das Gelände verschleierte. Weder der See noch die Hügel waren mehr zu sehen, und Jon konnte das Land nicht mehr erkennen. Aber der unendliche Himmel war voller Licht, und Jon sah alle die langen, rauchfarbenen, im gelb-rosa Licht ausgestreckten Wolken. Weiter oben begann das Blau, ein tiefes Dunkelblau, das auch von Licht flimmerte, und Jon bemerkte den weißen Punkt der Venus, die einsam wie ein Leuchtturm glänzte.

Sie setzten sich zusammen an den Rand des Berges und betrachteten den Himmel. Nichts regte sich, kein Windhauch, kein Geräusch, keine Bewegung. Jon fühlte, wie der Raum in ihn eindrang und seinen Körper schwellte, als hielte er den Atem an. Das Kind sprach nicht mehr. Es saß regungslos da, mit aufrechtem Oberkörper, den Kopf ein wenig zurückgeneigt, und schaute auf den Mittelpunkt des Himmels.

Die Sterne leuchteten einer nach dem anderen auf, spreizten ihre acht spitzen Strahlen ab. Jon spürte wieder das gleichmäßige Pulsieren in seiner Brust und in den Halsschlagadern, denn dieser Pulsschlag durchdrang ihn vom Mittelpunkt des Himmels aus und hallte im ganzen Gebirge wider. Auch das Tageslicht schlug ganz nah am Horizont, als Antwort auf das Pochen des nächtlichen Himmels. Die beiden Farben, die eine dunkel und tief, die andere hell und warm, flossen im Zenit ineinander und schwangen in ein und derselben Pendelbewegung.

Jon schob sich auf dem Stein nach hinten und legte sich auf den Rücken, die Augen weit geöffnet. Jetzt hörte er deutlich das Geräusch, das große Geräusch, das aus allen Winkeln des Raums kam und sich über ihm ballte. Es war keine Sprache, es war nicht einmal Musik, und doch glaubte er zu verstehen, was es besagen wollte, wie Wörter, wie Sätze von Liedern. Er hörte das Meer, den Himmel, die Sonne, das Tal wie Tiere schreien. Er hörte die dumpfen, in den Schlünden gefangenen Töne, das auf dem Grund der Schächte, auf dem Grund der Schluchten verborgene Gemurmel; irgendwo von Norden her das stetige und glatte Geräusch der Gletscher, das fortschreitende Schaben auf den Sockeln der Steine. Dampf schoß mit schrillen Schreien aus den Solfataren, und die hohen Flammen der Sonne röhrten wie Schmieden. Überall floß Wasser, der Schlamm ließ Schwärme von Blasen aufplatzen, die harten Samenkörner spalteten sich und keimten unter der Erde. Die Wurzeln bebten, der Saft stieg tropfenweise in den Baumstämmen hoch, die scharfkantigen Gräser sangen im Wind. Dann kamen noch andere Geräusche, die Jon besser kannte, die Motoren der Lieferwagen und Pumpen, das Klirren der Metallketten, die elektrischen Sägen, das Hämmern der Kolben, die Sirenen der Schiffe. Weit draußen über dem Ozean zerriß ein Flugzeug mit seinen vier Triebwerken die Luft. Eine Männerstimme sprach irgendwo in einem Klassenzimmer, doch war es wirklich ein Mann? Es war eher ein Insektengesang, der in tiefes Zischen überging, in ein Knurren, oder sich in grelle Pfiffe teilte. Die Flügel der Seevögel schnurrten über den Klippen, die Seeschwalben und die Silbermöwen quarrten. Alle Geräusche trugen Jon fort, sein Körper schwebte über der Lavaplatte, glitt auf einem Moosfloß dahin, drehte sich in unsichtbaren Wirbeln, während am Himmel die Sterne an der Grenze zwischen Tag und Nacht in starrem Glanz strahlten.

Jon blieb lange so auf dem Rücken liegen und schaute und horchte. Dann entfernten sich die Geräusche, verklangen eines nach dem anderen. Die Schläge seines Herzens wurden sanfter, regelmäßiger, und das Licht hüllte sich in einen grauen Schleier.

Jon drehte sich auf die Seite und schaute auf seinen Gefährten. Das Kind lag mit angezogenen Beinen auf der Marmorplatte, den Kopf auf den Arm gestützt. Seine Brust hob sich langsam, und Jon begriff, daß es eingeschlafen war. Da schloß auch er die Augen und wartete auf seinen Schlaf.

Als Jon erwachte, erschien die Sonne über dem Horizont. Er setzte sich auf und schaute verständnislos um sich. Das Kind war verschwunden. Nur noch die schwarze Lavafläche und das endlose Tal, in dem sich die ersten Schatten abzeichneten, waren da. Der Wind wehte wieder, fegte den Raum. Jon stand auf und machte sich auf die Suche nach seinem Gefährten. Er folgte dem Lava-Abhang bis zu den Mulden. In dem Becken war das Wasser metallfarben und von den Windstößen gerieffelt. In seinem mit Moos und Flechten bedeckten Loch bebte und zitterte der alte vertrocknete Busch. Auf der Lavaplatte war der bergförmige Stein immer noch am selben Platz. Da blieb Jon eine Weile auf dem Berggipfel stehen und rief mehrmals:

»Ohee!«

»Ohee!«

Doch nicht einmal ein Echo antwortete.

Als Jon begriff, daß er seinen Freund nicht wiederfinden würde, ergriff ihn ein so starkes Gefühl der Einsamkeit, daß ihn die Mitte seines Körpers schmerzte wie Seitenstechen. Er stieg so schnell er konnte den Berg hinunter, sprang über die Felsen. Hastig suchte er die Spalte, in der sich die Riesentreppe befand. Er glitt auf den großen nassen Steinen dahin und stieg zum Tal hinunter, ohne sich umzudrehen. Das schöne Licht wuchs am Himmel, und es war heller Tag, als er unten ankam.

Nun fing er auf dem Moos zu laufen an, seine Füße federten und stießen ihn schnell vorwärts. Er setzte mit einem Sprung über den himmelfarbenen Bach, ohne auf die Moosflöße zu achten, die sich bei ihrer Talfahrt in den Wirbeln drehten. In nicht sehr weiter Entfernung sah er eine Schafherde, die blökend davonrannte, und er begriff, daß er wieder im Reich der Menschen war. Am Wegrand erwartete ihn sein schönes neues Fahrrad, die verchromte Lenkstange mit Wassertropfen bedeckt. Jon schwang sich in den Sattel und fuhr auf dem Weg immer weiter nach unten. Er dachte nicht, er fühlte nur die Leere, die grenzenlose Einsamkeit, während er dahinradelte. Als Jon auf dem Hof ankam, lehnte er das Rad an die Mauer und trat geräuschlos ins Haus, um seine Eltern nicht aufzuwecken, die noch schliefen.

Das Wasserrad

Die Sonne ist noch nicht über dem Fluß aufgegangen. Durch die schmale Tür der Hütte sieht Juba hinter den grauen Feldern die glatten Wasser, die bereits das Licht widerspiegeln. Er richtet sich von seinem Lager auf, wirft das Laken zurück, das ihn einhüllte. Er fröstelt in der kalten Morgenluft. In der dämmerigen Hütte sieht man noch weitere in Laken gehüllte Gestalten, weitere Schläfer. Auf der anderen Seite der Tür kann Juba seinen Vater liegen sehen, seinen Bruder, und ganz im Hintergrund die Mutter und die beiden Schwestern, alle drei unter demselben Laken dicht aneinandergedrängt. Irgendwo bellt lange ein Hund, mit seltsamer, ein wenig singender Stimme, die wieder verstummt. Aber es sind nicht viele Geräusche zu hören, weder auf der Erde noch auf dem Fluß, denn noch ist die Sonne nicht aufgegangen. Die Nacht ist grau und kalt, sie führt die Luft aus den Bergen und aus der Wüste heran und das bleiche Licht des Mondes.

Juba blickt fröstelnd in die Nacht, ohne sich auf seinem Lager zu bewegen. Die Kälte des Erdbodens steigt durch die Binsenmatte hoch, und auf dem Staub bilden sich Tautropfen. Draußen glänzen die Grashalme ein wenig, wie nasse Klingen. Die großen mageren Akazien stehen schwarz und regungslos in der rissigen Erde.

Juba steht geräuschlos auf. Er faltet das Laken und rollt die Matte zusammen, dann schlägt er den Pfad ein, der durch die verlassenen Felder führt. Er betrachtet den Himmel im Osten und er denkt, daß der Tag bald anbrechen wird. Er fühlt das Kommen des Lichts tief in seinem Körper, und auch die Erde weiß es, die durchpflügte Erde der Felder und die staubige Erde zwischen den Dornengebüschen und den Akazienstämmen. Es ist wie eine Unruhe, wie ein Zweifel, der über den Himmel zieht, das langsame Wasser des Flusses durchquert und sich dicht über der Erde ausbreitet. Die Spinnennetze zittern, die Gräser vibrieren, die Mücken schwirren über den Pfützen, aber der Himmel ist leer, denn es sind keine Fledermäuse mehr da und noch keine Vögel. Der Pfad unter Jubas nackten Füßen ist hart. Das ferne Vibrieren hält mit ihm Schritt, und die großen grauen Heuschrecken beginnen über das Gras zu hüpfen. Während Juba sich von der Hütte entfernt, wird der Himmel flußabwärts langsam heller. Der Nebel gleitet mit der Geschwindigkeit eines Floßes zwischen den Ufern dahin und breitet seine weißen Schleier aus.

Juba bleibt auf dem Weg stehen. Eine Weile betrachtet er den Fluß. Das feuchte Schilf auf den Sandufern steht gebeugt. Ein angeschwemmter Baumstamm wippt in der Strömung, seine Äste neigen und recken sich wie der Hals einer schwimmenden Schlange. Noch liegt der Schatten über dem Fluß, das Wasser ist schwer und dicht, wirft im Fließen seine langsamen Falten. Aber jenseits des Flusses taucht bereits die trockene Erde auf. Der Staub unter Jubas Füßen ist hart, die rote Erde gleicht mit ihren im Zickzack verlaufenden Furchen einem alten, rissig gewordenen Tongefäß.

Die Nacht öffnet sich Schritt für Schritt, am Himmel, auf der Erde. Juba durchquert die verlassenen Felder, er läßt die letzten Bauernhütten hinter sich, er sieht den Fluß nicht mehr. Er erklimmt einen kleinen Hügel aus geschichteten Steinen, an die sich ein paar Akazien klammern. Juba hebt ein paar Akazienblüten vom Boden auf und kaut sie während des Aufstiegs. Der Saft breitet sich in seinem Mund aus und vertreibt die Benommenheit des Schlafs. Auf dem jenseitigen Hang des Steinhügels warten die Ochsen. Als Juba sich ihnen nähert, beginnen die großen Tiere an Ort zu stampfen, und eines wirft den Kopf zurück, um zu brüllen.

»Ttttt! Utta, utta!« sagte Juba, und die Ochsen erkennen ihn. Unter ständigem Zungenschnalzen nimmt Juba ihnen die Fußfesseln ab und führt sie den Steinhügel hinauf. Die beiden Ochsen kommen nur mühsam humpelnd voran, denn durch die Fußfesseln sind ihre Hinterbeine taub geworden. Aus ihren Nüstern steigt Dampf auf.

Als sie beim Wasserrad ankommen, bleiben die Ochsen stehen. Sie schnauben und bocken, stoßen kehlige Laute aus, ihre Hufe scharren im Boden, treten kleine Steine los. Juba schirrt die Ochsen an das Ende des langen Zugbalkens. Während er die Tiere ins Joch spannt, schnalzt er unaufhörlich mit der Zunge. Die Rinderbremsen beginnen, um Augen und Nüstern der Ochsen zu schwirren, und wenn sie sich auf Jugas Gesicht und Hände setzen, verjagt er sie.

Die Tiere warten vor dem Ziehbrunnen, der schwere Hebebaum knarzt und knirscht, sooft sie einen Schritt vorwärts tun. Juga zieht an dem Seil, das im Joch befestigt ist, und das Rad beginnt zu ächzen wie ein Schiff, das die Anker lichtet. Die grauen Ochsen stapfen schwerfällig über den Rundgang. Ihre Hufe treten in die

Spuren vom Vortag, vertiefen die alten Löcher in der roten Erde zwischen den Steinen. Am Ende des langen Zugbalkens ist das große hölzerne Rad, das sich zugleich mit den Ochsen dreht, und dessen Achse die Welle des zweiten, vertikalen Rades antreibt. Der lange Riemen aus gebrühtem Leder taucht auf den Grund des Schachts und tunkt die Eimer ins Wasser.

Juba spornt die Ochsen durch pausenloses Zungenschnalzen an. Er spricht auch zu ihnen, leise, sanft, denn noch umhüllt der Schatten die Felder und den Fluß. Der schwerfällige hölzerne Mechanismus knirscht und knarzt, stockt, setzt sich aufs neue in Bewegung. Von Zeit zu Zeit bleiben die Ochsen stehen, und Juba muß hinter ihnen herlaufen, sie mit einem Stock aufs Hinterteil schlagen, den Hebebaum weiterstoßen. Mit gesenkten Köpfen, schnaubend, stapfen die Ochsen wieder rundum.

Als die Sonne endlich aufgeht, erhellt sie mit einem einzigen Schlag die Felder. Die rote Erde ist von Furchen durchzogen, sie zeigt ihre Blöcke aus trockenem Lehm, ihre spitzen glänzenden Steine. Über dem Fluß, am anderen Ende der Felder, reißt der Nebel auf, das Wasser wird hell.

Ein Vogelschwarm schießt jäh aus dem Schilf der Ufer hoch, zerstiebt lärmend am hellen Himmel. Es sind Gangas, die Wüstenhühner, und ihr schriller Schrei schreckt Juba auf. Er steht auf den Brunnensteinen und folgt ihnen eine Weile mit den Blicken. Die Vögel steigen hoch zum Himmel auf, fliegen vor der Sonnenscheibe vorüber, kippen dann wieder erdwärts und verschwinden im Gestrüpp der Flußufer. In der Ferne, am anderen Ende der Felder, treten die Frauen aus den

Hütten. Sie entfachen die *braseros,* und das Sonnenlicht ist noch so neu, daß es die rote Glut der brennenden Holzkohle nicht verdunkeln kann. Juba hört Kindergeschrei und Männerstimmen. Irgendwer ruft von irgendwo, und die schrille Stimme hallt lange in der Luft: »Ju-uuu-baa!«

Die Ochsen gehen jetzt schneller. Die Sonne wärmt ihre Leiber und gibt ihnen Kraft. Die Mühle ächzt und knirscht, jeder Zahn des Räderwerks knarzt, wenn er in den anderen greift, der Lederriemen, der vom Gewicht der Eimer gestrafft wird, vibriert ständig. Die Eimer steigen bis zum Brunnenrand, ergießen ihren Inhalt in die Blechrinne und sinken, gegen die Schachtwände stoßend, wieder hinab. Juba schaut zu, wie das Wasser in Wellen die Rinne entlangfließt, in die Bewässerungsanlage strömt und in regelmäßigen Schüben hinunterläuft zur roten Erde der Felder. Das Wasser gleitet wie langsame Schlucke, und die trockene Erde trinkt gierig. Der Boden des Wassergrabens wird schlammig, und der gleichmäßige Strom dringt Meter um Meter weiter. Juba, der auf einem Stein am Brunnenrand sitzt, betrachtet unermüdlich dieses Wasser. Neben ihm dreht sich sehr langsam, knirschend, das hölzerne Rad, das stete Surren des Lederriemens steigt in die Luft, und die Eimer stoßen, einer nach dem anderen, gegen die Blechrinne, kippen das Wasser aus, das gluckernd abfließt. Es ist eine langsame und klagende Musik, die einer menschlichen Stimme gleicht, sie erfüllt den leeren Himmel und die Felder. Eine Musik, die Juba gut kennt, die er Tag für Tag hört. Die Sonne steigt langsam über den Horizont, das Tageslicht zittert auf den Steinen, auf den Pflanzenstengeln, auf dem Wasser, das durch die

Bewässerungsanlage rinnt. Drüben, am Rand der Felder, gehen Männer, schwarze Silhouetten vor dem blassen Himmel. Die Luft erwärmt sich allmählich, die Steine scheinen zu schwellen, der rote Boden glänzt wie Menschenhaut. Man hört Rufe von einem Ende der Erde bis zum anderen, Menschenrufe und Hundegebell, und es hallt im endlosen Himmel wider, während das hölzerne Rad kreist und knirscht. Juba beobachtet die Ochsen nicht mehr. Er wendet ihnen den Rücken, aber er hört ihr keuchendes Schnauben, das sich entfernt, das sich wieder nähert. Die Hufe der Tiere prallen immer auf dieselben Steine des Rundgangs, versinken in denselben Löchern.

Nun umhüllt Juba seinen Kopf mit dem weißen Leinentuch, und er bewegt sich nicht mehr. Er blickt vielleicht in die Ferne jenseits der roten Erde der Felder, jenseits des metallischen Flusses. Er hört nicht das Geräusch des kreisenden Rades, er hört nicht das Geräusch des schweren Hebebaums, der sich um seine Achse dreht.

»Eh-oh!«

Er singt tief in der Kehle, langsam, mit halb geschlossenen Augen.

»Eeeh-oooh, oooh-oooh!«

Hände und Gesicht sind unter dem weißen Tuch verborgen, der Körper ist regungslos, und so singt Juba im Rhythmus des kreisendes Rades. Er öffnet kaum den Mund, und sein Gesang steigt langsam aus seiner Kehle, wie der Atem der Ochsen, wie das stete Summen des Lederriemens.

»Eeh- eeh- ejaah- oh!«

Das Schnaufen der Ochsen entfernt sich, kommt

wieder, kreist unaufhörlich auf dem Rundgang. Juba singt für sich selber, und niemand kann ihn hören, während das Wasser schluckweise in der Bewässerungsanlage dahinfließt. Der Regen, der Wind, das schwere Wasser des großen Flusses, der dem Meer zustrebt, sind in seiner Kehle, in seinem regungslosen Körper. Die Sonne steigt ohne Hast am Himmel hoch, die Hitze läßt die hölzernen Räder und den Hebebaum vibrieren. Vielleicht ist es dieselbe Bewegung, die das Gestirn in der Himmelsmitte antreibt, während die Ochsen schwerfällig über den Rundgang stapfen.

»Eja- oooh, eja- ooch, ooo- oh- ooo- oh!«

Juba hört den Gesang, der in ihm hochsteigt, durch seinen Bauch, durch seine Brust, den Gesang, der aus der Tiefe des Brunnenschachts kommt. Das Wasser rinnt in erdfarbenen Wellen, es fließt hinab zu den kahlen Feldern. Auch das Wasser beschreibt langsame Kreise, spinnt Flüsse, Mauern und Wolken um die unsichtbare Achse. Das Wasser fließt knarrend und knirschend, es strömt unaufhörlich zum finsteren Grund des Brunnens, wo die leeren Eimer es aufnehmen.

Es ist eine Musik, die nicht enden kann, denn sie ist auf der ganzen Erde, sogar im Himmel, wo die Sonnenscheibe langsam auf ihrer gewölbten Bahn hochsteigt. Die tiefen, regelmäßigen, monotonen Geräusche steigen von dem großen hölzernen Rad mit dem ächzenden Getriebe auf, die Kurbelwelle dreht sich um ihre Achse und singt ihre Klage, die Metalleimer sinken in den Brunnenschacht, der Lederriemen summt wie eine Stimme, und das Wasser hört nicht auf, in Güssen durch die Rinne zu fließen, es füllt den Kanal der Bewässerungsanlage. Niemand spricht, niemand bewegt sich, das Wasser plätschert in Kaskaden, schwillt an wie ein Sturzbach, überschwemmt die Furchen, die Felder aus roter Erde und Steinen.

Juba legt den Kopf ein wenig zurück und betrachtet den Himmel. Er sieht die langsam kreisende Bewegung, die ihre phosphoreszierenden Furchen zieht, er sieht die durchsichtigen Sphären, die Räderwerke des Lichts im Raum. Das Geräusch des Wasserrades erfüllt die ganze Atmosphäre, kreist unaufhörlich mit der Sonne. Die Ochsen gehen im selben Takt, die Stirnen gesenkt, die Nacken gesteift unter dem Gewicht des Jochs. Juba hört das dumpfe Geräusch ihrer Hufe, das Geräusch ihres saugenden und schnaubenden Atems, und er spricht wieder zu ihnen, er sagt ernste Worte, die sich lang hinziehen, Worte, die sich mit dem Ächzen des Hebe-baums mischen, mit dem Geräusch der wuchtig inein-andergreifenden Räder, mit dem Scheppern der Eimer, die ohne Unterlaß hochsteigen, das Wasser ausgießen.

»Eeeja-ajaaah, ejaaa-oh! ejaaa-oh!«

Dann, während die Sonne langsam steigt, hochgezo-gen vom Rad und vom Tritt der Ochsen, schließt Juba die Augen. Hitze und Licht bilden einen sanften Wirbel, der ihn in ihre Strömung zieht, in einen Kreis, der so weit ist, daß er sich nie zu schließen scheint. Juba sitzt auf den Flügeln eines weißen Geiers, sehr hoch im wolkenlosen Himmel. Er gleitet durch die Luftschich-ten, und die rote Erde dreht sich langsam unter ihm. Die leeren Felder, die Wege, die Hütten mit den Laubdä-chern, der metallfarbene Fluß, alles kreist um den Brunnen, verursacht ein klapperndes und knirschendes Geräusch. Die monotone Musik der Wasserräder, das

Schnaufen der Ochsen, das Gurgeln des Wassers im Leitungssystem, das alles dreht sich, das alles zieht ihn mit, trägt ihn fort. Das Licht ist groß, der Himmel ist offen. Es gibt jetzt keine Menschen mehr, sie sind verschwunden. Es gibt nur noch das Wasser, die Erde, den Himmel, bewegliche Flächen, die dahinziehen und sich kreuzen, jedes Element gleicht einem Zahnrad, das in ein Getriebe beißt.

Juba schläft nicht. Er hat die Augen wieder geöffnet und er blickt gerade vor sich hin, über die Felder hinweg. Er bewegt sich nicht. Das weiße Tuch bedeckt seinen Kopf und seinen Körper, und er atmet sanft.

In diesem Augenblick erscheint Jol. Jol ist eine seltsame, sehr weiße Stadt inmitten der verlassenen Erde und der roten Steine. Ihre hohen Bauten bewegen sich noch, unschlüssig, unwirklich, als wären sie noch nicht fertiggestellt. Sie gleichen den Sonnenspiegelungen auf den großen Salzseen.

Juba kennt diese Stadt sehr gut. Er hat sie oft von fern gesehen, wenn das Sonnenlicht sehr stark ist und die Augen sich vor Müdigkeit ein wenig trüben. Er hat sie oft gesehen, aber wegen der Geister der Toten hat niemand sich ihr je genähert. Einmal hat er seinen Vater gefragt, wie diese so schöne und so weiße Stadt heiße, und sein Vater hat gesagt, man nenne sie Jol und sie sei keine Stadt für die Menschen, nur für die Geister der Verstorbenen. Sein Vater hat ihm auch von dem Mann erzählt, der vor sehr langer Zeit über diese Stadt geherrscht hat, einem jungen König, der von jenseits des Meeres gekommen war und denselben Namen trug, wie Juba.

Jetzt, in der langsamen Musik der Räder, im blendenden Licht der Sonne, die im Zenit steht, ist Jol wieder einmal erschienen. Die Stadt wächst vor Jubas Augen auf, und er sieht deutlich ihre großen Bauwerke, die in der heißen Luft flimmern: Hohe fensterlose Türme, weiße Villen inmitten von Palmengärten, Paläste, Tempel. Die Marmorblöcke schimmern wie frisch geschliffen. Die Stadt kreist langsam um Juba, und die monotone Musik des Wasserrades gleicht dem Rauschen des Meeres. Die Stadt schwebt über den verlassenen Feldern, schwerelos wie die Sonnenspiegelungen über den großen Salzseen, und vor ihr erstreckt sich das Wasser des Flusses Azan wie eine Straße aus Licht. Juba lauscht dem Meeresrauschen von jenseits der Stadt. Es ist ein sehr dumpfes Geräusch, das sich mit den Trommelschlägen und dem feierlichen Schall der Hörner und Posaunen vermischt. Das Volk von Himjar drängt sich in den Straßen der Stadt: Schwarze nubische Sklaven, die Kohorten der Krieger, die Reiter mit den roten Umhängen und den Kupferhelmen, die blonden Kinder der Bergbewohner. Über den Wegen und Häusern steigt der Staub auf und bildet eine große graue Wolke, die um die Tore der Stadtwälle wirbelt.

»Eja! Eja!« ruft die Menge, während Juba sich auf der weißen Straße nähert. Die Leute von Himjar rufen ihm zu, strecken ihm die Arme entgegen. Aber er schreitet ohne sie anzusehen weiter auf dem Königsweg. Auf dem höchsten Punkt der Stadt, über den Villen und den Bäumen, steht gewaltig der Tempel der Diana mit seinen Marmorsäulen, die versteinerten Baumstämmen gleichen. Das Sonnenlicht bestrahlt Jubas Körper und berauscht ihn, und er hört das stete Rauschen des Meeres lauter werden. Die Stadt rings um ihn ist schwerelos, sie flirrt und wogt wie die Sonnenspiegelungen über den großen Salzseen. Juba geht, und seine Füße scheinen den Boden nicht zu berühren, als schwebte er auf einer Wolke. Die Leute von Himjar, die Männer und die Frauen, gehen mit ihm, die verborgene Musik hallt in den Straßen und auf den Plätzen wider, und manchmal wird das Meeresrauschen von den Rufen überdeckt, die ihn begrüßen:

»Juba! Eja! Ju-uuu-baa!«

Jäh springt das Licht auf, als Juba oben am Tempel ankommt. Es ist das gewaltige und blaue Meer, das sich bis zum Horizont erstreckt. Das langsame Kreisen zieht die reine Linie des Horizonts, und die monotone Stimme der Wellen hallt von den Felsen wider.

»Juba! Juba!«

Die Stimmen der Leute von Himjar schreien, und sein Name tönt durch die ganze Stadt, über den erdfarbenen Wällen, in den Säulengängen der Tempel, in den Höfen der weißen Paläste. Sein Name erfüllt die roten Felder bis hin zum Fluß Azan.

Nun steigt Juba die letzten Stufen des Diana-Tempels hinauf. Er ist weiß gekleidet, um sein schwarzes Haar liegt ein Stirnband aus Goldfäden. Sein schönes kupferfarbenes Gesicht ist der Stadt zugewandt, die dunklen Augen sind geöffnet, aber es ist, als blickten sie durch die Körper der Menschen, durch die weißen Mauern der Bauwerke hindurch.

Jubas Blick durchdringt die Stadtwälle von Jol, wandert darüber hinaus; er folgt den Windungen des Flusses Azan, schweift über die verlassenen Felder hinweg bis zum Amur-Gebirge, bis zur Quelle des Sebgag. Er sieht das klare Wasser, das aus den Felsen entspringt,

das kostbare und kalte Wasser, das mit seinem regelmäßigen Geräusch dahinfließt.

Die Menge schweigt jetzt, während Jubas dunkle
Augen Ausschau halten. Sein Gesicht gleicht dem Gesicht eines jungen Gottes, und das Sonnenlicht auf
seinen weißen Gewändern und der kupferfarbenen
Haut scheint seinen Glanz zu vervielfachen.

Wieder erschallt die Musik, wie Vogelgelärm, wird
von den Mauern der Stadt zurückgeworfen. Sie weitet
Himmel und Meer, ihre Woge verläuft sich langsam.

»Ich bin Juba«, denkt der junge König, dann sagt er
mit lauter Stimme, mit Nachdruck: »Ich bin Juba, der
Sohn des Juba, der Enkel des Hiempsal!«

»Juba! Juba! Eja-oooh!« schreit die Menge.

»Ich bin Juba, euer König!«

»Juba! Ju-uuu-baa!«

»Ich bin heute zurückgekommen, und Jol ist die
Hauptstadt meines Reiches!«

Das Brausen des Meeres schwillt noch weiter an. Jetzt
steigt eine junge Frau die Stufen des Tempels hinauf. Sie
ist schön, in ein weißes Gewand gekleidet, das im Wind
weht, und ihr helles Haar sprüht Funken. Juba nimmt
ihre Hand und geht mit ihr bis zur Schwelle des
Tempels.

»Kleopatra Selene, die Tochter des Antonius und der
Kleopatra, eure Königin!« sagt Juba.

Der Lärm der Menge überschwemmt die Stadt.

Die junge Frau blickt regungslos auf die weißen
Villen, die Wälle und die Weite der roten Erde. Sie
lächelt kaum.

Aber die Bewegung der Räder geht weiter, und das
Geräusch des Meeres ist stärker als die Stimmen der

Menschen. Am Himmel neigt die Sonne sich allmählich auf ihrer Kreisbahn. Ihr Licht auf den Marmorwänden ändert langsam die Farbe, verlängert die Schatten der Säulen.

Es ist, als säßen die beiden Gestalten jetzt allein droben auf den Tempelstufen neben den Marmorsäulen. Rings um sie rotieren die Erde und das Meer unter regelmäßigem Ächzen. Kleopatra Selene betrachtet Jubas Gesicht. Sie bewundert das Gesicht des jungen Königs, die hohe Stirn, die Adlernase, die länglichen Augen, die der schwarze Kranz der Wimpern umrahmt. Sie neigt sich zu ihm und sie spricht leise zu ihm, in einer Sprache, die Juba nicht verstehen kann. Ihre Stimme ist sanft, und ihr Atem duftet süß. Juba blickt sie gleichfalls an, und er sagt:

»Alles hier ist schön, wie lange schon habe ich mir gewünscht, zurückzukommen. Seit meiner Kindheit dachte ich Tag für Tag an den Augenblick, an dem ich das alles wiedersehen könnte. Ich möchte ewig sein, um diese Stadt und diese Erde niemals verlassen zu müssen, um das alles fortwährend zu sehen.«

Seine dunklen Augen glänzen angesichts des Schauspiels, das ihn umgibt. Juba hört nicht auf, die Stadt zu betrachten, die weißen Häuser, die Terrassen, die Palmengärten. Jol flimmert im Nachmittagslicht, schwerelos und unwirklich wie die Sonnenspiegelung über den großen Salzseen. Der Wind bewegt Kleopatra Selenes Goldhaar, der Wind trägt das monotone Rauschen des Meeres bis hinauf zum Tempel.

Die Stimme der jungen Frau befragt ihn, einfach indem sie seinen Namen ausspricht:

»Juba? Juba?«

»Mein Vater ist hier besiegt und getötet worden«, sagt Juba. »Mich hat man als Sklaven nach Rom geführt. Aber heute ist diese Stadt schön, und ich will, daß sie noch schöner werde. Ich will, daß es auf Erden keine schönere Stadt gebe. Hier soll man die Philosophie lehren, die Wissenschaft von den Gestirnen, die Wissenschaft der Zahlen, und die Menschen sollen aus allen Teilen der Welt kommen, um zu lernen.«

Kleopatra Selene lauscht den Worten des jungen Königs, ohne zu verstehen. Aber sie blickt auch hinunter auf die Stadt, sie lauscht den Tönen der Musik, die um den Horizont kreist. Ihre Stimme singt ein wenig, als sie ihm zuruft:

»Juba! Ejaaa- oh!«

»Auf dem Platz im Mittelpunkt der Stadt werden die Lehrer die Sprache der Götter lehren. Die Kinder werden lernen, das Wissen zu verehren, die Dichter werden ihre Werke vorlesen, die Astronomen die Zukunft vorhersagen. Es wird kein blühenderes Land, kein friedlicheres Volk geben. Die Stadt wird leuchten im Glanz ihrer Geistesschätze.«

Das schöne Gesicht des jungen Königs erstrahlt in der Klarheit, die den Tempel der Diana umgibt. Seine Augen blicken in die Ferne, weit hinaus über die Wälle, über die Hügel, bis zur Mitte des Meeres.

»Die weisesten Männer meines Reiches werden hierher kommen, in diesen Tempel, zusammen mit den Schreibern, und ich werde mit ihnen die Geschichte dieser Erde erstellen, die Geschichte der Menschen, der Kriege, der Errungenschaften unserer Kultur und die Geschichte der Städte, der Wasserläufe, der Gebirge, der Meeresküsten von Ägypten bis zum Land Cerné.«

Juba blickt hinab auf die Männer des Volkes Himjar, die sich in den Straßen der Stadt rings um den Tempel drängen, aber er hört nicht das Geräusch ihrer Stimmen, er lauscht nur dem monotonen Rauschen des Meeres.

»Ich bin nicht als Rächer gekommen«, sagt Juba.

Er blickt auch auf die junge Königin, die ihm zur Seite sitzt.

»Mein Sohn Ptolemäus wird geboren werden«, sagt er dann. »Er wird hier herrschen in Jol, und nach ihm werden seine Kinder herrschen, damit nichts zu Ende gehe.«

Juba betrachtet die Menschen des Volkes Himjar, die sich in den Straßen der Stadt drängen, rings um den Tempel, aber er hört nicht das Geräusch ihrer Stimmen, er lauscht nur dem monotonen Rauschen des Meeres.

Dann steht er auf, betritt den Tempelvorplatz direkt über dem Meer. Das blendende Licht fällt auf ihn, das Licht, das vom Himmel kommt, das Funken schlägt aus den Marmorwänden, den Feldern, den Hügeln, das Licht kommt aus dem Mittelpunkt des Himmels, der sich unbewegt über dem Meer wölbt.

Juba spricht nicht mehr. Sein Gesicht gleicht einer kupfernen Maske, und das Licht glänzt auf seiner Stirn, auf dem gebogenen Nasenrücken, auf den Wangenknochen. Seine dunklen Augen sehen, was jenseits des Meeres ist. Rings um ihn zittern und flimmern die weißen Mauern und die Stelen aus Kalkspat wie die Sonnenspiegelungen über den großen Salzsee. Auch Kleopatra Selenes Gesicht ist unbewegt, erhellt, gelassen wie das Gesicht einer Statue.

Seite an Seite stehen der junge König und seine

Gemahlin auf dem Vorplatz des Tempels, und die Stadt kreist langsam um sie. Die monotone Musik der großen verborgenen Räder erfüllt ihre Ohren und mischt sich mit dem Geräusch der Wellen an der Felsenküste. Es ist wie ein Gesang, wie eine menschliche Stimme, die in weiter Ferne schreit, die ruft:

»Juba! Ju-uuu-baa!«

Die Schatten auf der Erde wachsen, während die Sonne allmählich gegen Westen sinkt, zur Linken des Tempels. Juba sieht, wie die Gebäude zittern und sich auflösen. Sie gleiten wie Wolken übereinander, und der Gesang der Räder am Himmel und im Meer wird tiefer, klagender. Am Himmel sind große weiße Kreise, große schwimmende Wellen. Die menschlichen Stimmen werden schwächer, entfernen sich, verklingen. Manchmal hört man noch die Haupttöne der Musik, die Klänge der Posaunen, die schrillen Flöten, die Trommeln, oder die gutturalen Schreie der Kamele, die nahe den Stadttoren orgeln. Der grau-lila Schatten breitet sich unter den Hügeln aus, rückt vor bis ins Flußtal. Einzig der Tempel wird noch von der Sonne beleuchtet, er ragt wie ein steinernes Schiff über der Stadt.

Juba ist jetzt allein in den Ruinen von Jol. Die langsamen Wellen gleiten über den geborstenen Marmor, trüben den Meeresspiegel. Die Säulen liegen auf dem Grund des Wassers, die großen versteinerten Baumstämme stecken tief zwischen den Algen, die Treppen sind versunken. Es sind weder Männer noch Frauen mehr da, keine Kinder mehr. Die Stadt gleicht einem Friedhof, der auf dem Meeresgrund bebt, und die Wellen branden gegen die letzten Stufen des Diana-Tempels wie an ein Felsenriff. Noch immer hört man das monotone Geräusch, das Rauschen des Meeres. Es ist die Bewegung der großen Zahnräder, die weiter knirschen, weiter ächzen, während das Ochsengespann am Hebebaum seinen Rundgang verlangsamt. Am dunkelblauen Himmel ist die Mondsichel erschienen und glänzt mit ihrem Licht, das ohne Wärme ist.

Nun nimmt Juba den weißen Schleier ab, der seinen Kopf bedeckt. Er schaudert, denn die Kälte der Nacht kommt schnell. Seine Glieder sind gefühllos, und sein Mund ist trocken. Mit der hohlen Hand schöpft er ein wenig Wasser aus einem ruhenden Eimer. Sein schönes Gesicht ist sehr dunkel, fast schwarz von all der Hitze, die die Sonne gespendet hat. Seine Augen blicken über die Weite der roten Felder, auf denen jetzt niemand ist. Die Ochsen sind auf ihrem Rundgang stehengeblieben. Die großen hölzernen Räder drehen sich nicht mehr, aber sie knarzen und knirschen, und der lange Riemen aus gebrühtem Leder vibriert noch.

Ohne Hast spannt Juba die Ochsen aus, nimmt den schweren Holzbalken ab. Die Nacht steigt am anderen Ende der Erde auf, am Unterlauf des Flusses Azan. Vor den Hütten brennen die Holzkohlenfeuer, und die Frauen stehen an den *braseros*.

»Ju-uuu-baa! Ju-uuu-baa!«

Es ist dieselbe Stimme, die schrill und singend irgendwo jenseits der verlassenen Felder ruft. Juba dreht sich um und schaut eine Weile, dann steigt er, die Ochsen an der Leine führend, den kleinen Steinhügel hinab.

Als er unten angekommen ist, legt Juba den Ochsen die Fußfesseln an. Die Stille im Flußtal ist unermeßlich, sie hat die Erde und den Himmel bedeckt wie ein ruhiges Gewässer, in dem sich keine Welle regt. Es ist die Stille der Steine.

Juba blickt lange um sich, er lauscht auf das Atemgeräusch der Ochsen. Das Wasser in der Bewässerungsanlage hat aufgehört zu fließen, die letzten Tropfen werden von der Erde aufgesogen, von den rissigen Furchen. Der graue Schatten hat die weiße Stadt zugedeckt, mit ihren schwerelosen Tempeln, den Wällen, den Palmengärten. Vielleicht ist irgendwo noch ein Bauwerk geblieben, etwas wie ein Grabmal, eine Kuppel aus geborstenen Steinen, aus denen Gräser und Büsche sprießen, nicht weit weg vom Meer? Vielleicht, daß morgen, wenn die großen hölzernen Räder sich wiederum zu drehen beginnen, die Ochsen sich langsam, schnaufend, wieder auf ihrem Rundgang in Bewegung setzen werden, vielleicht, daß dann die Stadt aufs neue erscheinen wird, sehr weiß, flimmernd und unwirklich wie die Sonnenspiegelungen? Juba dreht sich ein wenig im Kreis, er schaut nur auf die weiten Felder, die ausruhen vom Licht, und die der Flußnebel einhüllt. Dann geht er, läuft rasch den Weg entlang, zu den Hütten, wo die Lebenden warten.

*Von einem, der auszog,
das Meer zu sehen*

Er hieß Daniel, aber er hätte ganz gut Sindbad heißen können, denn er hatte dessen Abenteuer in einem dicken, rot gebundenen Buch gelesen, das er immer bei sich trug, im Klassenzimmer und im Schlafsaal. Ich glaube, daß er tatsächlich nie etwas anderes gelesen hatte als dieses Buch. Er sprach nicht darüber, nur manchmal, wenn man ihn danach fragte. Dann glänzten seine schwarzen Augen stärker, und sein scharfgeschnittenes Gesicht schien sich plötzlich zu beleben. Aber er war ein Junge, der nicht viel redete. Er mischte sich nicht in die Gespräche der anderen, außer wenn vom Meer und von Reisen die Rede war. Die meisten Leute sind Erdmenschen, das ist eben so. Sie sind auf der Erde geboren und interessieren sich nur für die Erde und für Erdendinge. Selbst die Matrosen sind Erdmenschen: sie lieben Häuser und Frauen, sprechen von Politik und Autos. Aber er, Daniel, schien einer anderen Rasse anzugehören. Die Erdendinge langweilten ihn, die Kaufläden, die Autos, die Musik, die Filme und natürlich die Schulstunden. Er sagte nichts, er gähnte nicht einmal, um seine Langeweile zu zeigen. Aber er blieb, ohne sich zu rühren, in seiner Bank oder auf den Treppenstufen vor der Wiese sitzen und schaute ins Leere. Er war ein mittelmäßiger Schüler, der jedes Trimester gerade so viel Punkte zusammenbrachte, daß er durchkam. Wenn ein Lehrer ihn aufrief, trat er aus der Bank und sagte seine Lektion her, dann setzte er sich wieder, und damit hatte es sich. Es war, als schliefe er mit offenen Augen.

Selbst wenn vom Meer gesprochen wurde, interessierte ihn das nicht lange. Er hörte eine Weile zu, fragte zwei oder drei Dinge, bemerkte dann, daß nicht wirklich vom Meer die Rede war, sondern vom Baden, von der Unterwasserjagd, von Stränden und Sonnenstichen. Dann ging er weg, setzte sich wieder in seine Bank oder auf seine Treppenstufen und schaute ins Leere. Das war nicht das Meer, von dem er hören wollte. Er hatte ein anderes im Sinn, man wußte nicht welches, aber eben ein anderes.

Das war, bevor er verschwand, bevor er wegging. Niemand wäre auf den Gedanken gekommen, daß er eines Tages losziehen würde, ich meine *wirklich*, ohne wiederzukommen. Er war sehr arm, sein Vater hatte einen kleinen Bauernhof, einige Kilometer von der Stadt entfernt, und Daniel trug die graue Schürze der Internatsschüler, denn seine Familie wohnte zu weit weg, als daß er jeden Abend hätte nach Hause gehen können. Er hatte drei oder vier ältere Brüder, die wir nicht kannten.

Er hatte keine Freunde, er kannte niemand und niemand kannte ihn. Vielleicht war ihm das gerade recht so, um nicht gebunden zu sein. Er hatte ein merkwürdig spitzes, scharfgeschnittenes Gesicht und schöne schwarze gleichgültige Augen.

Er hatte zu niemandem etwas gesagt. Aber er hatte damals schon alles vorbereitet, sich die Straßen und Karten eingeprägt, die Namen der Städte, durch die er kommen würde. Vielleicht hatte er Tag um Tag und jede Nacht, wenn er in seinem Bett im Schlafsaal lag, von vielen Dingen geträumt, während die anderen Unfug

178

trieben und heimlich Zigaretten rauchten. Er hatte an die Flüsse gedacht, die langsam zu ihren Mündungen hinunterströmen, an die Schreie der Möwen, an den Wind, an die Gewitterstürme, die in den Schiffsmasten pfeifen, und an die Sirenen der Heulbojen.

Fortgegangen ist er am Winteranfang, gegen Mitte September. Als die Internatsschüler in dem großen grauen Schlafsaal aufgewacht sind, war er verschwunden. Wir haben das sofort, sowie wir die Augen aufgemacht haben, bemerkt, denn sein Bett war unbenützt. Die Decken waren sorgfältig ausgebreitet, und alles war in Ordnung. Da haben wir gesagt: »So was! Daniel ist fort!«, ohne wirklich erstaunt zu sein, denn schließlich waren wir ja ein wenig darauf gefaßt gewesen. Aber niemand hat etwas anderes gesagt, denn wir wollten verhindern, daß er wieder aufgegriffen würde.

Selbst die Geschwätzigsten der Mittelstufenschüler haben nichts gesagt. Und zudem, was hätten wir auch schon sagen können? Im Schulhof oder während der Französischstunde wurde noch lange geflüstert, aber es waren nur Satzfetzen, deren Sinn allein uns bekannt war.

»Glaubst du, daß er jetzt schon dort ist?«

»Meinst du? Noch nicht, das ist weit, verstehst du...«

»Morgen?«

Die Kühnsten sagten:

»Vielleicht ist er schon in Amerika.«

Und die Pessimisten:

»Bah, vielleicht kommt er noch heute zurück.«

Wenn wir den Mund hielten, so wurde die Angelegenheit höheren Orts um so aufgeregter diskutiert. Die

Lehrer und Studienaufseher wurden regelmäßig ins Rektorat und sogar auf die Polizei beordert. Von Zeit zu Zeit kamen Inspektoren und fragten die Schüler einzeln aus, um ihnen die Würmer aus der Nase zu ziehen.

Natürlich sprachen wir von allem, nur nicht von dem, was wir wußten, von ihm, dem Meer. Wir sprachen von Bergen, von Städten, von Mädchen, von Schätzen, sogar von kinderraubenden Zigeunern und von der Fremdenlegion. Wir sagten das, um die Spuren zu verwischen, und die Lehrer und Studienaufseher wurden immer nervöser, und das machte sie bösartig.

Die große Aufregung hat mehrere Wochen, mehrere Monate angehalten. In den Zeitungen erschienen ein paar Suchanzeigen mit Daniels Personenbeschreibung und einem Foto, das ihm nicht ähnlich sah. Dann hat sich alles mit einem Schlag beruhigt, denn wir waren diese Geschichte ein bißchen leid geworden. Vielleicht hatten wir begriffen, daß er nicht wiederkommen würde, niemals.

Daniels Eltern haben sich getröstet, weil sie sehr arm waren und ihnen sowieso nichts anderes übrig blieb. Die Polizisten haben die Angelegenheit zu den Akten gelegt, das haben sie selbst gesagt und noch etwas hinzugefügt, was die Lehrer und Studienaufseher nachgeplappert haben, als sei es ganz normal, während es uns außergewöhnlich erschien. Sie haben gesagt, daß jedes Jahr Zehntausende von Menschen spurlos verschwinden und unauffindbar bleiben würden. Die Lehrer und Studienaufseher haben diesen Ausspruch achselzuckend nachgeplappert, als sei dies die banalste Sache der Welt, aber uns hat er nachdenklich gemacht, auf eine geheime und zauberische Traumreise geschickt, die noch nicht zu Ende ist.

Angekommen ist Daniel sicher nachts in einem langen Güterzug, der lange Zeit Tag und Nacht unterwegs war. Die Güterzüge verkehren hauptsächlich nachts, weil sie sehr lang sind und sehr langsam von einem Bahnknotenpunkt zum anderen fahren.

Daniel lag, in ein altes Stück Sackleinwand gewickelt, auf dem harten Boden. Er schaute durch die Lattentür, während der Zug die Fahrt verlangsamte und kreischend an den Lagerhäusern hielt. Daniel hatte die Tür geöffnet, war auf das Gleis gesprungen und die Böschung entlanggerannt, bis er einen Übergang fand. Er hatte kein Gepäck, nur eine dunkelblaue Strandtasche, die er immer bei sich trug und in die er sein altes rotes Buch gesteckt hatte.

Jetzt war er frei, und er fror. Seine Beine schmerzten ihn nach so vielen Stunden im Waggon. Es war Nacht, es regnete. Daniel ging so schnell er konnte, um von der Stadt wegzukommen. Er wußte nicht, wohin er ging. Er marschierte einfach geradeaus, zwischen den Mauern der Schuppen, auf der Straße, die im gelben Licht der Laternen glänzte. Hier war niemand, und auf die Mauern waren keine Namen geschrieben. Aber das Meer war nicht weit. Daniel erahnte es irgendwo zur Rechten, durch die großen Zementbauten verdeckt, auf der anderen Seite der Mauern. Es war in der Nacht.

Nach einer Weile war Daniel müde vom vielen Gehen. Er war jetzt auf dem Land angekommen, die Stadt glänzte weit hinter ihm. Die Nacht war schwarz, und die Erde und das Meer waren unsichtbar. Daniel suchte einen Unterschlupf vor dem Regen und dem Wind, und er trat in eine Bretterhütte am Wegrand. Dort hat er sich einquartiert, um bis zum Morgen zu schlafen. Er hatte seit mehreren Tagen nicht mehr geschlafen und so gut wie nichts gegessen, weil er die ganze Zeit durch die Tür des Waggons spähte. Er wußte, daß er keinem Polizisten begegnen durfte. Also hat er sich ganz hinten in der Bretterhütte verborgen, und ein wenig Brot geknabbert und dann geschlafen.

Als er aufwachte, stand die Sonne schon am Himmel. Daniel ist aus der Hütte getreten und hat blinzelnd einige Schritte getan. Da war ein Weg, der zu den Dünen führte, und auf ihm ist Daniel weitergegangen. Sein Herz schlug stärker, weil er wußte, daß das Meer auf der anderen Seite der Dünen war, kaum noch zweihundert Meter entfernt. Er rannte auf dem Weg, kletterte den Sandhügel hinauf, und der Wind blies immer stärker, wehte unbekannte Gerüche und Geräusche heran. Dann ist er oben auf den Dünen angekommen, und mit einem Schlag hat er es gesehen.

Es war dort, überall vor ihm, endlos, prall wie ein Berghang, blau glänzend, tief, ganz nah, mit seinen hohen Wellen, die auf ihn zukamen.

»Das Meer! Das Meer!« dachte Daniel, aber er wagte nicht, es laut zu sagen. Mit ein wenig gespreizten Fingern stand er regungslos da und konnte es nicht fassen, daß er neben ihm geschlafen hatte. Er hörte das langsame Geräusch der Wellen, die über den Strand liefen. Der Wind hatte sich plötzlich gelegt, und die Sonne strahlte auf das Meer, entzündete auf jedem Wellenkamm ein Feuer. Der Sand des Strandes war aschfarben, glatt, von Rinnsalen durchzogen und von großen Pfützen bedeckt, in denen sich die Sonne spiegelte.

In seinem Inneren wiederholte Daniel den schönen Namen mehrmals, einfach so,

»Meer, Meer, Meer...«

den Kopf voll Geräusch und Schwindel. Er wollte sprechen, ja schreien, aber seine Kehle ließ die Stimme nicht durch. Er mußte also weglaufen und seine blaue Tasche sehr weit fortschleudern, so daß sie im Sand rollte, er mußte weglaufen und dabei Arme und Beine bewegen wie jemand, der eine Autobahn überquert. Er sprang über die Tangbänder, taumelte im trockenen Sand von der Höhe des Strandes hinunter. Er zog Schuhe und Strümpfe aus und lief barfuß noch schneller, ohne auf die Stacheln der Disteln zu achten.

Das Meer war weit, am anderen Ende der Sandebene. Es glänzte im Licht, wechselte Farbe und Aussehen, eine blaue, dann graue, grüne, fast schwarze Fläche, ockergelbe Sandbänke, weiße Wellensäume. Daniel wußte nicht, daß es so weit war. Er lief und lief, die Arme an den Körper gepreßt, mit wild hämmerndem Herzen. Jetzt spürte er, wie der steinharte Sand unter seinen Füßen feucht und kalt wurde. Je näher er kam, desto mehr wuchs das Geräusch der Wellen, erfüllte alles wie das Pfeifen von Dampf. Es war ein Geräusch, sehr sanft und langsam, dann heftig und beunruhigend, wie ein Zug auf einer Eisenbrücke. Aber Daniel hatte keine Angst. Er lief immer noch so schnell er konnte in der kalten Luft, geradeaus, ohne nach rechts und links zu schauen. Als er nur noch einige Meter von der Schaumfranse entfernt war, schlug ihm der Geruch der Tiefe entgegen, und er blieb stehen. Er hatte Seitenstechen, und der durchdringende Geruch des Salzwassers benahm ihm den Atem.

Er setzte sich auf den durchnäßten Sand, schaute auf das Meer, das vor ihm beinahe bis zur Mitte des Himmels stieg. Er hatte so sehr an diesen Augenblick gedacht, er hatte sich so sehr den Tag vorgestellt, an dem er es endlich mit eigenen Augen sehen würde, nicht wie auf den Fotos oder im Kino, sondern wirklich, das ganze Meer, rings um ihn ausgebreitet, geschwellt, mit den hohen Rücken der anbrandenden Wellen, dem im Sonnenlicht zerstäubenden Gischtregen, und vor allem, in der Ferne, diesen gekrümmten Horizont wie eine Mauer vor dem Himmel! Er hatte sich diesen Augenblick so sehr herbeigewünscht, daß er keine Kraft mehr hatte, als würde er sterben oder einschlafen.

Es war tatsächlich das Meer, sein Meer, für ihn allein jetzt, und er wußte, daß er nie wieder weggehen könnte. Daniel blieb lange auf dem harten Sand ausgestreckt, er wartete, auf der Seite liegend, so lange, bis das Meer wieder allmählich den Hügel hinaufstieg und seine nackten Füße berührte.

Das war die Flut. Daniel sprang auf die Beine, alle Muskeln angespannt zur Flucht. In der Ferne brandeten die Wogen mit Donnergeräusch an die schwarzen Riffe. Doch das Wasser hatte noch keine Kraft. Es brach sich, brodelte am unteren Ende des Strands, kroch nur heran. Der leichte Schaum umspielte Daniels Beine, grub Löcher rings um seine Fersen. Das kalte Wasser biß zuerst an seinen Zehen und Fußgelenken herum, machte sie dann fühllos.

Zugleich mit der Flut kam der Wind. Er blies aus der Tiefe des Horizonts, Wolken zogen am Himmel. Aber es waren unbekannte Wolken, wie Meeresschaum, und das Salz zog im Wind wie Staubkörner. Daniel dachte nicht mehr daran zu fliehen. Er ging in der Schaumfranse am Meer entlang. Bei jeder Welle spürte er, wie der Sand durch seine gespreizten Zehen glitt, dann wieder hochquoll. In der Ferne hob und senkte sich der Horizont wie eine atmende Brust, schickte seine Stöße zur Erde hin aus.

Daniel hatte Durst. Mit der hohlen Hand schöpfte er ein wenig schaumiges Wasser und trank einen Schluck. Das Wasser brannte im Mund und auf der Zunge, aber Daniel trank weiter, weil er den Geschmack des Meeres mochte. So lange schon hatte er an all dieses freie, grenzenlose Meer gedacht, an all dieses Wasser, das man sein ganzes Leben lang trinken konnte! Die letzte Flut hatte Holzstücke an das Ufer geschwemmt, und Wurzeln, die wie große Gebeine aussahen. Jetzt nahm das Wasser sie langsam wieder fort, legte sie ein wenig weiter oben ab, mischte sie unter die großen schwarzen Algen.

Daniel ging am Wasser dahin, und er betrachtete alles begierig, als wolle er in einem Augenblick alles erfahren, was das Meer ihm zeigen konnte. Er nahm die glitschigen Algen, die Muschelscherben in die Hand, er grub im Schlamm an den Gängen der Würmer entlang, er suchte überall, im Gehen oder auf allen vieren, in dem nassen Sand. Die Sonne am Himmel war hart und stark, und das Meer grollte unaufhörlich.

Von Zeit zu Zeit blieb Daniel mit dem Gesicht zum Horizont stehen und schaute auf die hohen Wellen, die sich einen Weg über die Riffe suchten. Er zog mit aller Kraft die Luft ein, um seinen Atem zu spüren, und es war, als ob das Meer und der Horizont seine Lungen, seinen Bauch, seinen Kopf aufblähten und er eine Art Riese würde. Er schaute auf das dunkle Wasser in der Ferne, dorthin, wo es weder Erde noch Schaum gab, sondern nur den freien Himmel, und er sprach leise mit dem Meer, als könne es ihn hören; er sagte:

»Komm! Komm herauf bis hierher! Komm!«

»Du bist schön, du wirst kommen und die ganze Erde bedecken, alle Städte, du wirst bis oben auf die Berge steigen!«

»Komm mit deinen Wellen, steig herauf, steig herauf! Hierher, hierher!«

Dann wich er Schritt um Schritt auf den höher gelegenen Teil des Strandes zurück.

Er begriff so die Bewegung des Wassers, das steigt, anschwillt, wie die Finger einer Hand in die kleinen Sandtäler schlüpft... Die grauen Krabben liefen mit erhobenen Scheren schnell wie Insekten vor ihm her. Das weiße Wasser füllte die geheimnisvollen Löcher und überflutete die verborgenen Gänge. Es stieg mit jeder Welle ein wenig höher, verbreiterte seine schwappenden Flächen. Daniel tanzte vor ihm wie die grauen Krabben, er lief mit erhobenen Armen und leicht verdrehtem Körper, und das Wasser knabberte an seinen Fersen. Dann stieg er wieder hinunter, grub Gräben in den Sand, damit es schneller steigen könne, und er trällerte seine Wörter, um ihm beim Herankommen zu helfen.

»Los, steige, los, ihr Wellen, steigt höher, kommt höher, los!«

Er war jetzt bis zum Gürtel im Wasser, aber er spürte die Kälte nicht, er hatte keine Angst. Seine durchnäßten

Kleider klebten ihm an der Haut, seine Haare hingen ihm über die Augen wie Algen. Das Meer brodelte rings um ihn, strömte mit solcher Macht zurück, daß er sich in den Sand krallen mußte um nicht umzufallen, schoß dann wieder nach vorne und stieß ihn den Strand hinauf.

Die toten Algen peitschten seine Beine, schlangen sich um seine Knöchel. Daniel riß sie aus wie Schlangen, warf sie ins Meer und schrie:

»Arrh! Arrh!«

Er schaute weder auf die Sonne noch auf den Himmel. Er sah nicht einmal das ferne Band der Erde, noch die Silhouetten der Bäume. Niemand war hier, niemand außer dem Meer, und Daniel war frei.

Plötzlich stieg das Meer schneller. Es war über den Riffen angeschwollen, und die Wellen kamen jetzt von der hohen See, ohne daß irgend etwas sie zurückhielt. Sie waren hoch und breit und ein wenig schräg, mit ihrem rauchenden Kamm und ihrem dunkelblauen, schaumgesäumten Bauch, der sich unter ihnen höhlte. Sie kamen so schnell, daß Daniel nicht mehr Zeit hatte, Schutz zu suchen. Er drehte ihnen den Rücken, um zu fliehen, und die Welle klatschte ihm an die Schultern, ging über seinen Kopf hinweg. Instinktiv krallte Daniel seine Nägel in den Sand und hielt den Atem an. Das Wasser fiel donnernd auf ihn, bildete Wirbel, drang ihm in Augen, Ohren, Mund, Nasenlöcher.

Daniel kroch mühsam auf den trockenen Sand zu. Er war so benommen, daß er eine Weile bäuchlings in der Schaumfranse liegen blieb, unfähig sich zu bewegen. Aber die anderen Wellen kamen grollend heran. Sie hoben ihre Kämme noch höher, und ihre Bäuche höhlten sich wie Grotten. Da lief Daniel die Strandböschung hinauf und setzte sich in den Sand der Dünen, auf der anderen Seite der Tangbarriere. Den Rest des Tages hielt er sich vom Meer fern. Doch sein Körper zitterte noch, und überall auf seiner Haut, und selbst in seinem Inneren, war der brennende Geschmack des Salzes, und auf dem Grund seiner Augen der blinde Fleck der Wellen.

Am anderen Ende der Bucht war ein schwarzes, von Grotten durchzogenes Kap. Dort lebte Daniel in den ersten Tagen nach seiner Ankunft am Meer. Seine Grotte war eine kleine, mit Geröll und grauem Sand bedeckte Höhlung in den schwarzen Felsen. Dort lebte Daniel während all dieser Tage, ohne sozusagen das Meer aus den Augen zu lassen.

Wenn das Licht der Sonne sehr bleich und grau erschien und der Horizont in den ineinanderfließenden Farben des Himmels und des Meeres kaum wie ein Faden sichtbar war, stand Daniel auf und trat aus der Grotte. Er kletterte auf die schwarzen Felsen, um das Regenwasser aus den Pfützen zu trinken. Auch die großen Seevögel kamen hierher, sie stießen, während sie ihn umkreisten, ihre langen, knarrenden Schreie aus, und Daniel grüßte sie mit Pfiffen. Am Morgen, bei Ebbe, lag der geheimnisvolle Grund frei. Da waren große dunkle Tümpel, Sturzbäche zwischen den Steinen, Rutschbahnen, Hügel aus lebenden Algen. Daniel verließ dann das Kap und stieg die Felsen hinunter bis zur Mitte der Ebene, die das Meer freigegeben hatte. Es war, als gelange er direkt zum Zentrum des Meeres, in ein seltsames Land, das nur einige Stunden existierte.

Man mußte sich beeilen. Der schwarze Saum der Riffe war ganz nah, und Daniel hörte die Wellen leise grollen und die tiefen Strömungen murmeln. Hier schien die Sonne nicht lange. Das Meer würde die Riffe bald mit seinem Schatten bedecken; das Licht würde sich heftig darauf spiegeln, ohne sie zu erwärmen. Das Meer zeigte einige Geheimnisse, aber man mußte sie schnell erkennen, bevor sie verschwanden. Daniel lief auf den Felsen des Meeresgrundes zwischen den Algenwäldern dahin. Ein mächtiger Geruch stieg aus den Tümpeln und schwarzen Tälern auf, ein Geruch, den die Menschen nicht kennen und der sie berauscht.

In den großen Pfützen ganz nahe am Meer suchte Daniel nach Fischen, Krabben, Muscheln. Er tauchte seine Arme ins Wasser zwischen die Algenbüschel und wartete, bis die Schalentiere ihn an den Fingerspitzen kitzelten; dann fing er sie. In den Lachen öffneten und schlossen die violetten, grauen, blutroten Seeanemonen ihre Kronen.

Auf den flachen Felsen lebten die weiß-blauen Napfschnecken, die orangefarbenen Nabelschnecken, die Mitraschnecken, die Archenmuscheln, die Tellmuscheln. In den Mulden der Tümpel schien das Licht manchmal auf den breiten Rücken der Tonnenschnekken oder auf das opalene Perlmutt einer Seeschnecke. Es kam auch vor, daß zwischen den Algenblättern plötzlich das leere, wie eine Wolke irisierende Gehäuse eines alten Seeohrs erschien, die Schale einer Messerscheide, die vollkommene Form einer Jakobsmuschel. Daniel betrachtete sie lange, dort wo sie waren, durch die Scheibe des Wassers, und es war, als lebte auch er in der Pfütze, auf dem Grund einer winzigen Spalte,

von der Sonne geblendet und in Erwartung der Meeres-
nacht.

Zum Essen fing er Napfschnecken. Man mußte sich
ihnen geräuschlos nähern, damit sie sich nicht an den
Stein ansaugten, und sie dann mit der Spitze der großen
Zehe wegschlagen. Aber die Napfschnecken hörten oft
das Geräusch seiner Schritte oder seines Atems und
hefteten sich schmatzend an die flachen Felsen. Wenn
Daniel genügend Krabben und Muscheln beisammen
hatte, legte er seinen Fang in eine kleine, mit Wasser
gefüllte Felsenmulde, um ihn später in einer Konserven-
büchse über einem Tangfeuer zu kochen. Dann ging er
bis ans äußerste Ende des freiliegenden Meeresgrunds,
bis dahin, wo die Wellen anbrandeten. Denn dort lebte
sein Freund, der Krake.

Ihn hatte Daniel sofort, am ersten Tag seiner Ankunft
am Meer, kennengelernt, bevor er mit den Seevögeln
und den Anemonen Bekanntschaft machte. Er war
hinausgegangen bis zum Rand der Wellen, die sich beim
Anbranden überschlagen, wenn Meer und Horizont
sich nicht mehr bewegen und die großen dunklen
Strömungen sich zurückzuhalten scheinen, bevor sie
losspringen. Es war wohl der geheimnisvollste Ort der
Erde, wohin das Tageslicht nur einige Minuten gelangt.
Daniel war sehr langsam gegangen, hatte sich beim
Abstieg zum Mittelpunkt der Erde an den Wänden der
glitschigen Felsen festgehalten. Er hatte den großen
Tümpel gesehen, in dem sich die Algen langsam beweg-
ten, und er war reglos verharrt, das Gesicht ganz dicht
an der Wasseroberfläche. Da hatte er die Fangarme des
Kraken vor den Wänden des Tümpels schwimmen
sehen. Sie drangen wie Rauch aus einer Spalte ganz

nahe am Grund und glitten sanft über die Algen. Daniel hatte den Atem angehalten, als er die Fangarme betrachtete, die sich, mit den Fasern der Algen vermischt, unmerklich bewegten.

Dann war der Krake herausgekommen. Der lange zylindrische Körper bewegte sich vorsichtig, seine Fangarme wiegten sich vor ihm. Im gebrochenen Licht der flüchtigen Sonne glänzten die gelben Augen des Kraken wie Metall unter den vorspringenden Brauen. Der Krake ließ eine Weile seine langen Fangarme mit den blauroten Saugnäpfen schwimmen, als suche er etwas. Dann hatte er den Schatten des über den Tümpel geneigten Daniel gesehen und war zurückgeschnellt, wobei er seine Fangarme aneinanderpreßte und eine komische graublaue Wolke ausstieß.

Daniel kam jetzt jeden Tag an den Rand des Tümpels, ganz nahe an den Wellen. Er neigte sich über das durchsichtige Wasser und rief leise den Kraken. Er setzte sich auf den Felsen, tauchte die nackten Beine vor der Spalte, wo der Krake wohnte, ins Wasser und wartete regungslos. Nach einer Weile spürte er die Fangarme, die leicht seine Haut berührten, sich um seine Knöchel schlangen. Der Krake streichelte ihn vorsichtig, manchmal zwischen den Zehen und an der Fußsohle, und Daniel mußte lachen.

»Grüß dich, Wiatt,« sagte Daniel, der Krake hieß Wiatt, aber er kannte natürlich seinen Namen nicht. Daniel sprach leise zu ihm, um ihn nicht zu erschrecken. Er stellte ihm Fragen über das, was auf dem Meeresgrund vor sich geht, was man sieht, wenn man unter den Wellen ist. Wiatt antwortete nicht, strich aber unentwegt sehr sanft über Daniels Füße und Knöchel.

Daniel mochte ihn gern. Er konnte ihn nie sehr lange besuchen, denn das Meer stieg schnell. Wenn Daniel einen guten Fischzug gemacht hatte, brachte er ihm eine Krabbe oder Garnelen, die er im Tümpel aussetzte. Die grauen Fangarme schossen wie Peitschenschnüre vor, packten die Beute und zogen sie zum Felsen zurück. Daniel hatte den Kraken nie essen sehen. Er blieb fast immer in seiner schwarzen Spalte verborgen, reglos, mit seinen langen Fangarmen, die sich vor ihm sanft auf und ab bewegten. Vielleicht war er wie Daniel, vielleicht war er lange gereist, um sein Haus auf dem Grund des Tümpels zu finden, und betrachtete nun den klaren Himmel hinter dem durchsichtigen Wasser.

Bei Niedrigwasser war alles wie beleuchtet. Daniel ging inmitten der Felsen auf den Algenteppichen dahin, und die Sonne strahlte vom Wasser und von den Felsen zurück, entzündete lodernde Feuer. Nun war kein Wind mehr zu spüren, kein Lufthauch. Über der Ebene des Meeresgrundes war der blaue Himmel sehr groß, von einem außergewöhnlichen Licht überstrahlt. Daniel fühlte die Wärme auf seinem Kopf und seinen Schultern, er schloß die Augen, um von dem schrecklichen Funkeln nicht geblendet zu werden. Nichts anderes war dann mehr da, nichts anderes: der Himmel, die Sonne, das Salz, die in den Felsen zu tanzen anfingen.

An einem Tag, an dem das Meer so weit zurückgegangen war, daß man am Horizont nur noch eine dünne blaue Borte sah, machte Daniel sich quer durch die Felsen des Meeresgrundes auf den Weg. Er spürte plötzlich die Trunkenheit eines Menschen, der Neuland betritt und weiß, daß er vielleicht nicht wieder zurückkommen wird. An diesem Tag gab es nichts Vergleichbares mehr; alles war unbekannt, neu. Daniel drehte sich um und sah das Festland wie einen Schlammsee weit hinter sich. Er fühlte auch die Einsamkeit, das Schweigen der nackten, vom Meerwasser abgeschliffenen Felsen, die Unruhe, die aus allen Ritzen, aus allen geheimen Schächten drang, und er ging schneller, lief dann. Das Herz hämmerte in seiner Brust, wie an dem ersten Tag, an dem er am Meer angekommen war. Daniel rannte ohne zu verschnaufen, sprang über die Pfützen und Algentäler, lief an den Felskanten entlang, mit ausgebreiteten Armen, um nicht das Gleichgewicht zu verlieren.

Manchmal ging es über klebrige, von mikroskopischen Algen bedeckte große Platten oder über messerscharfe Felsen, über seltsame Steine, die wie Haifischhäute aussahen. Überall funkelten und kräuselten sich Wasserpfützen. Die in die Felsen eingelagerten Muscheln knisterten in der Sonne, die Algenrollen machten ein merkwürdiges Dampfgeräusch.

Daniel lief mitten auf der Ebene des Meeresgrundes, ohne zu wissen wohin, ohne anzuhalten, um nach der Grenze der Wellen zu sehen. Das Meer war jetzt völlig verschwunden, es war bis zum Horizont zurückgewichen, als sei es durch ein Loch zum Mittelpunkt der Erde abgeflossen.

Daniel hatte keine Angst, aber es war, als sei er nicht mehr ganz er selbst. Er rief das Meer nicht, er sprach nicht zu ihm. Das Sonnenlicht spiegelte sich auf dem Wasser der Pfützen, brach sich an den Spitzen der Felsen, machte schnelle Sprünge, vervielfachte seine Blitze. Das Licht war überall zugleich, so nah, daß man auf dem Gesicht das Vorbeistreichen der verhärteten

Strahlen spürte, oder sehr fern, wie ein kalter Funken der Planeten. Seinetwegen lief Daniel im Zickzack über die Felsenebene. Das Licht hatte ihn frei und verrückt gemacht, und wie das Licht sprang er blindlings dahin. Das Licht war nicht sanft und ruhig wie das der Strände und Dünen. Es war ein sinnloser Wirbel, der dauernd hochschlug, zwischen den beiden Spiegeln des Himmels und der Felsen hin und her sprang.

Vor allem war da das Salz. Seit Tagen hatte es sich überall angehäuft, auf den schwarzen Steinen, auf den Kieseln, auf den Schalen der Muscheln, und sogar auf den kleinen blassen Blättern der Fettpflanzen am Fuß der Klippe. Das Salz hatte Daniels Haut durchsetzt, sich auf seinen Lippen abgelagert und bildete jetzt einen harten brennenden Panzer. Das Salz war sogar ins Innere seines Körpers gedrungen, in seine Kehle, in seinen Bauch, bis ins Zentrum seiner Knochen, es raspelte und kratzte wie Glaspulver, es entzündete Funken auf seiner schmerzenden Netzhaut. Das Sonnenlicht hatte das Salz entflammt, und jetzt glitzerte jedes Prisma rings um Daniel und in Daniels Körper. Nun kam die Trunkenheit, die vibrierende Elektrizität, denn das Salz und das Licht wollen nicht, daß man stillsteht; sie wollen, daß man tanzt, daß man läuft, von einem Felsen zum anderen springt, sie wollen, daß man über den Meeresgrund rennt.

Noch nie hatte Daniel soviel Weiß gesehen. Selbst das Wasser der Tümpel, selbst der Himmel war weiß. Sie versengten die Netzhaut. Daniel schloß ganz fest die Augen und blieb stehen, denn seine Beine zitterten und konnten ihn nicht mehr tragen. Er setzte sich auf einen flachen Felsen vor einem Meerwassersee. Er horchte auf das Geräusch des Lichts, das über die Felsen sprang, das Knacken, das Zischen und, dicht an seinen Ohren, auf das schrille Flüstern, das wie Bienengesumm klang. Er hatte Durst, doch es war, als könne kein Wasser je diesen Durst löschen. Das Licht versengte weiterhin sein Gesicht, seine Hände, seine Schultern, es biß stichelnd und kribbelnd tausendfach auf ihn ein. Die salzigen Tränen liefen langsam aus seinen geschlossenen Augen, zogen warme Furchen über seine Wangen. Er öffnete mühsam die Lider, schaute auf die weiße Felsenebene, die große Wüste, in der die Tümpel mit ihrem grausamen Wasser glänzten. Die Meerestiere und die Muscheln waren verschwunden, hatten sich in den Spalten, unter den Algenteppichen versteckt.

Daniel beugte sich auf dem flachen Felsen nach vorne und zog sich das Hemd über den Kopf, um das Licht und das Salz nicht mehr zu sehen. Er blieb lange mit dem Kopf zwischen den Knien sitzen, während der lodernde Tanz über dem Meeresgrund hin und her zog.

Dann fing der Wind an zu wehen, so schwach zunächst, daß er in der dicken Luft kaum voran kam. Der Wind nahm zu, der kalte Wind, der vom Horizont ausging, und die Meerwassertümpel kräuselten und verfärbten sich. Am Himmel zogen Wolken auf, das Licht wurde wieder einheitlich. Daniel hörte das Grollen des nahen Meeres, die großen Wogen, die ihre Bäuche an die Felsen schlugen. Wassertropfen näßten seine Kleider, und er erwachte aus seiner Erstarrung.

Schon war das Meer da. Es kam sehr schnell, umgab hastig die ersten Felsen wie Inseln, füllte die Schründe, strömte mit dem Geräusch eines hochwasserführenden Flusses. Sooft es ein Stück Felsen verschlungen hatte, stiegen ein dumpfes Geräusch, das den Erdsockel erschütterte, und ein Brüllen in die Luft.

Daniel sprang auf. Er lief ohne anzuhalten auf das Ufer zu. Jetzt war er nicht mehr schläfrig, hatte keine Angst mehr vor dem Licht und dem Salz. Er spürte im Inneren seines Körpers eine Art Zorn, eine Kraft, die er nicht verstand, so als hätte er mit einem einzigen Tritt seiner Ferse Felsen brechen und Schründe graben können. Er lief in der Windrichtung vor dem Meer her und hörte hinter sich das Brüllen der Wellen. Von Zeit zu Zeit ahmte er sie nach und schrie:

»Rumm! Rumm!«

Man mußte schnell laufen. Das Meer wollte alles packen, die Felsen, die Algen und auch den Menschen, der vor ihm herlief. Manchmal schleuderte es einen Arm vor, links, rechts, einen langen, rauhen und schaumgefleckten Arm, der Daniel den Weg abschnitt. Er machte einen Sprung zur Seite, versuchte oben auf den Felsen weiterzukommen, und die zurückflutende Strömung saugte das Wasser aus den Spalten.

Daniel schwamm durch mehrere bereits trübe Seen. Er spürte keine Müdigkeit mehr. Im Gegenteil, in ihm war eine Art Freude, als hätten das Meer, der Wind und die Sonne das Salz aufgelöst und ihn befreit.

Das Meer war schön! Die weißen Garben schossen sehr hoch und sehr steil ins Licht, zerstoben dann zu Dampfwolken, die im Wind niederschwebten. Das neue Wasser füllte die Mulden der Felsen, wusch die weiße Kruste ab, riß Algenbüschel los. In der Ferne bei den Klippen glänzte die weiße Straße des Strandes. Daniel dachte an Sindbads Schiffbruch, als er von den Wogen zur Insel des Königs Mihrdschân getragen worden war, und genauso war es auch jetzt. Er lief schnell auf den Felsen dahin, seine nackten Füße wählten die besten Stellen, ohne daß er auch nur die Zeit gehabt hätte, daran zu denken. Es war, als habe er seit eh und je hier auf der Ebene des Meeresbodens inmitten der Schiff-brüche und Stürme gelebt.

Er bewegte sich mit der gleichen Geschwindigkeit wie das Meer, ohne anzuhalten, ohne zu verschnaufen, und horchte dabei auf das Geräusch der Wellen. Sie kamen vom anderen Ende der Welt, hoch, nach vorne geneigt, schäumend, flossen über die glatten Felsen und brachen sich in den Schründen.

Die Sonne schien unentwegt ganz nahe am Horizont. Von ihr ging diese Kraft aus, ihr Licht stieß die Wellen an die Erde. Es war wie ein nicht enden wollender Tanz, der Tanz des Salzes bei Ebbe, der Tanz der Wellen und des Windes, wenn die Flut zum Ufer hin ansteigt.

Daniel betrat die Grotte, als das Meer den Tangwall erreichte. Er setzte sich auf die Kiesel, um das Meer und den Himmel anzuschauen. Aber die Wellen über-schwemmten die Algen und er mußte zurückweichen. Das Meer stieß immer noch vor, schleuderte seine weißen Gischten, die auf den Steinen brodelten wie kochendes Wasser. Die Wellen stiegen unentwegt eine nach der anderen, bis zur letzten Barriere aus Algen und Reisern. Sie erfaßten die trockensten Algen, die salzge-bleichten Baumäste, alles, was sich am Eingang der Grotte seit Monaten angehäuft hatte. Das Wasser rammte gegen die Gesteinstrümmer, riß sie in die Brandung. Jetzt stand Daniel an der hinteren Wand der Grotte. Er konnte nicht mehr weiter zurück. Da schaute er auf das Meer, um es anzuhalten. Er schaute es mit aller Kraft an, ohne zu sprechen, und er schickte die Wellen zurück, durch Gegenwellen, die den Schwung des Meeres brachen.

Ein paarmal sprangen die Wellen über die Wälle aus Algen und Gesteinstrümmern, bespritzten die Rückwand der Grotte und umspülten Daniels Beine. Dann, mit einem Schlag, hörte das Meer auf zu steigen. Der schreckliche Lärm verebbte, die Wellen wurden sanfter, langsamer, wie abgeschlafft durch den Schaum. Daniel begriff, daß es zu Ende war.

Er streckte sich am Eingang der Grotte auf den Kieseln aus, den Kopf zum Meer gewandt. Er schlotterte vor Kälte und Müdigkeit, aber er war nie so glücklich gewesen. So schlief er ein, in dem bewegungslosen Frieden, und das Sonnenlicht nahm langsam ab wie eine erlöschende Flamme.

Was ist danach aus ihm geworden? Was hat er in all diesen Tagen, diesen Monaten in seiner Grotte am Meer getan? Vielleicht ist er wirklich nach Amerika, oder sogar bis nach China gereist auf einem Frachter, der langsam von Hafen zu Hafen, von Insel zu Insel fuhr. Träume, die so beginnen, dürfen nicht enden. Für uns, die wir hier weit weg vom Meer sind, war alles unmöglich und leicht. Wir wußten nur, daß sich etwas Seltsames ereignet hatte, das war alles.

Es war seltsam, weil es etwas Unlogisches an sich hatte, das alles Lügen strafte, was die ernsthaften Leute sagten. Sie waren so sehr in alle Richtungen ausgeschwirrt, um die Spur Daniel Sindbads zu finden, die Lehrer, Studienaufseher, Polizisten hatten so viele Fragen gestellt, und dann bums, eines Tages, ab einem bestimmten Zeitpunkt, haben sie so getan, als hätte Daniel nie existiert. Sie sprachen nicht mehr von ihm. Sie haben alle seine Sachen und sogar seine alten Schularbeiten an seine Eltern geschickt, und in der Schule ist nichts mehr von ihm übriggeblieben als die Erinnerung an ihn. Und selbst die wollten die Leute nicht mehr. Sie sind wieder dazu übergegangen, von diesem und jenem zu sprechen, von ihren Frauen und ihren Häusern, von ihren Autos und den Kantonalwahlen, wie vorher, als wäre nichts passiert.

Vielleicht haben sie sich nicht verstellt. Vielleicht hatten sie Daniel wirklich vergessen, weil sie monatelang einfach zu sehr an ihn gedacht hatten. Wenn er zurückgekommen und am Schuleingang aufgetaucht wäre, hätten die Leute ihn vielleicht nicht erkannt und gefragt:

»Wer sind Sie? Was wollen Sie?«

Aber wir, wir hatten ihn nicht vergessen. Niemand hatte ihn vergessen, weder im Schlafsaal noch in den Klassenzimmern, noch im Hof, nicht einmal diejenigen, die ihn nicht gekannt hatten. Wir sprachen von Schuldingen, von Mathematikaufgaben, Lateinübersetzungen, doch wir dachten immer sehr fest an ihn, als sei er wirklich ein wenig Sindbad und führe weiterhin durch die Welt. Von Zeit zu Zeit hörten wir zu sprechen auf, und jemand stellte die Frage, immer die gleiche:

»Glaubst du, daß er da drüben ist?«

Niemand wußte genau, was das hieß, da drüben, aber es war, als sähe man diesen Ort, das endlose Meer, den Himmel, die Wolken, die wilden Riffe und die Wogen, die großen weißen im Wind schwebenden Vögel.

Wenn die Brise die Zweige der Kastanien bewegte,

schauten wir zum Himmel auf und sagten ein wenig besorgt wie Seeleute:

»Es wird Sturm geben.«

Und wenn die Wintersonne am blauen Himmel schien, bemerkten wir:

»Er hat Glück heute.«

Aber wir sagten nie sehr viel mehr, weil es wie ein Pakt war, den wir, ohne es zu wissen, mit Daniel geschlossen hatten, ein Bund der Geheimhaltung und des Schweigens, den wir eines Tages mit ihm eingegangen waren, oder vielleicht ganz einfach dieser Traum, den wir eines Morgens begonnen hatten, als wir die Augen aufmachten und im Halbdunkel des Schlafsaals Daniels Bett sahen, das er für den Rest seines Lebens gemacht hatte, als müsse er nie wieder schlafen.

Hazaran

Der Franzosendeich war eigentlich keine Stadt, denn es gab dort weder Häuser noch Straßen, sondern nur Hütten aus Brettern, Teerpappe und gestampftem Lehm. Vielleicht hieß er so, weil seine Bewohner Italiener, Jugoslawen, Türken, Portugiesen, Algerier, Afrikaner waren, Maurer, Erdarbeiter, Bauern, die nur schwer Arbeit fanden und daher nie wußten, ob sie ein Jahr oder zwei Tage bleiben würden. Sie kamen hierher zum Deich an den Sumpfniederungen der Trichtermündung, ließen sich nieder, wo sie konnten, und bauten ihre Hütten in ein paar Stunden. Sie kauften Bretter von Leuten, die wegzogen, Bretter, die so alt und zerlöchert waren, daß man durch sie hindurchsehen konnte. Für das Dach nahmen sie ebenfalls Bretter und große Fetzen Teerpappe, oder, wenn sie Finderglück hatten, Wellblechstücke, die sie mit Draht befestigten und mit Steinen beschwerten. Die Löcher verstopften sie mit Lumpen.

Hier wohnte Alia, im Westen des Deichs, nicht weit von der Behausung Martins entfernt. Sie war zur selben Zeit angekommen wie er, ganz am Anfang, als es erst ein Dutzend Hütten gab und die Erde noch ganz weich war mit großen Wiesen und Schilf am Rand der Sumpfniederungen. Ihre Eltern waren durch einen Unfall ums Leben gekommen, als Alia sich auf nichts weiter verstand, als mit den anderen Kindern zu spielen, und ihre Tante hatte sie zu sich genommen. Jetzt, nach vier

Jahren, war der Deich größer geworden. Er nahm das linke Ufer der Trichtermündung ein, von der Böschung der Landstraße bis zum Meer, mit an die hundert Trampelpfaden und so vielen Hütten, daß man sie nicht zählen konnte. Jede Woche hielten einige Lastwagen am Eingang des Deichs, um neue Familien abzuladen und abreisende aufzuladen. Wenn Alia an der Pumpe Wasser holen oder Reis und Sardinen einkaufen ging im Konsum, blieb sie stehen, um den Neuankömmlingen zuzuschauen, die sich dort einquartierten, wo noch Platz war. Manchmal kam die Polizei zum Eingang des Deichs, um zu inspizieren und um die Abgänge und Zugänge in ein Heft zu notieren.

Alia erinnerte sich noch sehr gut an den Tag, an dem Martin angekommen war. Sie hatte ihn zum ersten Mal gesehen, als er mit anderen Leuten vom Lastwagen herabgestiegen war. Sein Gesicht und seine Kleider waren grau vor Staub, aber er war ihr sofort aufgefallen. Er war ein merkwürdiger Mann, groß und mager, mit einem sonnverbrannten Gesicht wie ein Matrose. Man hätte ihn wegen der Falten auf Stirn und Wangen für alt halten können, aber sein Haar war sehr schwarz und dicht und seine Augen glänzten so stark wie Spiegel. Alia dachte, daß er die interessantesten Augen vom Deich und vielleicht vom ganzen Land habe, und daß er ihr deshalb aufgefallen war.

Sie hatte sich nicht gerührt, als er an ihr vorbeigegangen war. Er bewegte sich langsam, wobei er um sich sah, als wolle er sich nur den Ort anschauen und in einer Stunde wieder mit dem Lastwagen wegfahren. Aber er war geblieben.

Martin hatte sich nicht im Zentrum des Deichs

installiert. Er war bis zum Ende des Sumpflands gegangen, bis dorthin, wo das Geröll des Strandes begann. Und hier hatte er seine Hütte gebaut, ganz allein, auf diesem Stück Land, das niemand anders gewollt hätte, da es zu weit von der Straße und den Süßwasserpumpen entfernt lag. Sein Haus war wirklich das letzte Haus der Stadt.

Martin hatte es selbst gebaut, ohne fremde Hilfe, und Alia dachte, daß es auf seine Art das interessanteste Haus der Gegend sei. Es war eine Rundhütte, die als einzige Öffnung eine niedrige Tür hatte, durch die Martin nicht in aufrechter Haltung eintreten konnte. Das Dach war aus Teerpappe, wie alle anderen, nur daß es eine Deckelform hatte. Wenn man Martins Haus von ferne im Morgendunst ganz allein an der Grenze zwischen Sumpfland und Strand sah, schien es größer und höher, wie der Turm eines Schlosses.

So hatte Alia es übrigens von Anfang an genannt: das Schloß. Die Leute, die Martin nicht mochten und sich ein wenig über ihn lustig machten wie der Geschäftsführer des Konsums, sagten, es sei eher eine Hundehütte, aber das war purer Neid. Und das war übrigens merkwürdig, denn Martin war sehr arm, ärmer noch als irgend jemand sonst in dieser Stadt, doch das fensterlose Haus hatte etwas Geheimnisvolles und fast majestätisches, das man nicht begriff und das einen einschüchterte.

Martin wohnte dort ganz allein, abseits von den anderen. Rings um das Haus war immer Stille, vor allem am Abend, eine Stille, die alles fern und unwirklich erscheinen ließ. Wenn die Sonne über dem staubigen Tal und dem Sumpfland schien, blieb Martin auf einer Kiste vor der Tür seines Hauses sitzen. Die Leute gingen nicht sehr oft nach dieser Seite, vielleicht weil die Stille sie wirklich einschüchterte oder weil sie Martin nicht stören wollten. Am Morgen oder am Abend suchten Frauen manchmal dort Reisig, und die Kinder kamen auf dem Heimweg von der Schule vorbei. Martin mochte Kinder sehr gerne. Er sprach behutsam mit ihnen und sie waren die einzigen, denen er wirklich zulächelte. Seine Augen wurden dann sehr schön, sie glänzten wie Steinspiegel mit einem hellen Licht, wie Alia es nie irgendwo anders gesehen hatte. Die Kinder mochten ihn auch sehr gern, weil er Geschichten erzählen und Rätselfragen stellen konnte. Während der übrigen Zeit arbeitete er nicht eigentlich, aber er konnte kleine Dinge reparieren, in Uhrwerken, Rundfunkgeräten, Spirituskochern. Er tat das umsonst, denn er wollte kein Geld dafür nehmen.

Seit seiner Ankunft hier schickten die Leute tagtäglich ihre Kinder zu ihm mit Tellern, auf denen Nahrung lag, Kartoffeln, Sardinen, Reis, Brot, und mit Gläsern, die ein wenig warmen Kaffee enthielten. Auch die Frauen brachten ihm manchmal zu essen, und Martin bedankte sich mit ein paar Worten. Wenn er fertiggegessen hatte, gab er den Kindern die Teller zurück. Das war die Art und Weise, wie er bezahlt werden wollte.

Alia besuchte Martin gern, um seine Geschichten zu hören und die Farbe seiner Augen zu sehen. Sie nahm ein Stück Brot aus der Vorratskammer und ging durch den Deich zum Schloß. Wenn sie ankam, sah sie den Mann auf seiner Kiste vor dem Haus sitzen und eine Gaslampe reparieren; sie setzte sich dann vor ihn auf den Boden, um ihn anzuschauen.

Bei ihrem ersten Besuch hatte er sie mit seinen lichterfüllten Augen angesehen und zu ihr gesagt:

»Guten Tag, Mond.«

»Warum nennen Sie mich Mond?« hatte Alia gefragt.

Martin hatte gelächelt, und seine Augen waren noch glänzender gewesen als sonst.

»Weil es ein Name ist, der mir gefällt. Willst du nicht, daß ich dich Mond nenne?«

»Ich weiß nicht. Ist das denn überhaupt ein Name?«

»Das ist ein hübscher Name«, hatte Martin gesagt. »Hast du schon einmal den Mond betrachtet, wenn der Himmel ganz klar und ganz schwarz ist, in den sehr kalten Nächten? Er ist so rund und so sanft, und ich finde, daß du auch so bist.«

Und seit diesem Tag hatte Martin sie immer bei diesem Namen genannt: Mond, kleiner Mond. Und er hatte einen Namen für jedes der Kinder, die ihn besuchten, den Namen einer Pflanze, einer Frucht oder eines Tieres, über den sie sehr lachen mußten.

Martin sprach nie von sich selbst, und niemand hatte gewagt, ihn irgend etwas zu fragen. Es war, als sei er schon immer hier gewesen, im Deich, lange vor den anderen, lange sogar vor dem Bau der Straße, der Eisenbrücke und der Landebahn für die Flugzeuge. Er wußte sicherlich Dinge, von denen die Leute hier keine Ahnung hatten, sehr alte und sehr schöne Dinge, die er in seinem Kopf verwahrt hielt und die das Licht in seinen Augen glänzen ließen.

Das war seltsam, vor allem weil Martin nichts besaß, nicht einmal einen Stuhl oder ein Bett. In seinem Haus war weiter nichts als eine Schlafmatte auf dem Boden und ein Krug Wasser auf einer Kiste. Alia begriff nicht recht, aber sie fühlte, daß das seiner Lebensweise entsprach, so als wolle er nichts für sich behalten. Es war seltsam, denn es war wie ein Quentchen des klaren Lichts, das immer in seinen Augen glänzte, gleich diesen Tümpeln, die schöner und durchsichtiger sind, wenn nichts auf dem Grund ist.

Sobald Alia mit ihrer Arbeit fertig war, verließ sie mit dem Stück Brot, das sie an ihr Hemd gepreßt hatte, das Haus ihrer Tante, ging zu Martin und setzte sich vor ihm auf den Boden. Sie schaute auch gern seine Hände an, während er Dinge reparierte. Er hatte große, von der Sonne geschwärzte Hände mit zerbrochenen Nägeln wie die Erdarbeiter und Maurer, aber so leicht und geschickt, daß sie winzige Drähte verknoten konnten und Schrauben drehen, die man kaum sah. Seine Hände arbeiteten für ihn, ohne daß er sich darum kümmerte, ohne daß er sie ansah, und seine Augen waren dabei in die Ferne gerichtet, als denke er an etwas anderes.

»Woran denken Sie?« fragte Alia.

Der Mann sah sie lächelnd an.

»Warum fragst du mich das, kleiner Mond? Und du, woran denkst du?«

Alia konzentrierte sich und überlegte.

»Ich denke, daß es schön sein muß, dort, von wo Sie her sind.«

»Wie kommst du darauf?«

»Weil –«

Sie fand die Antwort nicht und errötete.

»Du hast recht«, sagte Martin. »Es ist sehr schön.«

»Ich denke auch, daß das Leben traurig ist hier«, sagte Alia noch.

»Warum sagst du das? Ich finde das nicht.«

»Weil es hier nichts gibt, alles ist schmutzig, man muß das Wasser an der Pumpe holen, es gibt Fliegen, Ratten, und die Leute sind so arm.«

»Ich bin auch arm«, sagte Martin. »Und trotzdem ist das für mich kein Grund, um traurig zu sein.«

Alia überlegte wieder.

»Wenn es dort, von wo Sie her sind, so schön ist – Warum sind Sie dann weggegangen, warum sind Sie dann hierher gekommen, wo alles so – so schmutzig ist, so häßlich?«

Martin sah sie aufmerksam an, und Alia suchte im Licht seiner Augen alles von dieser Schönheit zu sehen, die der Mann einst betrachtet hatte, das unermeßliche goldschillernde Land, das in der Farbe seiner Iris lebendig geblieben war. Martins Stimme wurde nun sanft, wie immer, wenn er eine Geschichte erzählte.

»Könntest du, kleiner Mond, dich darüber freuen, alle deine Lieblingsspeisen zu bekommen, wenn du wüßtest, daß neben dir eine Familie ist, die seit zwei Tagen nichts gegessen hat?«

Alia schüttelte den Kopf.

»Könntest du dich darüber freuen, den Himmel zu betrachten, das Meer, die Blumen, oder dem Gesang der Vögel zu lauschen, wenn du wüßtest, daß neben dir, im Nachbarhaus, ein Kind lebt, das man grundlos eingeschlossen hat und das nichts sehen, nichts hören, nichts riechen kann?«

«Nein«, sagte Alia. »Ich würde zuerst seine Haustür öffnen, damit es heraus kann.«

Und während sie dies sagte, begriff sie, daß sie auf ihre eigene Frage geantwortet hatte. Martin sah sie immer noch lächelnd an, dann arbeitete er an seiner

Reparatur weiter, ein bißchen zerstreut, ohne auf die Bewegung seiner Hände zu schauen.

Alia war nicht sicher, ganz und gar überzeugt zu sein. Sie beharrte:

»Trotzdem, es muß wirklich sehr schön sein, dort bei Ihnen.«

Der Mann hatte seine Arbeit beendet, stand auf und nahm Alia bei der Hand. Er führte sie langsam bis ans Ende des Brachlands, vor der Sumpfniederung.

»Schau«, sagte er dann. Er zeigte auf den Himmel, die flache Erde, die Flußmündung, die sich zum Meer hin verbreiterte. »So ist das alles dort, von wo ich her bin.«

»Alles?«

»Alles, ja, alles, was du siehst...«

Alia blieb lange unbeweglich stehen und schaute soviel sie konnte, bis ihr die Augen weh taten. Sie schaute unter Aufbietung all ihrer Kräfte, als würde sich der Himmel endlich öffnen und alle seine Paläste zeigen, alle seine Schlösser, seine Gärten voller Früchte und Vögel, und sie mußte vor Schwindel die Augen schließen.

Als sie sich umdrehte, war Martin fort. Seine hohe hagere Gestalt ging zwischen den Hüttenreihen zum anderen Ende der Stadt.

Von diesem Tag an begann Alia den Himmel anzuschauen, ihn wirklich anzuschauen, als habe sie ihn noch nie gesehen. Wenn sie im Haus ihrer Tante arbeitete, ging sie manchmal einen Augenblick hinaus, um den Kopf in die Luft zu strecken, und wenn sie wieder hineinging, spürte sie, wie etwas in ihren Augen und in ihrem Körper weiterschwang, und sie stieß sich ein wenig an den Möbeln, denn ihre Netzhaut war geblendet.

Als die anderen Kinder erfuhren, woher Martin kam, waren sie sehr erstaunt. Damals gingen viele Kinder hier im Deich mit in die Luft gestrecktem Kopf herum, um den Himmel zu betrachten, und stießen sich an den Pfosten, so daß die Erwachsenen sich fragten, was denn in sie gefahren sei. Vielleicht dachten sie, es handele sich um ein neues Spiel.

Manchmal, niemand wußte warum, wollte Martin nicht mehr essen. Die Kinder brachten ihm wie jeden Morgen Teller mit Nahrung, doch er lehnte höflich ab und sagte:

»Nein, danke, heute nicht.«

Selbst wenn Alia mit ihrem Stück Brot ans Hemd gepreßt kam, lächelte er freundlich und schüttelte den Kopf. Alia verstand nicht, warum der Mann nicht essen wollte, denn um das Haus herum, auf der Erde, am Himmel war alles wie sonst. Am blauen Himmel waren die Sonne, ein paar Wolken und von Zeit zu Zeit ein landendes oder startendes Düsenflugzeug. Auf den Wegen des Deichs spielten und schrien die Kinder, und die Frauen riefen sie zu sich und gaben ihnen Befehle in allen möglichen Sprachen. Alia sah nicht, was sich geändert haben könnte. Aber sie setzte sich trotzdem mit zwei oder drei anderen Kindern vor Martin auf den Boden, und sie warteten auf ein Wort von ihm.

Martin war nicht wie an den anderen Tagen. Wenn er nicht aß, schien sein Gesicht älter, und seine Augen glänzten anders, flackerten, wie bei Menschen, die Fieber haben. Martin schaute über die Köpfe der Kinder hinweg, als sehe er weit über die Erde und das Sumpfland auf der anderen Seite des Flusses und der Hügel hinaus, so weit, daß man Monate und Monate gebraucht hätte, um dorthin zu gelangen.

An diesen Tagen sprach er fast nicht, und Alia stellte ihm keine Fragen. Die Leute kamen, wie sonst, um ihn um eine Gefälligkeit zu bitten, ein Paar Schuhe zu flicken, eine Wanduhr wieder in Gang zu bringen, oder auch nur einen Brief zu schreiben. Aber Martin antwortete ihnen kaum, er schüttelte den Kopf und sagte leise, fast ohne die Lippen zu bewegen:

»Heute nicht, heute nicht...«

Alia hatte begriffen, daß er während dieser Tage nicht da war, daß er wirklich woanders war, selbst wenn sein Körper regungslos auf der Matte im Haus liegen blieb. Er war vielleicht in sein Heimatland zurückgekehrt, dorthin, wo alles so schön, wo alle Welt Prinz und Prinzessin ist, in dieses Land, zu dem er eines Tages den Weg gezeigt hatte, der durch den Himmel geht.

Tag für Tag kam Alia wieder mit einem neuen Stück Brot, um auf seine Rückkehr zu warten. Das dauerte manchmal sehr lange, und sie ängstigte sich ein bißchen beim Anblick seines Gesichts, das einfiel, grau wurde, als habe das Licht aufgehört zu brennen und nur noch Asche übriggelassen. Dann, eines Morgens, war er wieder zurück, so matt, daß er kaum von seinem Lager bis zum Brachland gehen konnte. Als er Alia sah, schaute er sie endlich mit einem schwachen Lächeln an, und seine Augen waren glanzlos vor Müdigkeit.

»Ich habe Durst«, sagte er. Seine Stimme war langsam und heiser.

Alia legte ihr Stück Brot auf den Boden und lief durch

die Stadt, um einen Eimer Wasser zu holen. Als sie atemlos zurückkam, trank Martin langsam direkt aus dem Eimer. Dann wusch er sich Gesicht und Hände, setzte sich auf die Kiste in die Sonne und aß das Stück Brot. Er tat einige Schritte um das Haus, sah um sich. Das Sonnenlicht wärmte sein Gesicht und seine Hände, und seine Augen begannen wieder zu glänzen.

Alia sah den Mann ungeduldig an. Sie wagte, ihn zu fragen.

»Wie war es?«

Er schien nicht zu begreifen.

»Wie war was?«

»Wie war es dort, wo Sie hingegangen sind?«

Martin antwortete nicht. Vielleicht erinnerte er sich an nichts, als habe er nur einen Traum durchschritten. Er fing wieder an zu leben und zu sprechen wie vorher, saß in der Sonne vor seiner Haustür und reparierte kaputte Geräte, oder ging auf den Wegen des Deichs herum und grüßte die Leute im Vorbeigehen.

Später hatte Alia ihn noch gefragt:

»Warum wollen Sie manchmal nicht essen?«

»Weil ich fasten muß«, hatte Martin gesagt.

Alia dachte nach.

»Was heißt das, fasten?«

Und sie hatte sofort hinzugefügt:

»Ist das wie reisen?«

Aber Martin lachte:

»Was für eine sonderbare Idee! Nein, fasten, das ist, wenn man keine Lust hat zu essen.«

Wie kann man keine Lust haben zu essen? dachte Alia. Niemand hatte ihr je etwas derartig Komisches gesagt. Sie dachte auch unwillkürlich an alle Kinder des

Deichs, die den ganzen Tag etwas zu essen suchten, selbst wenn sie keinen Hunger hatten. Sie dachte an die Kinder, die in die Supermärkte am Flughafen stehlen gingen, an die Kinder, die Früchte und Eier in den Gärten der Umgebung stibitzten.

Martin antwortete sofort, als habe er gehört, was Alia dachte.

»Hast du einmal sehr Durst gehabt?«

»Ja«, sagte Alia.

»Wie du sehr durstig warst, hattest du da Lust zu essen?«

Sie schüttelte den Kopf.

»Nein, nicht wahr. Du hattest nur Lust zu trinken, große Lust. Du warst überzeugt, daß du das ganze Wasser der Pumpe hättest trinken können, und wäre man dir in diesem Augenblick mit einem großen Teller Essen gekommen, so hättest du ihn abgelehnt und gesagt, ich will nichts anderes als Wasser.«

Martin hörte einen Augenblick zu sprechen auf. Er lächelte.

»Desgleichen, als du sehr Hunger hattest, wäre es dir nicht recht gewesen, daß man dir einen Krug Wasser gibt. Du hättest gesagt, nein, nicht jetzt, ich will zuerst essen, essen soviel ich kann, und wenn dann noch ein bißchen Platz bleibt, trinke ich das Wasser.«

»Aber Sie essen nicht und trinken nicht!« rief Alia.

»Genau das wollte ich sagen, kleiner Mond«, sagte Martin. »Wenn man fastet, hat man weder Lust auf Nahrung noch auf Wasser, weil man große Lust hat auf etwas anderes, und das ist wichtiger als essen und trinken.«

»Und worauf hat man dann Lust?« fragte Alia.

»Auf Gott«, sagte Martin.

Er hatte es ganz einfach so hingesagt, als verstehe es sich von selbst, und Alia hatte keine weiteren Fragen gestellt. Es war das erste Mal, daß Martin von Gott sprach, und das machte ihr ein wenig angst, nicht eigentlich angst, aber das rückte sie plötzlich fern, stieß sie weit zurück, so, als trennten sie die ganze Weite des Deichs mit seinen Bretterhütten und dem Sumpfland am Flußufer von Martin.

Doch der Mann schien das nicht zu bemerken. Er stand jetzt auf, schaute auf das Sumpfland, wo das Schilf wogte. Er strich Alia mit der Hand übers Haar und ging langsam auf dem Weg, der die Stadt durchquerte, davon, während die Kinder vor ihm herliefen und schrien, um seine Rückkehr zu feiern.

Damals hatte Martin auch mit seinem Unterricht begonnen, doch niemand wußte das. Es war kein echter Unterricht, ich will damit sagen, es war nicht wie bei einem Priester oder Lehrer, weil alles ganz unfeierlich vor sich ging und man lernte, ohne zu wissen, daß man gelernt hatte. Die Kinder hatten es sich angewöhnt, ans Ende des Deichs vor Martins Schloß zu kommen und sich auf den Boden zu setzen, um zu reden und zu spielen, oder um Geschichten zu hören. Martin seinerseits rührte sich nicht von seiner Kiste, er reparierte, was er gerade zur Hand hatte, einen Topf, die Heizspirale einer Kochplatte oder ein Türschloß, und der Unterricht begann. Es kamen vor allem die Kinder, nach dem Mittagessen oder auf dem Heimweg von der Schule. Manchmal kamen aber auch Frauen und Männer, wenn sie mit ihrer Arbeit fertig waren oder wenn es zu heiß war zum Schlafen. Die Kinder saßen vorne, ganz in Martins Nähe, und dorthin setzte sich auch Alia am liebsten. Sie machten einen Heidenlärm, konnten nicht lange stillhalten, aber Martin freute sich, sie zu sehen. Er sprach mit ihnen, fragte sie, was sie im Deich oder am Meeresufer getan oder gesehen hätten. Manche redeten gern, hätten stundenlang erzählt. Andere blieben schweigsam, versteckten sich hinter ihren Händen, wenn Martin sie ansprach.

Dann erzählte Martin eine Geschichte. Die Kinder hörten gerne Geschichten, darum waren sie ja gekommen. Sobald Martin seine Geschichte begann, blieb auch der größte Wildfang sitzen und hörte zu schwätzen auf.

Martin wußte viele lange und ein wenig seltsame Geschichten, deren Schauplatz unbekannte Länder waren, die er früher sicher einmal besucht hatte.

Da war die Geschichte von den Kindern, die auf einem Schilffloß einen Fluß hinunterfuhren und dabei außerordentliche Reiche durchquerten, Wälder, Gebirge, geheimnisvolle Städte, bis zum Meer. Da war die Geschichte von dem Mann, der einen Brunnenschacht entdeckt hatte, der bis zum Mittelpunkt der Erde führte, dorthin, wo die Feuerstaaten sind. Da war die Geschichte von dem Händler, der glaubte, mit dem Verkauf von Schnee sein Glück machen zu können, der den Schnee in Säcken von den Berggipfeln hinab ins Tal brachte, doch als er unten ankam, besaß er nur noch eine Wasserpfütze. Da war die Geschichte von dem Jungen, der zu dem Schloß zog, in dem die Prinzessin der Träume wohnte, der guten und der schlechten, die von ihr auf die Erde geschickt werden; die Geschichte vom Riesen, der die Berge meißelte, vom Kind, das die Delphine gezähmt hatte, oder die Geschichte vom Kapitän Tecum, der einem Albatros das Leben gerettet hatte und dem der Vogel zum Dank das Geheimnis des Fliegens verriet. Es waren schöne Geschichten, so schön, daß man manchmal einschlief, bevor man das Ende gehört hatte. Martin erzählte sie langsam, unterstrich sie mit Handbewegungen oder hielt von Zeit zu Zeit inne, damit man Fragen stellen konnte. Während er sprach, glänzten seine Augen stark, als habe auch er seinen Spaß dabei.

Von allen Geschichten, die Martin erzählte, mochten die Kinder am liebsten die Geschichte von Hazaran. Sie verstanden sie nicht recht, aber alle hielten den Atem an, wenn er begann.

Da war zuallererst dieses kleine Mädchen, das Kleeblatt hieß, und das war ein komischer Name, den man ihm wohl wegen eines kleinen Mals gegeben hatte, das es auf der Wange ganz nah am linken Ohr trug und das einem Kleeblatt glich. Kleeblatt war arm, sehr arm, so arm, daß es nichts anderes zu essen hatte als ein bißchen Brot und die Früchte, die es in den Büschen pflückte. Es lebte allein in einer Hirtenhütte, einsam und verlassen inmitten des Dornengestrüpps und der Felsen, und niemand kümmerte sich um es. Doch wie die kleinen Tiere, die auf den Feldern leben, gesehen haben, daß es so einsam und traurig war, da sind sie seine Freunde geworden. Sie besuchten es oft am Morgen oder am Abend und redeten mit ihm, um es auf andere Gedanken zu bringen, machten Zauberkunststücke und erzählten ihm Geschichten, denn Kleeblatt konnte ihre Sprache sprechen. Da war eine Ameise namens Zoé, eine Eidechse namens Zoot, ein Spatz namens Pipit, eine Libelle namens Zelle, und allerhand Schmetterlinge, gelbe, rote, braune, blaue. Da war auch ein gelehrter Käfer namens Kepr und eine große grüne Heuschrecke, die Sonnenbäder auf den grünen Blättern nahm. Das kleine Kleeblatt war nett zu ihnen, und darum mochten die Tiere es gern. Eines Tages, als Kleeblatt noch trauriger als sonst war, weil es nichts zu essen hatte, da hat die große grüne Heuschrecke es gerufen. Willst du dein Leben ändern, hat sie zirpend zu ihm gesagt. Wie könnte ich mein Leben ändern, hat Kleeblatt geantwortet, wo ich doch nichts zu essen habe und ganz allein bin. Du kannst es, wenn du willst, sagte die Heuschrecke. Du brauchst nur ins Land Hazaran zu gehen. Was ist das für ein Land, fragte Kleeblatt. Davon hab ich noch nie gehört. Um in dieses Land zu kommen, mußt du auf die Frage antworten, die dir derjenige stellt, der die Tore von Hazaran bewacht. Doch vorher mußt du gelehrt werden, sehr gelehrt, damit du antworten kannst. Da ist Kleeblatt zum Käfer Kepr gegangen, der auf einem Rosenstiel wohnte, und hat zu ihm gesagt: Kepr, lehre mich, was man wissen muß, denn ich will nach Hazaran gehen. Lange haben der Käfer und die große grüne Heuschrecke das kleine Mädchen alles gelehrt, was sie wußten. Sie haben es gelehrt, das Wetter zu erraten oder das, was die Leute sich heimlich dachten, oder Fieber und Krankheiten zu heilen. Sie haben es gelehrt, die Gottesanbeterin zu fragen, ob die künftigen Babys Mädchen oder Knaben sein würden, denn die Gottesanbeterin weiß das und antwortet bei einem Knaben durch Heben und bei einem Mädchen durch Senken der Fangarme. Das kleine Kleeblatt hat das alles gelernt, und noch viele andere Dinge, Geheimnisse und Rätsel. Als der Käfer und die große grüne Heuschrecke es alles gelehrt hatten, was sie wußten, ist eines Tages ein Mann ins Dorf gekommen. Er war reich gekleidet und schien ein Prinz oder ein Minister zu sein. Der Mann ging durch das Dorf und sagte: *Ich suche jemand.* Doch die Leute verstanden nicht. Da ist Kleeblatt zu dem Mann hingegangen und hat zu ihm gesagt: Der Jemand, den Sie suchen, bin ich. Ich will nach Hazaran. Der Mann war ein wenig erstaunt, weil das kleine Kleeblatt sehr arm war und sehr unwissend schien. Kannst du auf die Fragen antworten? fragte der Minister. Wenn du nicht antworten kannst, darfst du nie ins Land Hazaran. Ich werde die Fragen beantworten, sagte Kleeblatt. Aber es hatte Angst, denn es war nicht sicher, antworten zu können. Dann antworte auf die Fragen, die ich dir stellen werde. Wenn du die Antwort kennst, dann wirst du Prinzessin von Hazaran. Hier sind die Fragen, drei an der Zahl.

Martin machte eine längere Pause, und die Kinder warteten.

Hier ist die erste, sagte der Minister. Bei dem Mahl, zu dem ich geladen bin, gibt mein Vater mir drei sehr gute Speisen. Was meine Hand fassen kann, kann mein Mund nicht essen. Was meine Hand fassen kann, kann meine Hand nicht behalten. Was mein Mund fassen kann, kann mein Mund nicht behalten. Das kleine Mädchen überlegte und sagte dann: Ich weiß die Antwort auf diese Frage. Der Minister sah es überrascht an, denn bisher hatte niemand die Antwort gegeben. Hier ist das zweite Rätsel, fuhr der Minister fort. Mein Vater lädt mich in seine vier Häuser ein. Das erste ist im

Norden, es ist arm und traurig. Das zweite ist im Osten, es ist voll Blumen. Das dritte ist im Süden, es ist das schönste. Das vierte ist im Westen, und wenn ich es betrete, erhalte ich ein Geschenk und bin doch ärmer. Ich kann auf diese Frage antworten, sagte Kleeblatt wieder. Der Minister war noch erstaunter, denn auch auf diese Frage hatte bisher niemand antworten können. Hier ist das dritte Rätsel, sagte der Minister. Das Gesicht meines Vaters ist sehr schön, und doch kann ich es nicht sehen. Für ihn tanzt mein Diener jeden Tag. Doch meine Mutter ist noch schöner, ihr Haar ist sehr schwarz und ihr Gesicht ist weiß wie Schnee. Sie ist mit Juwelen geschmückt und behütet mich, wenn ich schlafe. Kleeblatt überlegte wieder und gab durch eine Handbewegung zu verstehen, daß es antworten werde. Hier ist die erste Antwort, sagte es: Das Mahl, zu dem ich geladen bin, ist die Welt, auf der ich geboren bin. Die drei ausgezeichneten Speisen, die mein Vater mir gibt, sind die Erde, das Wasser und die Luft. Meine Hand kann die Erde fassen, aber ich kann sie nicht essen. Meine Hand kann das Wasser fassen, kann es aber nicht halten. Mein Mund kann die Luft fassen, aber ich muß sie wieder ausatmen.

Martin hielt wieder einen Augenblick inne, und die Kinder nahmen die Erde in ihre Hände und ließen das Wasser durch ihre Finger rieseln. Sie atmeten die Luft ein und aus.

Hier ist die Antwort auf die zweite Frage: Die vier Häuser, in die mein Vater mich einlädt, sind die vier Jahreszeiten. Das Haus im Norden, das traurig und arm ist, ist das Haus des Winters. Das im Osten, in dem viele Blumen sind, ist das Haus des Frühlings. Das im Süden, das schönste, ist das Haus des Sommers. Das im Westen ist das Haus des Herbstes, und wenn ich es betrete, erhalte ich als Geschenk das neue Jahr, das mich ärmer macht an Kraft, denn ich bin älter geworden. Der Minister nickte zustimmend, denn er war überrascht vom großen Wissen des kleinen Mädchens. Die letzte Antwort ist einfach, sagte Kleeblatt. Mein Vater ist die Sonne, der ich nicht ins Gesicht schauen kann. Der Diener, der für ihn tanzt, ist mein Schatten. Meine Mutter ist die Nacht, und ihr Haar ist sehr schwarz, und ihr Gesicht ist weiß wie das des Mondes. Ihre Juwelen sind die Sterne. Das ist der Sinn der Rätsel. Als der Minister die Antworten von Kleeblatt gehört hat, hat er Befehle gegeben, und alle Vögel des Himmels sind gekommen, um das kleine Mädchen ins Land Hazaran zu tragen. Das ist ein sehr, sehr fernes Land, so fern, daß die Vögel tagelang und nächtelang geflogen sind, und als Kleeblatt dort angekommen ist, war es voll Staunen, weil es sich so etwas Schönes nicht vorgestellt hatte, nicht einmal in seinen Träumen.

Hier hielt Martin wieder ein bißchen inne, und die Kinder wurden ungeduldig und fragten: Wie war es? Wie war das Land Hazaran?

Nun, alles war groß und schön, und es gab Gärten voller Blumen und Schmetterlinge, Flüsse, die so klar waren, daß sie wie Silber aussahen, sehr hohe und mit Früchten aller Art behangene Bäume. Dort lebten die Vögel, alle Vögel der Welt. Sie flogen von Zweig zu Zweig, sie sangen die ganze Zeit, und wie Kleeblatt angekommen ist, haben sie es umringt und willkommen geheißen. Sie hatten Federkleider, die in allen Farben schillerten, und sie tanzten auch vor Kleeblatt, weil sie glücklich waren, eine Prinzessin wie sie zu haben. Dann sind die Amseln gekommen, und das waren die Minister des Vogelkönigs, und sie haben Kleeblatt zum Palast von Hazaran gebracht. Der König war eine Nachtigall, die so schön sang, daß alles zu sprechen aufhörte, um zu lauschen. Von da an hat Kleeblatt im Palast gewohnt, und da es die Sprache der Tiere sprechen konnte, hat auch es singen gelernt, um dem König von Hazaran zu antworten. Es ist in dem Land geblieben, und vielleicht lebt es immer noch dort, und wenn es die Erde besuchen will, nimmt es die Gestalt einer Meise an, und es kommt im Flug zu seinen Freunden, die auf der Erde geblieben sind. Dann kehrt es wieder zurück in den großen Garten, wo es Prinzessin geworden ist.

Wenn die Geschichte zu Ende war, standen die Kinder nacheinander auf und gingen nach Hause. Alia blieb immer als letzte vor Martins Haus. Sie ging erst weg, wenn der Mann wieder sein Schloß betrat und seine Matte ausrollte, um zu schlafen. Sie ging langsam auf den Wegen des Deichs dahin, während die Gaslampen in den Hütten angingen, und sie war nicht mehr traurig. Sie dachte an den Tag, an dem vielleicht ein wie ein Minister gekleideter Mann kommen, um sich schauen und sagen würde:

»Ich suche jemand.«

Um diese Zeit etwa ist die Regierung hier im Franzosendeich aufgetaucht. Es waren komische Leute und sie kamen wöchentlich ein- oder zweimal in schwarzen Autos und kleinen orangefarbenen Kombis, die auf der Straße, ein wenig vor dem Stadtrand, hielten; sie trieben allerhand sinnloses Zeug, maßen zum Beispiel die Entfernungen auf den Wegen und zwischen den Häusern, taten ein wenig Erde in Blechschachteln, ein wenig Wasser in Glasröhren und ein wenig Luft in eine Art kleiner gelber Ballone. Sie stellten auch den Leuten, denen sie begegneten, viele Fragen, den Männern vor allem, denn die Frauen verstanden nicht recht, was sie sagten und hätten sowieso nicht zu antworten gewagt.

Wenn Alia Wasser holte an der Pumpe, blieb sie stehen und sah zu, wie sie vorbeigingen, aber sie wußte genau, daß sie nicht kamen, um jemand zu suchen. Sie kamen nicht, um die Fragen zu stellen, die einem die Reise ins Land Hazaran ermöglichen. Sie interessierten sich übrigens nicht für die Kinder und stellten ihnen niemals Fragen. Da waren seriös aussehende Herren, die graue Anzüge und kleine Lederkoffer trugen, und Studenten, Jungen und Mädchen in dicken Pullovern und Anoraks. Die waren am komischsten, denn sie stellten Fragen, die jedermann verstehen konnte, über das Wetter oder über die Familie, aber eben darum konnte man nicht verstehen, warum sie das fragten. Sie notierten die Antworten in Hefte, als sei das alles sehr wichtig, und sie machten auch viele Fotos von den Bretterhäusern, als seien sie die Mühe wert. Sie fotografierten sogar das Hausinnere mit einer kleinen Lampe, die aufblitzte und heller leuchtete als die Sonne.

Begriffen hat man dann erst ein wenig später, als man erfuhr, daß es Herren und Studenten von der Regierung waren, die kamen, um alles, die Stadt und die Leute, an einen anderen Ort zu transportieren. Die Regierung hatte entschieden, der Deich müsse verschwinden, weil er zu nahe an der Straße und an der Flugzeugpiste lag, oder vielleicht brauchten sie Bauland für Gebäude und Büros. Man hat es erfahren, weil sie an alle Familien Papiere verteilt haben, auf denen stand, daß jedermann weg müsse, und daß die Stadt von den Maschinen und Lastwagen eingeebnet werde. Die Studenten von der Regierung haben dann den Männern Zeichnungen gezeigt, auf denen die neue Stadt abgebildet war, die man oben am Fluß erbauen würde. Das waren auch ganz komische Zeichnungen, mit Häusern, die in nichts dem glichen, was man kannte, große, flache Häuser mit Fenstern wie Ziegelsteinlöcher. Im Zentrum eines jeden Hauses waren ein großer Hof und Bäume, und die Straßen waren so eng wie Eisenbahnschienen. Die Studenten nannten das die Stadt der Zukunft, und wenn sie davon zu den Frauen und Kindern des Deichs sprachen, sahen sie sehr zufrieden aus und ihre Augen glänzten, und sie machten ausholende Bewegungen. Wahrscheinlich, weil die Zeichnungen von ihnen stammten.

Als die Regierung entschieden hatte, daß der Deich zerstört würde und niemand bleiben könnte, brauchte man die Zustimmung des Verantwortlichen. Aber es gab keinen Verantwortlichen im Deich; die Leute hatten immer so gelebt, ohne Verantwortlichen, weil niemand bis dahin einen gebraucht hatte. Die Regierung hat jemand gesucht, der verantwortlich sein möchte, und der Geschäftsführer des Konsums ist dazu ernannt worden. Die Regierung ist dann oft zu ihm gegangen, um über die Stadt der Zukunft zu sprechen, und manchmal haben sie ihn sogar in einem schwarzen Wagen mitgenommen, damit er in den Büros die Papiere unterschreibe und so alles in Ordnung sei. Die Regierung hätte vielleicht Martin in seinem Schloß aufsuchen sollen, doch niemand hatte von ihm gesprochen, und er wohnte zu weit weg, ganz am Ende des Deichs, beim Sumpfland. Er hätte sowieso nichts unterschrieben, und die Leute wären der Meinung gewesen, daß er zu alt sei.

Als Martin die Neuigkeit erfuhr, hat er nichts gesagt, aber es war zu spüren, daß ihm das nicht gefiel. Er hatte sein Schloß dorthin gebaut, wo er es haben wollte, und er hatte keinerlei Lust, irgendwo anders zu wohnen, vor allem nicht in einem der Häuser der Stadt der Zukunft, die Ziegelsteinen glichen.

Dann hat er zu fasten angefangen, aber es war kein Fasten für einige Tage wie sonst immer. Es war ein erschreckendes Fasten, das kein Ende zu finden schien, das Wochen dauerte.

Tag für Tag kam Alia vor sein Haus, um ihm Brot zu bringen, und die anderen Kinder kamen auch mit Tellern voller Essen, in der Hoffnung, Martin würde aufstehen. Aber er blieb mit dem Gesicht zur Tür auf seiner Matte liegen, und seine Haut war unter der alten Bräune sehr bleich geworden. Seine dunklen Augen glänzten krankhaft, weil sie müde waren und vom pausenlosen Schauen schmerzten. Nachts schlief er nicht. Er blieb regungslos auf dem Boden liegen, das Gesicht der Türöffnung zugedreht und schaute in die Nacht.

Alia setzte sich neben ihn, sie wischte ihm das Gesicht mit einem feuchten Lappen ab, um den Staub zu entfernen, den der Wind auf ihm ablagerte wie auf einem Stein. Er trank ein wenig Wasser aus dem Krug, nur einige Schlucke für den ganzen Tag. Alia sagte:

»Wollen Sie jetzt nicht essen? Ich habe Ihnen Brot gebracht.«

Martin versuchte zu lächeln, aber sein Mund war zu müde, und nur seine Augen brachten ein Lächeln zustande. Alia spürte, wie ihr Herz sich verkrampfte, weil sie dachte, daß Martin bald sterben müsse.

»Haben Sie keinen Hunger, weil Sie nicht von hier weggehen wollen?« fragte Alia.

Martin antwortete nicht, aber seine Augen antworteten, mit einem Licht voller Müdigkeit und Schmerz. Sie schauten durch die Öffnung der niedrigen Tür nach draußen, auf die Erde, das Schilf, den blauen Himmel.

»Vielleicht sollten Sie nicht mit uns in diese neue Stadt gehen. Vielleicht sollten Sie zurückkehren in Ihr Land, das so schön ist, dorthin zurück, woher Sie kommen und wo alle Menschen Prinzen und Prinzessinnen sind.«

Die Studenten von der Regierung kamen nun nicht mehr so oft. Schließlich kamen sie überhaupt nicht mehr. Alia hatte, während sie im Haus ihrer Tante arbeitete oder an der Pumpe Wasser holen ging, auf sie gelauert. Sie hatte nachgesehen, ob ihre Wagen auf der

Straße am Eingang der Stadt geparkt waren. Dann war sie zu Martins Schloß gelaufen.

»Sie sind auch heute nicht gekommen!« Sie versuchte zu sprechen, aber sie war außer Atem. »Sie werden nicht mehr hierher kommen! Hören Sie? Es ist vorbei, sie kommen nicht mehr und wir bleiben hier!«

Ihr Herz schlug so stark, weil sie glaubte, es sei Martin allein durch sein Fasten gelungen, die Studenten zu entfernen.

»Bist du sicher?« fragte Martin. Seine Stimme war sehr langsam, und er richtete sich ein wenig auf seinem Lager auf.

»Sie sind schon drei Tage nicht mehr gekommen!«

»Drei Tage?«

»Jetzt kommen sie ganz sicher nicht wieder!«

Sie brach ein Stück Brot ab und reichte es Martin.

»Nein, noch nicht«, sagte der Mann, »ich muß mich erst waschen.«

Auf Alia gestützt ging er taumelnd nach draußen. Sie führte ihn durch das Schilf zum Fluß. Martin kniete nieder und wusch sich langsam das Gesicht. Darauf rasierte und kämmte er sich ohne Hast, als sei er ganz einfach gerade aufgewacht. Dann ging er zurück, setzte sich auf seine Kiste in die Sonne und aß Alias Brot. Die Kinder kamen nun nacheinander und brachten ihm Essen, und Martin nahm, mit einem Dankeschön, was man ihm gab. Als er sich satt gegessen hatte, ist er ins Haus gegangen und hat sich auf seinem Lager ausgestreckt.

»Ich schlafe jetzt«, sagte er.

Doch die Kinder sind vor seiner Türe sitzen geblieben und haben ihm beim Schlafen zugeschaut.

Während er schlief, sind die neuen Autos wiedergekommen. Zuerst die Männer im grauen Anzug mit ihren schwarzen Köfferchen. Sie sind schnurstracks zum Haus des Geschäftsführers vom Konsum gegangen. Dann sind die Studenten gekommen, noch zahlreicher als das erste Mal.

Alia blieb, mit dem Rücken an eine Hauswand gelehnt, unbeweglich stehen, während die Studenten an ihr vorbei schnell zu dem Platz gingen, wo die Süßwasserpumpe war. Dort sammelten sie sich und schienen auf etwas zu warten. Dann sind auch die Männer in Grau gekommen und mit ihnen der Geschäftsführer des Konsums. Die Männer in Grau sprachen zu ihm, aber er schüttelte den Kopf, und schließlich hat einer der Regierungsleute es mit klarer, weithin tragender Stimme verkündet. Er hat nur gesagt, daß die Räumung morgen ab acht Uhr früh stattfinden würde. Die Lastwagen der Regierung würden kommen, um alle zum neuen Gelände zu bringen, dorthin, wo man bald die Stadt der Zukunft bauen werde. Er sagte noch, daß die Studenten der Regierung der Bevölkerung unentgeltlich dabei helfen würden, die Möbel und sonstigen Habseligkeiten auf die Lastwagen zu verladen.

Alia wagte nicht sich zu rühren, selbst dann nicht, als die Männer in Grau und die Studenten im Anorak wieder in ihren Autos weggefahren sind. Sie dachte an Martin, der nun sicher sterben mußte, weil er nie wieder würde essen wollen.

Da ist sie so weit weggegangen, wie sie konnte, und hat sich im Schilf am Fluß versteckt. Sie hat sich auf die Kiesel gesetzt und zugesehen, wie die Sonne immer tiefer gesunken ist. Wenn die Sonne morgen an derselben

Stelle sein würde, dann würde niemand mehr hier im Deich sein. Die Bulldozer würden dann kreuz und quer über die Stadt gewalzt sein und die Häuser wie Streichholzschachteln vor sich hergeschoben haben, und es wären nur noch die Spuren der Reifen und Raupenketten auf der zermalmten Erde zurückgeblieben.

Alia ist lange regungslos im Schilf am Fluß geblieben. Die Nacht ist gekommen, eine kalte, vom runden und weißen Mond erhellte Nacht. Aber Alia wollte nicht ins Haus ihrer Tante zurück. Sie ist schließlich durch das Schilf am Fluß entlang bis zum Sumpfland gegangen. Ein wenig höher glaubte sie die runde Form von Martins Schloß zu erspähen. Sie lauschte auf das Quaken der Kröten und auf das gleichmäßige Geräusch des Flußwassers auf der anderen Seite des Sumpfes.

Als sie vor Martins Haus ankam, sah sie ihn unbeweglich dastehen. Sein Gesicht wurde vom Mondlicht erhellt und seine Augen waren wie das Flußwasser, dunkel und leuchtend. Martin schaute in die Richtung des Sumpflandes, zur breiten Trichtermündung des Flusses hin, wo die große schimmernde Kieselfläche war.

Der Mann hat sich ihr zugewandt, und sein Blick war von einer seltsamen Kraft erfüllt, als strahle er wirklich Licht aus.

»Ich habe dich gesucht«, sagte Martin einfach.

»Gehen Sie weg?« Alia sprach leise.

»Ja, und zwar sofort.«

Er sah Alia fast belustigt an.

»Willst du mit mir kommen?«

Alia fühlte plötzlich, wie die Freude ihr Lungen und Brust weitete. Sie sagte, und ihre Stimme schrie fast:

»Warten Sie auf mich! Warten Sie auf mich!«

Sie lief nun durch die Straßen der Stadt, klopfte an alle Türen und rief dabei:

»Kommt schnell! Kommt! Wir gehen sofort weg!«

Die Kinder und Frauen sind zuerst herausgekommen, denn sie hatten begriffen. Dann auch die Männer, einer nach dem anderen. Die Menge der Deichbewohner schwoll auf den Wegen an. Man nahm mit, was man beim Licht der elektrischen Stablampen erwischen konnte, Taschen, Schachteln, Küchengerät. Die Kinder liefen durch die Straßen und schrien immer wieder denselben Satz:

»Wir gehen weg! Wir gehen weg!«

Als alle vor Martins Haus angekommen waren, trat ein Augenblick der Stille ein, wie ein Zögern. Selbst der Geschäftsführer des Konsums wagte nicht mehr etwas zu sagen, weil es ein Geheimnis war, das jedermann empfand.

Martin seinerseits blieb regungslos vor dem Weg stehen, der durch das Schilf führte. Dann, ohne ein Wort zur wartenden Menge zu sagen, ist er in den Weg eingeschwenkt und hat Richtung auf den Fluß genommen. Da haben die anderen sich hinter ihm in Bewegung gesetzt. Er schritt gleichmäßig aus, ohne sich umzudrehen, ohne zu zögern, als wisse er, wohin er ging. Als er an der Furt in den Fluß watete, haben die Leute begriffen, wohin er ging, und sie haben keine Angst mehr gehabt. Das schwarze Wasser funkelte rings um Martins Körper, während er in der Furt voranschritt. Die Kinder haben die Hand der Frauen und der Männer genommen, und sehr langsam ist auch die Menge im kalten Wasser des Flusses vorangeschritten. Während sie, das Kleid an ihren Bauch und an ihre Schenkel geklebt, auf dem glitschigen Grund dahinging, betrachtete Alia vor sich auf der anderen Seite des schwarzen Flusses mit seinen schimmernden Kiesbänken das dunkle Band des Ufers, wo kein einziges Licht leuchtete.

Das Himmelsvolk

Das tat die kleine Crucita am liebsten: Wenn die Sonne sehr stark wärmte, ging sie bis ganz ans Ende des Dorfes und setzte sich so hin, daß ihr Oberkörper mit der hartgewordenen Erde einen rechten Winkel bildete. Stundenlang saß sie fast bewegungslos da, Oberkörper gerade, Beine lang ausgestreckt. Manchmal bewegten sich ihre Hände, als führten sie ein eigenes Leben, flochten die Grasfasern zu Körben oder Seilen. Die Kleine schien die Erde unter sich zu betrachten, ohne an etwas zu denken und ohne auf etwas zu warten, sie saß nur so im rechten Winkel zur Erde, ganz am Ende des Dorfes, dort, wo das Gebirge jäh aufhörte und dem Himmel Platz machte.

Es war ein Land ohne Menschen, ein Land aus Sand und Staub, nur begrenzt von den rechteckigen Tafelbergen am Horizont. Der Boden war zu arm, um die Menschen zu ernähren, und der Regen fiel nicht vom Himmel. Die Teerstraße führte quer durch das ganze Land, aber es war eine Straße, auf der man dahinfuhr, ohne anzuhalten, ohne die staubigen Dörfer zu betrachten, immer geradeaus inmitten der Lichtpfützen, im schmatzenden Geräusch der überhitzten Reifen.

Hier war die Sonne sehr kräftig, viel kräftiger als die Erde. Das Kind saß da und fühlte diese Kraft auf Gesicht und Körper. Aber es hatte keine Angst vor ihr. Die Sonne folgte ihrem sehr langen Weg über den Himmel, ohne sich um die kleine Crucita zu kümmern.

Sie verbrannte die Steine, trocknete die Bäche und Brunnen aus, ließ die Sträucher und Dornbüsche knakken. Sogar die Schlangen, sogar die Skorpione fürchteten sich vor ihr und blieben bis zur Nacht in den sicheren Verstecken.

Die kleine Crucita jedoch fürchtete sich nicht. Ihr unbewegtes Gesicht wurde fast schwarz, und sie zog sich einen Zipfel ihrer Decke über den Kopf. Sie war gern auf diesem Platz am Steilhang, dort, wo Felsen und Land jäh abbrechen und den kalten Wind spalten wie ein Schiffsbug. Ihr Körper kannte diesen Platz gut, der in der harten Erde genau nach Maß gemacht, nach der Form ihres Popos und ihrer Beine gehöhlt schien. So konnte sie lange dort bleiben, im rechten Winkel zur Erde sitzen, bis die Sonne erkaltete und der alte Bahti kam, sie an der Hand nahm und zum Abendessen holte.

Sie berührte die Erde mit ihren Handflächen, folgte mit den Fingerspitzen langsam den kleinen Runzeln, die Wind und Staub gegraben hatten, den Furchen, den Buckeln. Der Sandstaub, der so fein war wie Streupuder, glitt unter ihren Handflächen weg. Wenn der Wind wehte, rieselte der Staub zwischen ihren Fingern hindurch, aber leicht wie Rauch, und verschwand in der Luft. Die harte Erde war warm in der Sonne. Seit Tagen, seit Monaten kam die kleine Crucita hierher. Sie wußte selber nicht mehr so recht, wie sie diese Stelle gefunden hatte. Sie wußte nur noch, daß sie den alten Bahti einmal nach dem Himmel gefragt hatte, nach der Farbe des Himmels.

»Was ist das: blau?«

Das hatte sie damals gefragt, und dann hatte sie

diese Stelle gefunden mit dieser Mulde in der harten Erde, in die sie genau hineinpaßte.

Die Leute des Tals sind jetzt weit weg. Sie sind wie bepanzerte Insekten auf ihrer Straße mitten durch die Wüste abgezogen, und man hört ihre Geräusche nicht mehr. Oder sie fahren in ihren Kombis und hören dabei aus dem Autoradio Musik, die zischelt und surrt wie Insekten. Sie fahren auf der schwarzen Straße geradewegs zwischen den ausgedörrten Feldern und durch die Lichtpfützen dahin, ohne sich umzusehen. Sie fahren drauflos, als sollten sie nie wieder zurückkehren.

Der kleinen Crucita ist es nur lieb, daß sie keine Menschen mehr um sich hat. Hinter ihrem Rücken sind die Dorfgassen leer, so glatt, daß der Wind sich nie in ihnen halten kann, der kalte Wind der Stille. Die Mauern der halbverfallenen Häuser sind wie Felsen, unbeweglich und schwer, vom Wind zerbröckelt, ohne Geräusch, ohne Leben.

Der Wind, der spricht nicht, der spricht niemals. Er ist nicht wie die Leute und die Kinder, nicht einmal wie die Tiere. Er zieht einfach über die Mauern hin, über die Felsen, über die harte Erde. Er kommt bis zur kleinen Crucita und hüllt sie ein, er nimmt einen Augenblick lang die Sonnenhitze von ihrem Gesicht, er läßt die Zipfel der Decke flattern.

Würde der Wind innehalten, so könnte man vielleicht die Stimmen der Männer und Frauen auf den Feldern hören, das Geräusch des Flaschenzugs am Wasserreservoir, das Geschrei der Kinder vor den Schulbaracken drunten in der Wellblech-Siedlung. Vielleicht würde die kleine Crucita in noch weiterer Ferne die Güterzüge hören, die über die Schienen rattern, die Lastwagen mit den acht Reifen, die auf der schwarzen Straße dahindonnern zu den noch lärmenderen Städten, zum Meer.

Die kleine Crucita fühlt jetzt, wie die Kälte in sie eindringt, und sie wehrt sich nicht. Sie berührt nur mit beiden Handflächen die Erde, dann berührt sie ihr Gesicht. Irgendwo hinter ihr bellen grundlos die Hunde, dann rollen sie sich wieder in den Mauernischen zusammen, stecken die Schnauzen in den Staub.

Das ist der Augenblick, in dem die Stille so groß ist, daß alles passieren kann. Die kleine Crucita erinnert sich an die Frage, die sie seit so vielen Jahren stellt und auf die sie so gern eine Antwort haben möchte, die Frage nach dem Himmel und seiner Farbe. Aber sie sagt nicht mehr laut:

»Was ist das: blau?«

Weil niemand die richtige Antwort weiß. Sie bleibt regungslos sitzen, im rechten Winkel zur Erde, ganz oben am Steilhang, vor dem Himmel. Sie weiß bestimmt, daß irgend etwas kommen muß. Jeder Tag erwartet sie an ihrem Platz, ganz allein auf der harten Erde. Ihr fast schwarzes Gesicht ist von der Sonne und vom Wind verbrannt, ein wenig nach oben gerichtet, so daß kein einziger Schatten auf ihre Haut fällt. Sie ist ruhig, sie fürchtet sich nicht. Sie weiß bestimmt, daß die Antwort eines Tages kommen muß, ohne daß sie begriffe, wie. Vom Himmel kann nichts Böses kommen, das ist sicher. Die Stille des leeren Tals, die Stille des Dorfs hinter ihr hat nur den Zweck, daß sie die Antwort auf ihre Frage deutlicher hören wird. Nur sie allein kann hören. Sogar die Hunde schlafen, ohne zu bemerken, was kommt.

Als erstes kommt das Licht. Es macht ein sehr leises Geräusch auf dem Boden, wie das Rascheln eines Laubbesens oder eines anrückenden Tropfenvorhangs. Die kleine Crucita lauscht angestrengt, sie hält ein wenig den Atem an und hört deutlich das näher kommende Geräusch. Es macht schschsch und tttt! überall, auf der Erde, auf den Feldern, auf den flachen Dächern der Häuser. Es hört sich an wie Feuer, aber sehr leise und ziemlich langsam, ein ruhiges Feuer, das nicht zögert, das keine Funken versprüht. Es kommt vor allem von oben, vor ihr und fliegt durch die Luft, raschelt mit den winzigen Flügeln. Die kleine Crucita hört das Murmeln, das lauter wird, sich um sie her ausbreitet. Es kommt jetzt von allen Seiten, nicht nur von oben, sondern auch von der Erde, den Felsen, den Häusern des Dorfes, bildet Knoten, Sterne, Rosetten. Es zeichnet lange Kurven, die sich über ihren Kopf schwingen, riesige Bögen, Garben.

Dies ist das erste Geräusch, das erste Wort. Noch ehe der Himmel sich füllt, hört die kleine Crucita den Lauf der ungebärdigen Lichtstrahlen, und ihr Herz beginnt schneller und stärker zu schlagen.

Die kleine Crucita bewegt weder den Kopf noch den Oberkörper. Sie löst die Hände von der trockenen Erde und streckt sie, die Handflächen nach oben, vor sich aus. So muß man es machen; nun fühlt sie die Wärme über ihre Fingerspitzen streichen wie eine Liebkosung. Das Licht knistert auf ihrem dichten Haar, auf den Wollfasern der Decke, auf ihren Wimpern. Die Haut des Lichts ist weich und zuckend, es läßt seinen gewaltigen Rücken und Bauch über die offenen Handflächen des kleinen Mädchens gleiten.

So ist das anfangs immer mit dem Licht, das um sie kreist, sich an ihren Handflächen reibt wie die Pferde des alten Bahti. Aber diese Pferde hier sind noch größer und sanfter, und sie kommen sofort zu ihr, als wäre sie ihre Herrin.

Sie kommen aus dem Himmelsgrund, sie sind von Berg zu Berg gesprungen, sie sind über die großen Städte gesprungen, über die Flüsse, ohne ein Geräusch, außer dem seidigen Rascheln ihres kurzen Fells.

Die kleine Crucita freut sich, wenn sie kommen. Nur für sie sind sie gekommen, vielleicht, um ihre Frage zu beantworten, denn Crucita allein versteht die Pferde, sie allein liebt sie. Die anderen Menschen haben Angst vor ihnen und machen ihnen angst, und das ist der Grund, warum diese anderen niemals die Pferde des Blau erblicken. Die kleine Crucita ruft sie, spricht sie sanft, mit leiser, ein wenig singender Stimme an, denn die Pferde des Lichts sind genau wie die Pferde auf Erden, sie lieben die sanften Stimmen und die Lieder.

>»Pferde, Pferde
Kleine Pferde des Blau
Nehmt mich mit im Flug
Nehmt mich mit im Flug
Kleine Pferde des Blau.«

Sie sagt »kleine Pferde«, aus Höflichkeit, denn die Pferde würden bestimmt nicht gern erfahren, daß sie riesig sind.

So ist es anfangs. Dann kommen die Wolken. Die Wolken sind nicht wie das Licht. Sie reiben ihre Rücken und Bäuche nicht an den Handflächen, denn sie sind so zart und leicht, daß sie womöglich ihren Pelz verlören und als Flocken fortgeblasen würden wie Baumwollblüten.

Die kleine Crucita kennt sie gut. Sie weiß, daß die Wolken nichts mögen, was sie zerfasern und auflösen könnte, also hält sie den Atem an und hechelt nur wie ein Hund, der zu lange gerannt ist. Davon wird ihr kalt in Kehle und Lungen, und sie fühlt sich selber schwach und leicht werden wie die Wolken. Nun können die Wolken herankommen.

Zuerst sind sie hoch über der Erde, sie dehnen und ballen sich, verändern ihre Form, ziehen vor der Sonne hin und her, und ihr Schatten gleitet über die harte Erde und über Crucitas Gesicht wie der Lufthauch eines Fächers.

Über die fast schwarze Haut ihrer Wangen, ihrer Stirn, über ihre Lider, über ihre Hände gleiten die Schatten, machen kalte Stellen, leere Flecke. Das ist das Weiß, die Farbe der Wolken. Der alte Bahti und der Schulmeister Jasper haben es der kleinen Crucita gesagt: Das Weiß ist die Farbe des Schnees, die Farbe von Salz und Wolken, die Farbe des Nordwinds. Es ist auch die Farbe der Knochen und der Zähne. Der Schnee ist kalt und schmilzt in der Hand, der Wind ist kalt, und niemand kann ihn packen. Das Salz brennt auf den Lippen, die Knochen sind tot, und die Zähne sind wie Steine im Mund. Aber das kommt daher, daß das Weiß die Farbe der Leere ist, nach dem Weiß kommt nichts mehr, bleibt nichts.

So sind die Wolken. Sie sind so fern, sie kommen von so weit her, aus der Mitte des Blau, sind kalt wie der Wind, leicht wie der Schnee und sehr zerbrechlich; sie machen kein Geräusch, wenn sie kommen, sie sind ganz still, wie die Toten, stiller als die Kinder, die barfuß in den Felsen rings um das Dorf herumlaufen.

Aber zur kleinen Crucita kommen sie gern, sie haben keine Angst vor ihr. Jetzt blasen sie sich rings um sie vor dem Steilhang auf. Sie wissen, daß die kleine Crucita ein Kind der Stille ist. Sie wissen, daß ihnen von ihr kein Leid geschieht. Die Wolken sind geschwellt, und sie ziehen dicht an ihr vorbei, umringen sie, und die kleine Crucita fühlt die sanfte Kühle ihres Pelzes, die Millionen von Tröpfchen, die sich feucht auf ihr Gesicht und ihre Lippen legen wie der Tau der Nacht, sie hört das sehr sanfte Geräusch, das rings um sie schwebt, und sie singt nochmals ein wenig für die Wolken:

> »Wolken, Wolken
> Kleine Himmelswolken
> Nehmt mich mit im Flug
> Nehmt mich mit im Flug
> Im Flug
> In eurer Herde.«

Sie sagt auch »kleine Wolken«, aber sie weiß wohl, daß die Wolken sehr, sehr groß sind, weil ihr kühler Pelz sie lange bedeckt, die Sonnenwärme so lange fernhält, daß sie schaudert.

Sie bewegt sich langsam, wenn die Wolken über ihr sind, um sie nicht zu erschrecken. Die Leute hier verstehen sich nicht darauf, mit den Wolken zu reden. Sie machen zuviel Lärm, zu viele Bewegungen, und die Wolken bleiben hoch am Himmel. Die kleine Crucita hebt langsam die Hände zum Gesicht und legt die Handflächen an die Wangen.

Dann entfernen sich die Wolken. Sie ziehen weiter, dorthin, wo sie zu tun haben, über die Wälle der Tafelberge hinaus, über die Städte hinaus. Sie ziehen bis ans Meer, dorthin, wo alles immer blau ist, um ihr Wasser regnen zu lassen, denn das haben sie am liebsten von allem: den Regen über der blauen Weite des Meeres. Das Meer, hat der alte Bahti gesagt, ist der schönste Ort der Welt, der Ort, an dem wirklich alles blau ist. Es gibt alle Arten von Blau im Meer, sagt der alte Bahti. Wie kann es mehrere Arten von Blau geben, hat die kleine Crucita gefragt. Aber es stimmt schon, es gibt mehrere Blaus, das ist wie das Wasser, das man trinkt, das den Mund füllt und in den Bauch rinnt, bald kalt, bald warm.

Die kleine Crucita wartet noch auf die anderen Leute, die kommen müssen. Sie wartet auf den Geruch der Gräser, den Geruch des Feuers, den Goldstaub, der, auf einem Bein wirbelnd, um sich selber kreist, den Vogel, der einmal krächzt, während er mit der Flügelspitze ihr Gesicht streift. Sie alle kommen immer, wenn die kleine Crucita da ist. Vor ihr haben sie keine Angst. Sie hören sich immer Crucitas Frage nach dem Himmel und seiner Farbe an, und sie ziehen so nah an ihr vorbei, daß Crucita den Lufthauch auf ihren Wimpern und in ihrem Haar fühlt.

Dann sind die Bienen gekommen. Sie sind frühzeitig von ihrem Zuhause aufgebrochen, von den Bienenstök-ken ganz unten im Tal. Sie haben all die wilden Blüten besucht, auf den Feldern, zwischen den Felsenhaufen.

Sie kennen alle Blumen und tragen den Blütenstaub an ihren Beinen, die unter dem Gewicht herabbaumeln.

Die kleine Crucita hört sie kommen, immer zur gleichen Stunde, wenn die Sonne sehr hoch über der harten Erde steht. Sie hört die Bienen zugleich auf allen Seiten, denn sie kommen aus dem Blau des Himmels. Nun wühlt die kleine Crucita in ihren Jackentaschen und holt Zuckerkrümel hervor. Die Bienen schwirren in der Luft, ihr schriller Gesang zieht über den Himmel, prallt von den Felsen ab, streift die Ohren und Wangen der Kleinen.

Die Bienen kommen jeden Tag zur gleichen Zeit. Sie wissen, daß die kleine Crucita sie erwartet, und sie mögen die Kleine gern. Sie kommen zu Dutzenden von allen Seiten, machen ihre Musik im gelben Licht. Sie setzen sich auf Crucitas geöffnete Hände und saugen gierig den Zuckerstaub auf. Dann spazieren sie über Crucitas Gesicht, über ihre Wangen, ihren Mund, sie bewegen sich sehr behutsam, und die feinen Füße kitzeln die Haut, so daß die kleine Crucita lachen muß. Aber sie lacht nicht zu laut, um die Bienen nicht zu erschrecken. Die Bienen schwirren über ihrem schwarzen Haar, dicht an den Ohren, mit einem monotonen Lied, das von den Blumen und den Pflanzen erzählt, von allen Blumen und von allen Pflanzen, die sie heute morgen besucht haben. »Hör zu«, sagen die Bienen, »wir haben im Tal viele Blumen gesehen, wir sind ohne Aufenthalt bis ans Ende des Tals geflogen, denn der Wind hat uns getragen, dann sind wir von Blume zu Blume zurückgeflogen.« »Was habt ihr gesehen?« fragt die kleine Crucita. »Wir haben die gelbe Blüte der Sonnenblume gesehen, die rote Blüte der Distel, die

Blüte des Kerzenbaums, die einer rotköpfigen Schlange gleicht. Wir haben die große lila Blüte des Pita-Kaktus gesehen, die ausgezackte Blüte der wilden Karotte, die blasse Blüte des Lorbeers. Wir haben die giftige Blüte des Jakobskrauts gesehen, die gelockte Blüte der Indigopflanze, die zarte Blüte des roten Salbei.« »Und was noch?« »Wir sind bis zu den weit entfernten Blüten geflogen, zu der, die am wilden Phlox glänzt und Bienen frißt, wir haben den roten Stern des mexikanischen Leinkrauts gesehen, das Feuerrad, die Milchblume. Wir sind über die Agarita geflogen, wir haben lange den Nektar der Schafgarbe getrunken und das Wasser der Zitronenminze. Wir sind sogar auf der schönsten Blüte der Welt gewesen, die sehr hoch über den schwertförmigen Blättern des Yucca sprießt und so weiß wie Schnee ist. Alle diese Blüten sind für dich, kleine Crucita, wir bringen sie dir, um dir zu danken.«

So sprechen die Bienen, und noch vieles andere mehr. Sie sprechen vom roten und grauen Sand, der in der Sonne glänzt, von den Wassertropfen, die im Flaum der Euphorbien gefangen sind oder auf den Stacheln der Agave balancieren. Sie sprechen vom Wind, der dicht über den Boden streicht und die Gräser flach drückt. Sie sprechen von der Sonne, die am Himmel hochsteigt und dann wieder sinkt, und von den Sternen, die durch die Nacht stechen.

Sie sprechen nicht die Sprache der Menschen, aber die kleine Crucita versteht, was sie sagen, und das schrille Schwirren ihrer Tausende von Flügeln ruft auf ihrer Netzhaut Flecke und Sterne und Blumen hervor. Die Bienen wissen so viele Dinge! Die kleine Crucita öffnet die Hände weit, damit die Bienen die letzten

Zuckerkrümel essen können, und sie singt ihnen auch ein Lied, mit fast geschlossenen Lippen, so daß ihre Stimme dem Summen der Insekten gleicht:

>> Bienen, Bienen
Blaue Bienen des Himmels
Nehmt mich mit im Flug
Nehmt mich mit im Flug
Im Flug
In eurer Herde.<<

Wieder ist Stille, eine lange Stille, wenn die Bienen fort sind.

Der kalte Wind bläst über Crucitas Gesicht, und sie wendet zum Atmen ein wenig den Kopf. Die Hände hat sie unter der Decke über dem Bauch gefaltet, und sie bleibt regungslos sitzen, den Oberkörper im rechten Winkel zur harten Erde. Wer wird jetzt kommen? Die Sonne ist hoch am blauen Himmel, sie zeichnet Schatten auf dem Gesicht der Kleinen, unter der Nase, unter den Brauenbögen.

Die kleine Crucita denkt an den Soldaten, der jetzt bestimmt schon zu ihr unterwegs ist. Er wird den schmalen Saumpfad entlanggehen, der über das Vorgebirge bis zum alten verlassenen Dorf aufsteigt. Übrigens haben die Hunde nicht angeschlagen. Sie schlafen noch, die Schnauzen im Staub, in den alten Mauerwinkeln.

Der Wind pfeift und stöhnt auf den Steinen, auf der harten Erde: Lange flinke Tiere, die Tiere mit den langen Schnauzen und den kleinen Ohren springen mit leichtem Geräusch im Staub. Die kleine Crucita kennt die Tiere gut. Sie kommen aus ihren Schlupflöchern am anderen Ende des Tals, und sie rennen, sie galoppieren, sie vergnügen sich damit, über die Wildbäche zu springen, über die Schluchten, die Schründe. Von Zeit zu Zeit bleiben sie keuchend stehen, und das Licht glänzt auf ihrem goldfarbenen Fell. Dann setzen sie ihren Sprunglauf am Himmel fort, ihre tolle Jagd; sie streifen die kleine Crucita, bringen ihr Haar und ihre Kleider in Unordnung, die Schwänze peitschen pfeifend die Luft. Die kleine Crucita streckt die Arme aus, möchte die Tiere anhalten, möchte ihre Schwänze packen.

»Halt! Haltet an! Ihr lauft zu schnell! Haltet an!«

Aber die Tiere hören nicht auf die kleine Crucita. Zum Spaß springen sie dicht an ihr vorbei, huschen zwischen ihre Arme, blasen ihr den Atem ins Gesicht. Sie machen sich über die Kleine lustig. Wenn sie eines erwischen könnte, eines nur, würde sie es nicht mehr loslassen. Sie weiß genau, was sie tun würde: Sie würde auf seinen Rücken springen wie auf ein Pferd, sie würde ihm die Arme fest um den Hals legen, und Whao jap! mit einem einzigen Sprung würde das Tier sie mitten in den Himmel tragen. Sie würde fliegen, mit ihm laufen, so schnell, daß niemand sie sehen könnte. Sie würde hoch über die Täler und Berge fliegen, über die Städte, ja, bis ans Meer, und immer würde es durch das Blau des Himmels gehen. Oder sie würde dicht über der Erde dahinhuschen, in den Baumästen und über das Gras, mit einem sehr sanften Geräusch wie das fließende Wasser. Es würde sehr schön sein.

Aber die kleine Crucita kann nie ein Tier fangen. Sie fühlt die flüssige Haut, die ihr durch die Finger rinnt, in ihren Kleidern und in ihren Haaren wirbelt. Manchmal sind die Tiere sehr langsam und kalt wie die Schlangen.

Auf dem Vorgebirge ist niemand. Die Dorfkinder kommen nicht mehr hierher, nur von Zeit zu Zeit zum Natternfang. Eines Tages sind sie gekommen, ohne daß die kleine Crucita sie hörte. Ein Kind hat gesagt: »Wir haben dir ein Geschenk mitgebracht.« »Was denn?« hat die kleine Crucita gefragt. »Halte die Hände auf, dann weißt du's«, hat das Kind gesagt. Crucita hat die Hände aufgehalten, und als das Kind ihr die Natter in die Hände gelegt hat, ist sie erschrocken, aber sie hat nicht geschrien. Sie hat von Kopf bis Fuß gezittert. Die Kinder haben gelacht, aber die Kleine hat die Schlange einfach zu Boden gleiten lassen und nichts gesagt, dann hat sie ihre Hände unter der Decke versteckt.

Jetzt sind sie ihre Freunde, alle, die geräuschlos über die harte Erde gleiten, die mit den langen wasserkalten Leibern, die Schlangen, die Blindschleichen, die Eidechsen. Die kleine Crucita kann zu ihnen sprechen. Sie ruft sie leise, indem sie durch die Zähne pfeift, und sie kommen zu ihr. Crucita hört sie nicht kommen, aber sie weiß, daß sie sich nähern, kriechend, von einer Erdspalte zur anderen, von einem Stein zum anderen, und sie recken die Köpfe, um das leise Pfeifen besser zu hören, und ihre Kehlen pochen.

> »Schlangen,
> Schlangen«

singt die kleine Crucita. Nicht alle sind Schlangen, aber Crucita nennt sie so.

»Schlangen
Schlangen
Nehmt mich mit im Flug
Nehmt mich mit im Flug.«

Gewiß kommen sie dann, steigen auf ihre Knie, bleiben eine Weile in der Sonne, und die kleine Crucita liebt das leichte Gewicht auf ihren Beinen. Dann verschwinden sie plötzlich, weil sie Angst haben, wenn der Wind bläst oder wenn die Erde knistert.

Die kleine Crucita lauscht auf die Schritte des Soldaten. Er kommt jeden Tag um die gleiche Zeit, wenn die Sonne stark von vorn brennt und die harte Erde unter den Händen lauwarm ist. Nicht immer hört Crucita ihn kommen, weil er auf seinen Gummisohlen kein Geräusch macht. Er setzt sich neben sie auf einen Stein und sieht sie eine ganze Weile wortlos an. Aber die Kleine fühlt, daß sein Blick auf ihr ruht, und sie fragt:
»Wer ist da?«
Er ist fremd hier, er spricht die Landessprache schlecht, wie die Leute, die aus den großen Städten am Meer kommen. Als Crucita ihn gefragt hat, wer er sei, hat er gesagt, er sei Soldat, und er hat von dem Krieg erzählt, der früher einmal in einem fernen Land stattfand. Aber vielleicht ist er jetzt nicht mehr Soldat.
Wenn er kommt, bringt er ihr ein paar wilde Blumen mit, er hat sie auf dem Weg über den Pfad gepflückt, der hinauf zum Steilhang führt. Es sind magere und lange Blumen mit spärlichen Blütenblättern, und sie riechen wie die Schafe. Aber die kleine Crucita mag sie und hält sie fest in den Händen.

249

»Was machst du?« fragt der Soldat.

»Ich schau den Himmel an«, sagt die kleine Crucita.
»Er ist heute sehr blau, nicht wahr?«

»Ja«, sagt der Soldat.

Die kleine Crucita gibt immer diese Antwort, weil sie ihre Frage nicht vergessen kann. Sie dreht das Gesicht ein wenig nach oben, dann streicht sie langsam mit den Händen über ihre Stirn, die Wangen, die Lider.

»Ich glaube, ich weiß, was das ist«, sagt sie.

»Was?«

»Das Blau. Es ist sehr warm auf meinem Gesicht.«

»Das ist die Sonne«, sagt der Soldat.

Er zündet sich eine englische Zigarette an und raucht ohne Hast, blickt gerade vor sich hin. Der Geruch des Tabaks hüllt die kleine Crucita ein, und ihr wird ein wenig schwindelig.

»Sagen Sie... Erzählen Sie.«

Das bittet sie ihn jedesmal. Der Soldat spricht leise zu ihr und unterbricht sich von Zeit zu Zeit, um an seiner Zigarette zu ziehen.

»Es ist sehr schön«, sagt er. »Zuerst kommt eine große Ebene mit gelben Feldern, es muß wohl Mais sein. Ein Pfad aus roter Erde läuft geradewegs mitten durch die Felder, und da steht eine Holzhütte...«

»Ist ein Pferd da?« fragt die kleine Crucita.

»Ein Pferd? Warte... Nein, ich sehe kein Pferd.«

»Dann ist es nicht das Haus meines Onkels.«

»Ein Brunnen ist da, neben der Hütte, aber ich glaube, er ist trocken... Schwarze Felsen, komisch geformt, sehen aus wie liegende Hunde. Weiter hinten ist die Landstraße mit den Telegrafenmasten. Danach kommt ein *wash*, aber es muß trocken sein, man sieht die Steine auf dem Grund... grau, voller Geröll und Staub... Danach kommt die große Ebene, sie reicht weit, weit, bis zum Horizont, zur dritten Mesa. Im Osten sind Hügel, aber überall sonst ist die Ebene ganz flach und glatt wie ein Flugplatz. Im Westen sind die Berge, sie sind dunkelrot und schwarz, sehen aus wie schlafende Tiere, wie Elefanten...«

»Bewegen sie sich nicht?«

»Nein, sie bewegen sich nicht, sie schlafen seit Tausenden von Jahren, ohne sich zu bewegen.«

»Der Berg hier, schläft er auch?« fragt die kleine Crucita. Sie legt die Hände flach auf die harte Erde.

»Ja, er schläft auch.«

»Aber manchmal bewegt er sich«, sagt die kleine Crucita. »Er bewegt sich ein bißchen, er schüttelt sich ein bißchen, dann schläft er wieder ein.«

Der Soldat sagt eine Weile nichts. Die kleine Crucita hat die Landschaft so vor sich, daß sie fühlen kann, was der Soldat erzählt hat. Die große Ebene ist lang und sanft an ihrer Wange, aber die Schluchten und die roten Pfade brennen sie ein wenig, und ihre Lippen werden rissig vom Staub.

Sie hebt das Gesicht und fühlt die Wärme der Sonne.

»Was ist dort droben?« fragt die kleine Crucita.

»Am Himmel?«

»Ja.«

»Also...«, sagt der Soldat. Aber das kann er nicht erzählen. Er kneift wegen des Sonnenlichts die Augen zusammen.

»Ist heute viel Blau da?«

»Ja, der Himmel ist sehr blau.«

»Ist überhaupt kein Weiß da?«

»Nein, nicht der kleinste weiße Fleck.«

Die kleine Crucita streckt die Hände aus.

»Ja, er muß sehr blau sein, er brennt heute so stark wie Feuer.«

Sie senkt den Kopf, denn das Brennen tut ihr weh.

»Brennt ein Feuer in dem Blau?« fragt sie.

Der Soldat sieht aus, als begreife er nicht ganz.

»Nein...«, sagt er schließlich. »Das Feuer ist rot, nicht blau.«

»Aber das Feuer ist versteckt«, sagt die kleine Crucita. »Das Feuer ist ganz tief im Himmel versteckt, wie ein Fuchs, und es schaut zu uns her, es schaut her, und seine Augen sind brennend heiß.«

»Du hast Phantasie«, sagt der Soldat. Er lacht ein bißchen, aber er späht jetzt auch in den Himmel und er schirmt die Augen mit der Hand.

»Was du fühlst, das ist die Sonne.«

»Nein, die Sonne ist nicht versteckt, sie brennt nicht auf diese Art«, sagt die kleine Crucita. »Die Sonne ist sanft, aber das Blau, das ist wie die Herdsteine, es tut weh auf dem Gesicht.«

Plötzlich stößt Crucita einen kleinen Schrei aus und fährt hoch.

»Was ist los?« fragt der Soldat.

Die Kleine fährt sich mit den Händen übers Gesicht und jammert leise. Sie beugt den Kopf zum Boden.

»Es hat mich gestochen...«, sagt sie.

Der Soldat streicht der kleinen Crucita die Haare aus der Stirn und fährt mit seinen harten Fingerspitzen über ihre Wange.

»Was hat dich gestochen? Ich sehe nichts...«

»Ein Licht... Eine Wespe«, sagt die kleine Crucita.

»Nein«, sagt der Soldat. »Du hast geträumt.«

Eine Weile sprechen sie nicht. Die kleine Crucita sitzt noch immer im rechten Winkel auf der harten Erde, und die Sonne erhellt ihr bronzefarbenes Gesicht. Der Himmel ist ruhig, als hielte er den Atem an.

»Sieht man heute das Meer?« fragt die kleine Crucita.

Der Soldat lacht.

»Aber nein! Das ist viel zu weit weg von hier.«

»Hier sind bloß Berge?«

»Das Meer, das ist viele Tage weit von hier weg. Sogar im Flugzeug würde man Stunden brauchen, bis man es sehen könnte.«

Die kleine Crucita würde es trotzdem gern sehen. Aber das ist schwierig, denn sie weiß nicht, wie das Meer ist. Blau natürlich, aber wie?

»Brennt es, wie der Himmel, oder ist es kalt, wie das Wasser?«

»Kommt drauf an. Manchmal verbrennt es die Augen wie der Schnee in der Sonne. Und ein anderes Mal ist es traurig und dunkel wie das Wasser in den Brunnen. Es ist niemals gleich.«

»Und wie mögen Sie es lieber, wenn es kalt ist oder wenn es brennt?«

»Wenn die Wolken sehr tief sind und es voller gelber Schattenflecken ist, die auf ihm treiben wie große Algeninseln, so mag ich es am liebsten.«

Die kleine Crucita konzentriert sich, und sie spürt es auf dem Gesicht, wenn die tiefen Wolken über das Meer ziehen. Aber nur, wenn der Soldat da ist, kann sie sich das alles vorstellen. Vielleicht hat er früher das Meer so genau betrachtet, daß es ein wenig aus ihm kommt und sich rings um ihn ausbreitet.

»Das Meer, das ist nicht wie hier«, sagt der Soldat noch. »Das ist lebendig, das ist wie ein sehr großes lebendiges Tier. Es regt sich, es springt, es wechselt Aussehen und Laune, es spricht die ganze Zeit, es ist nicht eine Sekunde lang untätig, und man kann sich bei ihm nie langweilen.«

»Ist es böse?«

»Manchmal schon, es fällt Menschen und Schiffe an, es verschlingt sie, hopp! Aber nur an den Tagen, wenn es sehr zornig ist, und dann bleibt man besser zu Hause.«

»Ich werde mir das Meer ansehen«, sagt die kleine Crucita.

Der Soldat betrachtet sie eine Weile schweigend.

»Ich bringe dich hin«, sagt er dann.

»Ist es größer als der Himmel?« fragt die kleine Crucita.

»Das kann man nicht vergleichen. Es gibt nichts Größeres als den Himmel.«

Wenn er vom Reden genug hat, zündet er sich nochmals eine englische Zigarette an und raucht wieder. Crucita mag den süßen Geruch des Tabaks. Wenn der Soldat die Zigarette fast zu Ende geraucht hat, gibt er Crucita den Stummel, damit sie ein paar Züge rauchen kann, ehe er ihn ausdrückt. Die Kleine raucht mit heftigen Atemzügen. Wenn die Sonne sehr heiß ist und das Blau des Himmels brennt, macht der Zigarettenrauch einen sehr zarten Schleier, und die Leere in Crucitas Kopf fängt an zu pfeifen, es ist, als fiele sie vom hohen Steilhang.

Wenn die Zigarette zu Ende geraucht ist, wirft Crucita sie vor sich hin ins Leere.

»Können Sie fliegen?« fragt sie.

Der Soldat lacht wieder.

»Wie meinst du das?«

»Am Himmel, wie die Vögel.«

»Aber das kann doch niemand.« Dann hört er plötzlich das Geräusch des Flugzeugs, das durch die Stratosphäre zieht, so hoch, daß man nur einen silbernen Punkt am Ende der langen weißen Furche sieht, die den Himmel teilt. Das Geräusch der Triebwerke wird mit Verzögerung von der Ebene und den Bachtälern zurückgeworfen wie ferner Donner.

»Das ist eine Stratofortress, sie fliegt sehr hoch«, sagt der Soldat.

»Wohin fliegt sie?«

»Ich weiß nicht.«

Die kleine Crucita reckt das Gesicht dem Himmel entgegen, sie folgt der langsamen Bewegung des Flugzeugs. Ihr Gesicht ist verdüstert, ihre Lippen sind zusammengepreßt, als empfinde sie Furcht oder Schmerzen.

»Sie ist wie der Sperber«, sagt sie. »Wenn der Sperber über den Himmel fliegt, fühle ich seinen Schatten, er ist sehr kalt und kreist langsam, langsam, weil der Sperber eine Beute sucht.«

»Dann bist du also wie die Hühner. Sie drängen sich aneinander, wenn der Sperber über sie hinfliegt.« Der Soldat scherzt, und doch spürt auch er es, und der Lärm der Triebwerke in der Stratosphäre läßt sein Herz schneller schlagen.

Er sieht die Stratofortress über das Meer fliegen, nach Korea, lange Stunden hindurch; die Wellen auf dem Meer gleichen Runzeln, der Himmel ist glatt und rein, dunkelblau im Zenit, türkisblau am Horizont, als wollte die Dämmerung niemals enden. Im Laderaum des Riesenflugzeugs liegen die Bomben, eine neben der anderen, tonnenweiser Tod.

Dann entfernt das Flugzeug sich langsam auf seine Wüste zu, und der Wind fegt Stück für Stück den weißen Kondensstreifen weg. Die Stille, die darauf folgt, ist schwer, fast schmerzend, und der Soldat hat Mühe, von dem Stein aufzustehen, auf dem er sitzt. Er bleibt eine Weile stehen und betrachtet die Kleine, die im rechten Winkel auf der hartgewordenen Erde sitzt.

»Ich geh jetzt«, sagt er.

»Kommen Sie morgen wieder?« sagt die kleine Crucita.

Der Soldat möchte schon sagen, daß er morgen nicht kommen werde, auch nicht übermorgen und vielleicht gar nicht mehr, weil auch er nach Korea fliegen muß, aber er wagt nicht, es zu sagen, er wiederholt nur, und seine Stimme klingt verlegen:

»Ich geh jetzt.«

Die kleine Crucita horcht dem Geräusch seiner Schritte nach, die sich auf dem Pfad entfernen. Dann kommt der Wind zurück, er ist kalt jetzt, und sie zittert ein bißchen unter ihrer Wolldecke. Die Sonne steht tief, fast waagrecht, ihre Wärme kommt stoßweise wie ein Atem.

Dies ist die Stunde, da das Blau dünn wird, sich auflöst. Die kleine Crucita fühlt es auf ihren rissigen Lippen, auf den Lidern, an den Fingerspitzen. Sogar die Erde ist weniger hart, als hätte das Licht sie geharkt, aufgescheuert.

Wiederum ruft Crucita die Bienen, ihre Freundinnen;

auch die Eidechsen, die sonnentrunkenen Salamander, die blattförmigen Insekten, die zweigförmigen, die Ameisen in dichtgeschlossenen Kolonnen. Sie ruft sie alle mit dem Lied, das der alte Bahti sie gelehrt hat:

> »Tiere, Tiere
> Nehmt mich mit
> Nehmt mich mit im Flug
> Nehmt mich mit im Flug
> In eurer Herde.«

Sie streckt die Hände aus, um die Luft und das Licht festzuhalten. Sie will nicht weggehen. Sie will, daß alles bleibe, alles hierbleibe und nicht in die Verstecke zurückkehre.

Es ist die Stunde, da das Licht brennt und schmerzt, das Licht, das aus der Tiefe des blauen Raums schießt. Die kleine Crucita bewegt sich nicht, und die Angst wächst in ihr. An der Stelle der Sonne ist ein sehr blauer Stern, der blickt, und sein Blick preßt sich gegen Crucitas Stirn. Er trägt eine Maske aus Schuppen und Federn, er nähert sich tanzend, hämmert mit seinen Füßen die Erde, er kommt geflogen wie das Flugzeug und der Sperber, und sein Schatten bedeckt das Tal wie ein Mantel.

Er ist allein, Saquasohuh, wie er genannt wird, und er rückt auf seiner blauen Straße am Himmel auf das verlassene Dorf zu. Sein einziges Auge blickt die kleine Crucita an, mit einem furchtbaren Blick, der zugleich versengt und vereist.

Die kleine Crucita kennt ihn gut. Er ist es gewesen, der sie vorhin wie eine Wespe gestochen hat, aus der

Unendlichkeit des leeren Himmels. Jeden Tag zur gleichen Stunde, wenn die Sonne sinkt und die Eidechsen wieder in ihren Felsspalten verschwinden, wenn die Mücken schwer werden und sich irgendwo niederlassen, dann kommt er.

Er steht wie ein riesenhafter Krieger aufrecht am anderen Ende des Himmels, und er blickt auf das Dorf mit dem sengenden und vereisenden Blick. Er schaut der kleinen Crucita in die Augen, wie nie jemand sie angeschaut hat.

Die kleine Crucita fühlt das helle, reine und blaue Licht, das bis in ihr Innerstes dringt wie das kühle Quellwasser und sie berauscht. Ein Licht, sanft wie der Südwind, der die Düfte der wilden Pflanzen und Blumen mitbringt.

Jetzt, heute, steht der Stern nicht mehr still. Er nähert sich langsam über den Himmel, schwebend, fliegend, wie auf einem gewaltigen Strom. Sein heller Blick weicht nicht von Crucitas Augen und funkelt mit einem so grellen Licht, daß sie ihre Augen mit beiden Händen schützen muß.

Crucitas Herz schlägt sehr schnell. Niemals hat sie etwas Schöneres gesehen.

»Wer bist du?« schreit sie.

Aber der Krieger antwortet nicht. Saquasohuh steht vor ihr auf dem Felsenkap.

Jäh begreift die kleine Crucita, daß er der blaue Stern ist, der am Himmel lebt und auf die Erde herabgestiegen ist, um auf dem Dorfplatz zu tanzen.

Sie will aufstehen und weglaufen, aber das Licht aus Saquasohuhs Auge ist in ihr und lähmt sie. Wenn der Krieger seinen Tanz beginnt, werden die Männer und die Frauen und die Kinder auf der Welt zu sterben beginnen. Die Flugzeuge kreisen langsam am Himmel, so hoch, daß man sie kaum hört, aber sie suchen ihre Beute. Das Feuer und der Tod sind überall, rings um das Felsenkap, sogar das Meer brennt wie ein Pechsee. Die großen Städte sind in Brand gesteckt vom grellen Licht, das aus dem Himmel schießt. Die kleine Crucita hört das Donnergrollen, die Explosionen, die Schreie der Kinder, die Schreie der Hunde, die sterben werden. Der Wind dreht sich rasend um sich selber, und das ist kein Tanz mehr, das ist wie der Lauf eines durchgehenden Pferds.

Die kleine Crucita legt die Hände vor die Augen. Warum wollen die Menschen das? Aber es ist vielleicht schon zu spät, und der Riese des blauen Sterns wird nicht an den Himmel zurückkehren. Er ist gekommen, um auf dem Dorfplatz zu tanzen, wie er, nach der Erzählung des alten Bahti, vor dem großen Krieg in Hotevilla getanzt hat.

Der Riese Saquasohuh steht unschlüssig vor dem Steilhang, als wage er nicht, weiterzugehen. Er blickt die kleine Crucita an, und das Licht seines Blicks kommt und brennt so stark im Inneren ihres Kopfs, daß sie es nicht mehr aushält. Sie schreit, springt mit einem Satz auf und erstarrt, die Arme zurückgeworfen, den Atem in der Kehle stockend, das Herz zusammengeschnürt, denn plötzlich hat sie den blauen Himmel vor sich gesehen, als habe das einzige Auge des Riesen sich unendlich weit geöffnet.

Die kleine Crucita sagt nichts. Tränen füllen ihre Lider, denn das Licht von Sonne und Blau ist zu stark. Sie schwankt am Rand des Steilhangs aus harter Erde, sie sieht den Horizont sich langsam um sie drehen, genau wie der Soldat gesagt hatte, die große gelbe Ebene, die dunklen Schluchten, die roten Wege, die gewaltigen Silhouetten der Mesas. Dann stürzt sie davon, sie rennt durch die Gassen des verlassenen Dorfs, in Schatten und Licht, unter dem Himmel, ohne einen einzigen Schrei zu tun.

Die Hirten

I

Die gerade und lange Straße lief quer durch das Dünenland. Hier gab es nichts als Sand, Dornengestrüpp und dürres Gras, das unter den Füßen raschelte, und über dem allen den großen schwarzen Nachthimmel. Im Wind hörte man deutlich alle Geräusche, die geheimnisvollen Geräusche, die ein wenig angst machen. Eine Art leises Geknister, das von den Steinen kommt, die sich wieder zusammenziehen, das Knirschen des Sands unter den Schuhsohlen, die brechenden Zweige. Die Erde schien unendlich zu sein, wegen dieser Geräusche auch, wegen des schwarzen Himmels und der Sterne, die in starrem Glanz leuchteten. Die Zeit schien unendlich zu sein, sehr langsam, mit zuweilen seltsamen und unverständlichen Beschleunigungen, Strudeln, als durchquerte man die Strömung eines Flusses. Man bewegte sich im Raum, als schwebte man in der Leere zwischen den Sternhaufen.

Von allen Seiten kamen die Geräusche der Insekten, ein stetes Schwirren, das im Himmel widerhallte. Vielleicht war es das Geräusch der Sterne, die Sphärenbotschaft aus der Leere. Es waren keine Lichter auf der Erde, nur die Leuchtkäfer, die im Zickzack über der Straße flogen. In der Nacht, die so dunkel war wie der

Meeresgrund, suchten die geweiteten Pupillen nach der kleinsten Quelle von Helligkeit.

Alles lag auf der Lauer. Die Tiere der Wüste liefen zwischen den Dünen: die Sandhasen, die Ratten, die Schlangen. Der Wind wehte manchmal vom Meer her und man hörte das Donnern der Wogen, die an die Küste brandeten. Der Wind trieb die Dünen vor sich her. In der Nacht leuchteten sie schwach, gleich den Segeln der Schiffe. Der Wind wehte, er blies Sandwolken hoch, die auf der Haut von Gesicht und Händen brannten.

Es war niemand da, und doch fühlte man überall die Gegenwart von Leben, von Blicken. Es war, als ginge man bei Nacht durch eine große schlafende Stadt, an den Fenstern vorüber, hinter denen die Leute versteckt sind.

Die Geräusche hallten im Chor. In der Nacht waren sie lauter, präziser. Die Kälte ließ die Erde vibrieren, tönen, große singende Sandflächen, große sprechende Steinplatten. Die Insekten surrten, auch die Skorpione, die Tausendfüßer, die Wüstenschlangen. Von Zeit zu Zeit hörte man das Meer, das dumpfe Grollen der Wogen des Ozeans, die sich auf dem Sand des Strandes verliefen. Der Wind trug die Stimme des Meeres in Stößen bis hierher, zusammen mit ein wenig Gischt.

Wo war man jetzt? Es gab keine Orientierungspunkte. Nur die Dünen, die Reihen von Dünen, die unsichtbare Weite aus Sand, wo die Grasbüschel zitterten, wo die Blätter des Buschwerks schabten, das alles, so weit das Auge reichte. Dennoch mußte es gewiß in nicht allzuweiter Ferne Häuser geben, die flache Stadt, die Straßenbeleuchtung, die Scheinwerfer der Lastwagen. Aber jetzt wußte man nicht mehr, wo das war. Der kalte Wind hatte alles weggefegt, alles mit seinen Sandkörnern abgeschliffen.

Der große schwarze Himmel war vollkommen glatt, hart, von kleinen fernen Lichtern durchbrochen. Die Kälte führte das Regiment über dieses Land, sie ließ ihre Stimme ertönen.

Vielleicht würde, wer hier ging, nicht mehr zurückfinden, nie mehr. Vielleicht würde der Wind seine Spuren verwischen, einfach mit Sand bedecken, und so den Rückweg versperren. Dann bewegten die Dünen sich langsam, unmerklich, gleich den langen Wellenkämmen des Meeres. Die Nacht würde den Wanderer einhüllen. Sie würde seinen Kopf leer machen, so daß er immer im Kreis ginge. Das Gebrüll des Meeres kam wie durch einen Nebel. Das Schwirren der Insekten entfernte sich, näherte sich wieder, verschwand von neuem, sprang zugleich von allen Seiten auf, und die ganze Erde und der ganze Himmel schrien.

Wie lang war die Nacht in diesem Land! Sie war so lang, daß man vergessen hatte, wie es bei Tag gewesen war. Die Sterne kreisten langsam im Leeren, glitten dem Horizont entgegen. Manchmal durchstreifte eine Sternschnuppe den Himmel. Sie flog an den anderen Sternen vorbei, sehr schnell, dann erlosch sie. Auch die Leuchtkäfer flogen im Wind, klammerten sich an die Zweige des Buschwerks. Dort blieben sie und ließen die Bäuche blinken. Vom Kamm der Dünen sah man die Wüste, die unaufhörlich aufleuchtete und erlosch, auf allen Seiten.

Vielleicht war dies der Grund, warum man diese Gegenwart spürte, diese Blicke. Und dann waren da diese Geräusche, alle diese seltsamen und winzigen Geräusche, die ringsum lebten. Die kleinen unbekannten Tiere flüchteten in die Sandmulden, verzogen sich in ihre Höhlen. Man war bei ihnen, in ihrem Land. Sie schickten ihre Alarmsignale aus. Die Nachtschwalben flogen von Busch zu Busch. Die Springmäuse folgten ihren winzigen Wegen. Zwischen den kalten Steinplatten ringelte sich die Natter. Sie alle waren die Bewohner, die liefen, stehenblieben, klopfenden Herzens, den Hals gereckt, die Augen starr. Dies hier war ihre Welt.

Kurz vor Sonnenaufgang, als der Himmel allmählich grau wurde, hat ein Hund zu bellen angefangen, und die wilden Hunde haben geantwortet. Sie haben lange spitze Schreie ausgestoßen, die Köpfe in den Nacken geworfen. Das war seltsam, es liefen einem Schauder über die Haut.

Jetzt waren die Insekten nicht mehr zu hören. Der Nebel stieg vom Meer auf, folgte den ausgetrockneten Bachbetten. Er kroch langsam über die Dünen, zog sich hin wie Rauch.

Am Himmel verblaßten die Sterne. Ein Lichtschein machte im Osten, über der Küste, einen hellen Fleck. Die Erde tauchte auf, ganz und gar nicht schön, sondern grau und glanzlos, denn sie schlief noch. Die wilden Hunde streunten zwischen den Dünen herum und suchten Nahrung. Es waren kleine magere Hunde mit krummen Rücken und langen Pfoten. Sie hatten spitze Ohren wie Füchse.

Das Licht nahm zu, allmählich konnte man Formen unterscheiden. Eine Ebene, mit verbrannten Felsen besät, und ein paar Lehmhütten mit Palmdächern. Die Hütten waren verfallen, standen wahrscheinlich seit Monaten leer, ausgenommen eine, in der die Kinder wohnten. Rings um die Hütten waren die große Steinebene, die Dünen. Hinter den Dünen das Meer. Ein paar Pfade durchquerten die Ebene: Die nackten Füße der Kinder und die Hufe der Ziegen hatten sie ausgetreten.

Als die Sonne über der Erde aufging, weit weg, im Osten, ließ das Licht mit einem Schlag die Ebene erglänzen. Der Dünensand schimmerte wie Kupferstaub. Der Himmel war glatt und klar wie Wasser. Die wilden Hunde näherten sich den Hütten und der Ziegenherde.

Dies hier war ihre Welt, die weite Ebene aus Stein und Sand.

Jemand kam zwischen den Dünen hervor, die Pfade entlang. Ein junger Bursche, der wie die Städter gekleidet war. Er trug eine zerknitterte Leinenjacke, und seine weißen Segeltuchschuhe waren staubbedeckt. Von Zeit zu Zeit blieb er unschlüssig stehen, weil die Pfade sich teilten. Er orientierte sich am Geräusch des Meeres, das von links kam, dann marschierte er weiter. Die Sonne stand schon hoch über dem Horizont, aber er fühlte ihre Hitze nicht. Das Licht, das der Sand reflektierte, zwang ihn, die Augen zu schließen. Sein Gesicht war nicht an die Sonne gewöhnt; stellenweise war es gerötet, auf der Stirn und vor allem auf der Nase, wo die Haut sich zu schälen begann. Der junge Bursche war auch nicht sehr an das Gehen im Sand gewöhnt; das sah man an der Art, wie er die Knöchel verdrehte, wenn er die Dünenhänge hinunterging.

Als er vor der Mauer aus unverbundenen Steinen ankam, blieb der junge Bursche stehen. Es war eine sehr lange Mauer, sie versperrte den Zugang zur Ebene. An jedem Ende verschwand die Mauer unter den Dünen.

Man mußte einen weiten Umweg machen, bis man einen Durchschlupf fand. Der junge Bursche zögerte. Er blickte zurück, er dachte daran, vielleicht wieder umzukehren.

In diesem Augenblick hörte er das Geräusch von Stimmen. Sie kamen von jenseits der Mauer, erstickte Schreie, Rufe. Es waren Kinderstimmen. Der Wind trug sie über die Mauer hinweg, ein wenig unwirklich, mit dem Grollen des Meeres vermischt. Die wilden Hunde bellten lauter, weil sie die Gegenwart des Neuankömmlings gewittert hatten.

Der junge Bursche kletterte auf die Mauer und schaute auf die andere Seite. Aber er konnte die Kinder nicht sehen. Auch auf dieser Seite der Mauer war noch immer die gleiche felsige Ebene, das gleiche Gestrüpp und, in der Ferne, die sanfte Linie der Dünen.

Der junge Bursche hatte große Lust, sich dort drüben umzusehen. Es gab viele Spuren auf dem Boden, Trampelpfade, Breschen im Dickicht, die anzeigten, daß dort Menschen durchgegangen waren. Auf den Felsen ließ die Sonne den Glimmerschiefer aufblitzen.

Der junge Bursche wurde von diesem Ort angezogen. Er sprang von der Mauer, und er fühlte sich leichter, freier. Er lauschte auf das Geräusch von Wind und Meer, er sah die Höhlungen, in denen die Eidechsen hausten, die Büsche, in denen die Vögel ihre Nester bauten.

Er setzte sich auf der Steinebene in Bewegung. Hier war das Gestrüpp höher. Manche Büsche trugen rote Beeren.

Plötzlich blieb er stehen, denn er hatte ganz in seiner Nähe gehört:

»Frrrtt! Frrrtt!«

Ein komisches Geräusch, als würde jemand kleine Steinchen auf die Erde werfen. Aber niemand zeigte sich.

Der junge Bursche setzte sich aufs neue in Marsch. Er folgte einem schmalen Pfad, der zu einer Felsgruppe in der Mitte der Umfriedung aus unverbundenen Steinen führte.

Wiederum hörte er ganz in seiner Nähe:

»Frrrttt! Frrrtt!«

Es kam jetzt von hinten. Aber er sah nur die Mauer, die Büsche, die Dünen. Keinen Menschen.

Dennoch fühlte der junge Bursche, daß er beobachtet wurde. Und zwar von allen Seiten zugleich, ein beharrlicher Blick, der ihn belauerte, der jede seiner Bewegungen verfolgte. Er wurde schon seit einer ganzen Weile so beobachtet, aber erst jetzt wurde er es gewahr. Er empfand keine Furcht; es war jetzt heller Tag, und im übrigen hatte der Blick nichts Furchterregendes.

Um zu sehen, was geschehen würde, kauerte er sich neben ein Gebüsch und wartete, als suchte er etwas auf dem Boden. Nach Ablauf einer Minute hörte er das Geräusch laufender Füße. Er stand auf und sah Schatten, die sich im Gestrüpp versteckten, und er hörte unterdrücktes Lachen.

Nun zog er einen kleinen Spiegel aus der Tasche und richtete den Lichtstrahl dorthin, wo das Gestrüpp war. Die kleine weiße Scheibe sprang hin und her und schien die trockenen Blätter in Brand zu setzen.

Plötzlich erhellte die weiße Scheibe inmitten des Gebüsches ein Gesicht und ließ ein Augenpaar aufglänzen. Der junge Bursche ließ den Sonnenreflex auf dem

Gesicht ruhen, bis der Unbekannte, vom Licht geblendet, aufstehen würde.

Sie standen alle vier gleichzeitig auf: vier Kinder. Der junge Bursche betrachtete sie erstaunt. Sie waren klein, barfuß, mit altem Leinenzeug bekleidet. Ihre Gesichter waren kupferfarben, das gleichfalls kupferfarbene Haar fiel in langen Locken. Eines von ihnen war ein scheu aussehendes kleines Mädchen, das ein viel zu großes blaues Hemd anhatte. Das älteste der vier hielt in der rechten Hand eine lange grüne Schnur, die anscheinend aus Stroh geflochten war.

Da der junge Bursche sich nicht von der Stelle rührte, kamen die Kinder näher. Sie redeten leise miteinander und lachten, aber der junge Bursche verstand nicht, was sie sagten. Er fragte sie, woher sie kämen und wer sie seien, aber die Kinder schüttelten den Kopf und fuhren fort, leise zu lachen.

Mit leicht belegter Stimme sagte der junge Bursche: »Ich heiße – Gaspar.«

Die Kinder sahen einander an und lachten schallend. Sie wiederholten »Gasch- Pa! Gasch- Pa!« mit schrillen Stimmchen. Und sie lachten so sehr, als hätten sie noch nie etwas Komischeres gehört.

»Was ist denn das?« sagte Gaspar. Er griff nach der grünen Schnur, die der älteste Junge in der Hand hielt. Der Junge bückte sich und hob einen kleinen Stein von der Erde auf. Er legte ihn in die Schnurschlinge und ließ sie über seinem Kopf wirbeln. Er öffnete die Faust, die Schnur entspannte sich und der Stein sauste pfeifend hoch in den Himmel. Gaspar versuchte, ihm mit den Augen zu folgen, aber der Stein verschwand in der Luft. Als er in zwanzig Metern Entfernung auf die Erde zurückfiel, zeigte eine kleine Staubwolke die Stelle, wo er aufgeschlagen war.

Die anderen Kinder schrien und klatschten in die Hände. Der Älteste gab Gaspar die Schnur und sagte: »Gum!«

Der junge Bursche suchte nun gleichfalls einen kleinen Stein und legte ihn in die Schlinge der Schleuder. Aber er verstand nicht, die Schnur richtig zu halten. Das Kind mit dem kupferfarbenen Haar zeigte ihm, wie man sich das Schnurende um das Handgelenk schlingen mußte, und schloß Gaspars Finger um das andere Ende. Dann trat es ein wenig zurück und sagte wieder: »Gum! Gum!«

Gaspar begann, seinen Arm über dem Kopf kreisen zu lassen. Aber die Schnur war lang und schwer, und es war viel schwieriger, als er geglaubt hatte. Er ließ die Schnur mehrmals rundum kreisen, immer schneller, und in dem Augenblick, als er die Hand öffnen wollte, machte er eine falsche Bewegung. Das Seil fuhr ihm pfeifend über den Rücken, so heftig, daß sein Hemd zerriß.

Es schmerzte, und Gaspar war zornig, aber die Kinder lachten so sehr, daß er einfach mitlachen mußte. Die Kinder klatschten in die Hände und riefen: »Gasch-Pa! Gasch-Pa!«

Danach setzten sie sich auf die Erde. Gaspar zeigte seinen kleinen Spiegel. Der älteste Junge spielte eine Weile mit den Sonnenreflexen, dann schaute er sich im Spiegel an.

Gaspar hätte gern ihre Namen erfahren. Aber die Kinder konnten seine Sprache nicht. Sie redeten in einer ulkigen Sprache, rasch und ein wenig heiser, und ihr

Klang paßte gut zu der Landschaft aus Steinen und Dünen. Sie war wie das Knistern der Steine in der Nacht, wie das Schaben der trockenen Blätter, wie das Geräusch des Windes über dem Sand.

Nur das kleine Mädchen hielt sich ein wenig abseits. Es hockte auf den Fersen, das große blaue Hemd über Knie und Füße gezogen. Das Haar war von rosiger Kupferfarbe und fiel in dichten Locken auf die Schultern. Die Augen waren sehr schwarz, wie die der Jungen, aber noch glänzender. Es war ein seltsames Licht in diesen Augen, wie ein Lächeln, das sich nicht recht zeigen wollte. Der Älteste zeigte auf das kleine Mädchen und wiederholte mehrmals:

»Khaf... Khaf... Khaf...«

Also nannte Gaspar sie so: Khaf. Es war ein Name, der gut zu ihr paßte.

Die Sonne schien jetzt mit Macht. Sie entzündete alle ihre Funken auf den spitzen Felsen, kleine blinkende Blitze, als wären es lauter Spiegel.

Das Geräusch des Meeres war verstummt, weil der Wind jetzt vom Landinneren her blies, von der Wüste. Die Kinder blieben sitzen. Sie blickten mit zusammengekniffenen Augen in die Richtung der Dünen. Sie schienen zu warten.

Gaspar fragte sich, wie sie hier lebten, fern von der Stadt. Er hätte dem ältesten Jungen gern Fragen gestellt, aber das war nicht möglich. Selbst wenn sie seine Sprache gesprochen hätten, hätte Gaspar nicht gewagt, dem Jungen Fragen zu stellen. So war es eben. Dies hier war ein Ort, an dem man keine Fragen stellen durfte.

Als die Sonne ganz oben am Himmel stand, sprangen die Kinder auf, um ihre Herde zu suchen. Ohne etwas zu Gaspar zu sagen, brachen sie in Richtung der großen verbrannten Felsen auf, dort hinüber, nach Osten, sie gingen im Gänsemarsch den schmalen Pfad entlang.

Gaspar blieb auf dem Steinhaufen sitzen und sah ihnen nach. Er fragte sich, was zu tun sei. Vielleicht sollte er wieder umkehren, zurückgehen zur Landstraße, zu den Häusern der Stadt, zu den Leuten, die dort drüben warteten, jenseits der Mauer und der Dünen.

Als die Kinder schon ziemlich weit weg waren, kaum so groß wie schwarze Käfer auf der Felsebene, drehte der Älteste sich zu Gaspar um. Er ließ seine Graszwille über dem Kopf kreisen. Gaspar sah nichts kommen, aber er hörte nah an seinem Ohr ein Pfeifen, und der Stein schlug hinter ihm ein. Gaspar richtete sich auf, zog seinen kleinen Spiegel hervor und schickte den Kindern einen Lichtstrahl nach.

»Haa-hu-haa!«

Die Kinder schrien mit ihren spitzen Stimmen. Sie machten Zeichen mit den Händen. Nur die kleine Khaf marschierte weiter den Pfad entlang, ohne sich umzudrehen.

Gaspar sprang auf und rannte so schnell er konnte über die Ebene, setzte über die Steine und Büsche hinweg. Nach ein paar Sekunden hatte er die Kinder eingeholt, und gemeinsam zogen sie weiter.

Es war jetzt sehr heiß. Gaspar hatte den Hemdkragen geöffnet und die Ärmel hochgerollt. Um sich vor der Sonne zu schützen, legte er sich die Leinenjacke über den Kopf. Die sengende Luft durchzogen Schwärme winziger Mücken, die um die Haare der Kinder summten. Die Sonne dehnte die Steine aus und ließ die Zweige des Buschwerks knistern. Der Himmel war vollkommen rein, aber jetzt hatte er die blasse Farbe von überhitztem Gas.

Gaspar ging hinter dem ältesten der Kinder her, er hielt die Augen wegen des Lichts halb geschlossen. Niemand sprach. Die Hitze hatte die Kehlen ausgedörrt. Gaspar hatte durch den Mund geatmet, und seine Kehle schmerzte so sehr, daß er fast erstickte. Er blieb stehen und sagte zu dem ältesten Jungen:

»Ich habe Durst...«

Er wiederholte es mehrmals und deutete dabei auf seine Kehle. Der Junge schüttelte den Kopf. Vielleicht hatte er nicht verstanden. Gaspar sah, daß die Kinder nicht mehr so waren wie noch vor kurzem. Jetzt hatten ihre Gesichter sich verhärtet. Die Haut auf den Wangen war dunkelrot, eine Farbe, die der Erde glich. Auch ihre Augen waren düster, sie leuchteten in einem harten mineralischen Glanz.

Die kleine Khaf trat zu ihm. Sie grub in den Taschen ihres blauen Hemds und holte eine Handvoll Körner heraus, die sie Gaspar reichte. Die Körner sahen aus wie Bohnenkerne, grün und staubig. Sobald Gaspar ein Korn in den Mund gesteckt hatte, brannte es wie Pfeffer, und sofort wurden seine Kehle und seine Nase feucht.

Der älteste Junge deutete auf die Körner und sagte:

»Lüla.«

Sie setzten sich wieder in Marsch und überschritten eine erste Hügelkette. Drüben lag eine Ebene, die der, von der sie ausgegangen waren, vollständig glich. Es war eine weite felsige Ebene, in deren Mitte Gras wuchs.

Dort weidete die Herde.

Die Herde bestand insgesamt aus etwa zehn schwarzen Schafen, ein paar Ziegen und einem großen Bock, der sich ein wenig abseits hielt. Gaspar blieb stehen, um auszuruhen, aber die Kinder warteten nicht auf ihn. Sie rannten die Schlucht hinab, die zur Ebene führte. Sie stießen seltsame Schreie aus »Hawa! Hahuwa!« wie Gebell. Dann pfiffen sie durch die Finger.

Die Hunde standen auf und antworteten:

»Hau! Hau! Hau! Hau!«

Der große Bock begann, unruhig zu werden und mit den Hufen zu scharren. Dann schloß er sich der Herde an, und alle Tiere zogen weiter. Eine Staubwolke begann um die Herde zu wirbeln. Das waren die wilden Hunde, die sie in schnellen Kreisen umzogen. Der Bock kreiste zugleich mit ihnen, er hatte den Kopf gesenkt und wies seine beiden langen und spitzen Hörner.

Die Kinder näherten sich unter Bellen und Pfeifen. Der Älteste ließ seine Graszwille kreisen. Sooft er die Hand öffnete, traf ein Stein eines der Tiere der Herde. Die Kinder rannten und fuchtelten, unaufhörlich schreiend, mit den Armen.

»Ha! Haua! Hauap!«

Als die Herde sich rings um den Bock versammelt hatte, verscheuchten die Kinder die Hunde mit Steinwürfen. Auch Gaspar stieg jetzt die Schlucht hinab. Ein wilder Hund knurrte mit entblößten Reißzähnen, und Gaspar schwang seine Jacke durch die Luft und schrie gleichfalls: »Ha! Haaa!«

Er war jetzt nicht mehr durstig. Seine Müdigkeit war verschwunden. Jackeschwingend rannte er über die felsige Ebene. Die Sonne, hoch am weißen Himmel, brannte mit aller Kraft. Die Luft war mit Staub gesättigt, der Geruch der Schafe und der Ziegen hüllte alles ein, durchdrang alles.

Langsam bewegte die Herde sich durch das gelbe Gras vorwärts, auf die Hügel zu. Die Tiere drängten sich dicht aneinander und stießen ihre klagenden Laute aus. Am Schluß der Herde stapfte schwerfällig der Bock und senkte von Zeit zu Zeit die spitzen Hörner. Der älteste Junge bewachte ihn. Ohne stehenzubleiben, hob er einen Stein auf und ließ die Zwille pfeifen. Der Bock schnaubte wütend, tat dann einen Sprung, wenn der Stein seinen Rücken traf.

Wie wahnsinnig liefen die wilden Hunde weiter rings um die Herde und heulten. Die Kinder antworteten ihnen und bewarfen sie mit Steinen. Gaspar machte es wie sie; sein Gesicht war ganz grau vom Staub, der Schweiß verklebte sein Haar. Er hatte jetzt alles vergessen, alles, was er vor seiner Ankunft gekannt hatte. Die Straßen der Stadt, die düsteren Lehrsäle, die großen weißen Gebäude des Internats, die Rasen, das alles war verschwunden wie eine Fata Morgana in der überhitzten Luft der öden Ebene.

Vor allem die Sonne verursachte, was hier vorging. Sie stand in der Mitte des weißen Himmels, und unter ihr kreisten die Tiere in ihrer Staubwolke. Die schwarzen Schatten der Hunde rasten über die Ebene, kehrten zurück, rasten weiter. Die Hufe hämmerten die harte Erde, und das machte ein Geräusch, rollend und grollend wie das Meer. Das Heulen der Hunde, die Stimmen der Schafe, die Rufe und Pfiffe der Kinder hörten nicht auf.

Gemächlich begann die Herde die zweite Hügelkette zu überschreiten, den Bachbetten entlang. Der Sand stieg in die Luft auf und fiel, von Windböen erfaßt, in Säulen zur Ebene zurück.

Die Schluchten wurden enger, und die Schafe ließen an den Dorngesträuppen Büschel schwarzer Wolle zurück. Gaspar zerriß sich an den Ranken die Kleider. Seine Hände bluteten, aber der heiße Wind stillte das Blut sofort. Die Kinder stiegen mühelos die Hügel hinauf, aber Gaspar glitt auf den Steinen aus und stürzte mehrmals.

Als die Kinder auf dem Kamm anlangten, blieben sie stehen und hielten Ausschau. Gaspar hatte noch nie etwas so Schönes gesehen. Vor ihnen senkten sich die Ebene und die Dünen langsam, in Wellen, bis zum Horizont. Es war eine sehr weite wogende Ebene mit großen dunklen Felsblöcken und kleinen roten und gelben Sandhügeln. Alles war sehr langsam, sehr ruhig. Im Osten wurde die Ebene von einer weißen Klippe überragt, die ihren schwarzen Schatten weit auswarf. Zwischen den Hügeln und den Dünen lag ein gewundenes Tal, das stufenweise abfiel. Und am Ende des Tals, in weiter Ferne, so fern, daß es fast unwirklich wurde, sah man die Erde zwischen den Hügeln: grau, blau, grün, die ferne Erde, die Ebene aus Gras und Wasser. Leicht, sanft, zart wie das Meer, wenn man es von weitem sieht.

Hier war der Himmel groß, das Licht schöner, reiner. Es gab keinen Staub. Der Wind blies von Zeit zu Zeit das Tal entlang, der kühle Wind, der einen beruhigte.

Gaspar und die Kinder betrachteten regungslos das ferne Land, und sie fühlten eine Art Glück in ihren Körpern. Am liebsten hätten sie fliegen mögen, so schnell wie der Blick, und sich dort drüben niederlassen, inmitten des Tals.

Die Herde hatte nicht auf die Kinder gewartet. Mit dem großen schwarzen Bock an der Spitze zog sie die Hänge hinab und folgte der Schlucht. Die wilden Hunde bellten nicht mehr; sie trotteten hinter der Herde drein.

Gaspar beobachtete die Kinder. Sie standen auf einem hochragenden Felsen und betrachteten schweigend die Landschaft. Der Wind spielte in ihren Kleidern. Ihre Gesichter waren weniger hart. Das gelbe Licht glänzte auf ihren Stirnen, in ihrem Haar. Sogar die kleine Khaf sah weniger scheu aus. Sie verteilte Hände voll pfefferiger Körner an die Jungen. Sie streckte die Hand aus und zeigte Gaspar das Tal, das nah am Horizont flimmerte, und sagte:

»Dschenna.«

Die Kinder setzten ihren Weg auf den Spuren der Schafe fort. Gaspar ging als letzter. Je weiter sie die Hügel wieder hinabschritten, um so mehr verschwand das ferne Tal hinter den Dünen. Aber sie brauchten es nicht mehr zu sehen. Sie folgten der Schlucht in östlicher Richtung.

Es war schon weniger heiß. Der Tag neigte sich, ohne daß sie es gewahr wurden. Der Himmel war jetzt goldfarben, und das Licht spiegelte sich nicht mehr auf den Glimmersplittern.

Die Herde hatte vor den Kindern einen Vorsprung von einer halben Stunde. Als sie auf der Kuppe eines kleinen Hügels anlangten, sahen sie die Tiere die andere Seite erklimmen. Steine kullerten unter den Hufen in die Tiefe.

Die Sonne ging rasch unter. Eine kurze Dämmerung, und der Schatten begann, die Schlucht zuzudecken. Nun setzten die Kinder sich in eine Mulde und erwarteten die Nacht. Gaspar ließ sich neben ihnen nieder. Er hatte großen Durst, und sein Mund war von den pfefferigen Körnern entzündet. Er zog die Schuhe aus und sah, daß seine Füße bluteten; der Sand war ins Schuhwerk gedrungen und hatte seine Haut aufgerieben.

Die Kinder entzündeten ein Reisigfeuer. Dann ging einer der Jungen hinüber zur Herde. Als es Nacht war, kam er mit einem Schlauch voll Milch zurück. Die Kinder tranken eines nach dem anderen. Die kleine Khaf trank als letzte, und sie trug den Schlauch zu Gaspar. Gaspar trank drei lange Schlucke. Die Milch war süß und lauwarm, und das linderte sofort das Brennen von Mund und Kehle.

Die Kälte kam. Sie stieg aus der Erde auf wie Kellerdunst. Gaspar ging näher ans Feuer und legte sich in den Sand. Neben ihm schlief die kleine Khaf bereits, und Gaspar deckte sie mit seiner Leinenjacke zu. Dann lauschte er mit geschlossenen Augen auf die Geräusche des Windes. Zusammmen mit dem Knistern des Feuers ergaben sie ein gutes Schlaflied. Man hörte auch in der Ferne das Meckern der Ziegen und der Schafe.

Die leichte Unruhe weckte Gaspar. Er öffnete die Augen und sah als erstes den schwarzen gestirnten Himmel, der ganz nahe schien. Der weiße Vollmond leuchtete wie eine Laterne. Das Feuer war erloschen und die Kinder schliefen. Als Gaspar den Kopf wandte, sah er den ältesten Jungen neben sich stehen. Abel (Gaspar hatte den Namen mehrmals gehört, wenn die Kinder miteinander geredet hatten) stand regungslos da, die lange Graszwille in der Hand. Das Mondlicht beleuchtete sein Gesicht und glänzte in seinen Augen. Gaspar richtete sich auf und fragte sich, wie lange er wohl geschlafen habe. Abels Blick hatte ihn aufgeweckt. Abels Blick sagte:

»Komm mit.«

Gaspar stand auf und folgte dem Jungen. Die Kälte der Nacht war schneidend, und sie machte ihn vollends wach. Nach ein paar Schritten fiel ihm ein, daß er vergessen hatte, die Schuhe anzuziehen; aber so war es für seine wunden Füße besser, und er ging weiter.

Gemeinsam kletterten sie den Hang der Schlucht hinauf. Im Mondlicht waren die Felsen weiß, leicht bläulich. Mit klopfendem Herzen folgte Gaspar dem Jungen bis zum Hügelkamm. Er fragte sich nicht einmal, wohin sie gingen. Etwas Geheimnisvolles zog ihn weiter, vielleicht etwas in Abels Blick, ein Instinkt, der ihn leitete, ihm ermöglichte, barfuß über die scharfen Steine zu laufen, ohne das geringste Geräusch zu machen. Vor ihm sprang die schlanke Gestalt Abels von Fels zu Fels, lautlos und geschmeidig wie eine Katze.

Auf dem Kamm über der Schlucht fiel der Wind über sie her, ein kalter Wind, der einem den Atem benahm. Abel blieb stehen und musterte die Umgebung. Sie waren auf einer Art Felsplateau. Ein paar schwarze Büsche bewegten sich im Wind. Die glatten Steinplatten, zwischen denen Spalten klafften, glänzten im Mondlicht.

Gaspar trat lautlos zu Abel. Der Junge spähte in die Runde. Nichts rührte sich in seinem Gesicht, nur die Augen. Trotz des heftigen Winds glaubte Gaspar Abels Herz schlagen zu hören. Er sah die kleine Dunstwolke vor Abels Gesicht erscheinen, sooft der Junge ausatmete.

Ohne die Augen von dem hellen Plateau abzuwenden, hob Abel einen Stein auf und legte ihn in die Graszwille. Dann ließ er plötzlich die Schnur über seinem Kopf kreisen. Die Zwille kreiste immer rascher, wie ein Propeller. Gaspar trat beiseite. Auch er suchte jetzt mit den Blicken das Plateau ab, musterte jeden Stein, jeden Spalt, jeden dunklen Busch. Die Zwille kreiste mit stetem Pfeifen, zuerst dumpf wie das Heulen des Windes, dann schrill wie eine Alarmsirene.

Die Musik der Graszwille schien den Raum zu erfüllen. Der ganze Himmel hallte wider, und die Erde, die Felsen, das Buschwerk, die Gräser. Die rufende Stimme reichte bis zum Horizont. Was wollte sie? Gaspar senkte die Augen nicht, er fixierte unentwegt einen Punkt auf dem mondhellen Plateau, und seine Augen brannten vor Müdigkeit und Verlangen. Abel zitterte am ganzen Körper. Es war, als ginge das Pfeifen der Graszwille von ihm aus, von seinem Mund und seinen Augen, um über die ganze Erde zu laufen und bis auf den Grund des schwarzen Himmels.

Plötzlich zeigte sich etwas auf dem Felsplateau. Es war ein großer Wüstenhase. Er saß aufrecht auf den Hinterläufen, die langen Löffel waren gespitzt. Die Augen glänzten wie kleine Spiegel, während er in

Richtung der Kinder blickte. Der Hase blieb regungslos, wie versteinert, am Rand der Felsplatte sitzen und lauschte auf die Musik der Graszwille.

Da knallte die Schnur, und der Hase kippte zur Seite, denn der Stein hatte ihn genau zwischen den Augen getroffen.

Abel wandte sich zu seinem Gefährten um und sah ihn an. Sein Gesicht leuchtete vor Genugtuung. Die Jungen liefen gemeinsam hin und holten den Hasen. Abel zog ein kleines Messer aus der Tasche und schnitt dem Tier ohne Zögern die Kehle durch, dann hielt er es an den Hinterläufen hoch, damit das Blut auslaufen konnte. Er gab Gaspar den Hasen, und riß mit beiden Händen das Fell bis zum Kopf ab. Dann schlitzte er den Bauch auf und riß die Eingeweide heraus, die er in einen Felsspalt warf.

Sie stiegen wieder zur Schlucht ab. Als sie an einem Strauch vorbeikamen, suchte Abel einen langen Zweig aus, den er mit seinem Messer abschnitt.

Sowie sie das Lager erreicht hatten, weckte Abel die Kinder. Sie warfen neues Reisig in die Glut. Abel spießte den Hasen an den Zweig und kauerte sich ans Feuer, um ihn über der Flamme zu drehen. Als der Hase gebraten war, zerteilte Abel ihn mit den Fingern. Eine Keule reichte er Gaspar, die andere behielt er für sich.

Die Kinder aßen rasch, die Knochen warfen sie den wilden Hunden hin. Dann legten sie sich wieder rings um die Feuerstelle und schliefen weiter. Gaspar blieb noch eine Weile mit offenen Augen liegen, um den weißen Mond zu betrachten, der einem Leuchtfeuer über dem Horizont glich.

Mehrere Tage lang lebten die Kinder nun schon in Dschenna. Kurz vor Sonnenuntergang waren sie dort angelangt und gleichzeitig mit der Herde in das Tal eingezogen. Plötzlich hatten sie an einer Wegbiegung die große grüne Ebene gesehen, die sanft leuchtete, und sie waren einen Moment stehengeblieben, unfähig, sich zu bewegen, so schön war das gewesen.

Es war wirklich schön! Vor ihnen wogte das Feld der hohen Gräser im Wind, und die Bäume wiegten sich, viele hochgewachsene Bäume mit schwarzen Stämmen und üppigem grünen Blattwerk; Mandelbäume, Pappeln, riesige Lorbeerbäume; dazwischen auch hohe Palmen, deren Blätter sich bewegten. Rings um die Ebene warfen die felsigen Hügel ihre Schatten aus, und auf der Meerseite standen die goldenen und kupferfarbenen Sanddünen. Hierher kam nun die Herde, hier war ihr Land.

Die Kinder betrachteten das Gras so bewegungslos, als wagten sie nicht, darüberzugehen. Inmitten der Ebene glänzte der See, von Palmen gesäumt, wie ein Spiegel, und Gaspar empfand ein Beben in seinem Körper. Er wandte sich um und sah die Kinder an. Ihre Gesichter waren von dem sanften Licht erhellt, das aus der Grasebene kam. Die Augen der kleinen Khaf waren nicht mehr düster; sie waren durchsichtig geworden, hatten die Farbe von Gras und Wasser.

Khaf setzte sich als erste in Bewegung. Sie warf ihr Bündel zu Boden, schrie aus Leibeskräften ein seltsames

Wort »Mu-i-a-a-a!...« und fing an, durch das Gras zu laufen.

»Das heißt Wasser! Das heißt Wasser!« dachte Gaspar. Aber zusammen mit den anderen schrie er das Wort und rannte los, auf den See zu.

»Mu-i-a-a-a-a! Mu-i-a-a-a-a!«

Gaspar lief schnell. Die hohen Gräser peitschten seine Hände und sein Gesicht, teilten sich knirschend vor ihm. Gaspar rannte über die Ebene, seine nackten Füße hämmerten den feuchten Boden, seine Arme mähten die schneidenden Halme. Er hörte das Geräusch seines Herzens, das Knirschen der Halme, die sich hinter ihm wieder schlossen. Ein paar Meter links von ihm rannte auch Abel und schrie dazu unaufhörlich. Manchmal verschwand er unter den Halmen und tauchte wieder auf, setzte im Sprung über die Steine. Ihre Pfade kreuzten sich, liefen auseinander; hinter ihnen rannten die übrigen Kinder und sprangen zuweilen hoch, um zu sehen, wohin sie liefen. Sie riefen, Gaspar antwortete:

»Mu-i-a-a-a-a!«

Sie rochen den Duft der feuchten Erde, den scharfen Geruch des zerdrückten Grases, den Geruch der Bäume. Die schmalen Halme striemten wie Peitschen ihre Gesichter, und sie rannten weiter, ohne Atem zu holen, sie schrien, ohne einander zu sehen, sie hielten Kurs auf das Wasser und riefen immer wieder:

»Mu-i-a-a-a-a!... Mu-i-a-a-a-a!«

Gaspar sah die Wasserfläche vor sich inmitten des Grases schimmern. Er wollte als erster hinkommen, rannte noch schneller. Aber plötzlich hörte er Khafs Stimme hinter sich. Sie schrie verzweifelt, wie jemand, der sich verlaufen hat:

»Mu-i-a-a-a-a!«

Da machte Gaspar kehrt und suchte sie zwischen den Gräsern. Sie war so klein, daß er sie nicht sah. Er beschrieb Kreise und er rief:

»Mu-i-a-a-a-a!«

Er fand sie weit hinter den anderen Kindern. Sie lief mit kleinen Schritten und hielt die Unterarme schützend vors Gesicht. Sie mußte mehrmals gestürzt sein, denn ihr Hemd und ihre Beine waren voll Erde. Gaspar hob sie hoch, setzte sie sich auf die Schultern und lief weiter. Jetzt wies sie ihm den Weg. Sie klammerte sich an sein Haar, stieß ihn in die Richtung, wo das Wasser war und schrie:

»Mu-i-a-a-a-a! Mu-i-a-a-a-a!...«

Mit ein paar gewaltigen Sätzen holte Gaspar die Verzögerung wieder auf. Er überholte die beiden kleineren Jungen. Gleichzeitig mit Abel erreichte er das Ufer des Sees. Sie stürzten sich alle drei völlig außer Atem ins kühle Wasser und begannen lachend davon zu trinken.

Ehe es Nacht wurde, errichteten die Kinder ein Haus. Abel war der Architekt. Er hatte lange Schilfrohre und Äste abgeschnitten. Mit Hilfe der anderen Jungen hatte er aus den Schilfrohren, die er zusammenbog und an der Spitze durch Gräser verband, das Gerüst errichtet. Dann wurden die Zwischenräume mit Reisig verstopft. Inzwischen kauerten die kleine Khaf und Augustin, einer der jüngeren Knaben, am Ufer des Sees und fabrizierten Schlamm.

Als die Masse fertig war, wurde sie auf die Hauswände gestrichen und mit den flachen Händen festgeklopft. Die Arbeit ging rasch voran, und bei Sonnenuntergang war das Haus fertig. Es war eine Art Iglu aus Erde, eine Seite blieb als Zugang offen. Abel und Gaspar mußten auf allen vieren hineinkriechen, aber die kleine Khaf konnte aufrecht hindurchgehen. Das Haus stand am Seeufer, inmitten eines Sandstrands. Rings um das Haus bildete das Gras eine grüne Mauer. Auf der anderen Seite des Sees lebten die hohen Palmen. Sie lieferten die Blätter für das Dach des Hauses.

Die Herde hatte getrunken und sich danach über die Grasebene entfernt. Aber die Kinder schien das nicht zu kümmern. Von Zeit zu Zeit lauschten sie auf das Blöken, das der Wind von jenseits des Grases herübertrug.

Als es Abend geworden war, hatte der kleinste Junge sich zum Melken aufgemacht. Gemeinsam hatten sie die süße und lauwarme Ziegenmilch getrunken, dann hatten sie sich im Inneren des Hauses dicht aneinandergeschmiegt schlafen gelegt. Eine Art leichter Nebel stieg vom See auf, der Wind hatte sich gelegt. Gaspar roch den Dunst der feuchten Erde auf den Hauswänden. Er lauschte dem Geräusch der Frösche und der Nachtinsekten.

Hier also lebten sie seit Tagen, hier war ihr Haus. Ihre Tage waren sehr lang, der Himmel war immer grenzenlos und rein, die Sonne durchlief lange ihre Bahn von einem Horizont zum anderen.

Jeden Morgen beim Erwachen sah Gaspar die Grasebene mit kleinen Tropfen übersprüht, die im Licht glitzerten. Die Steinhügel über der Ebene waren kupferfarben. Die spitzen Felsen hoben sich scharf vor dem hellen Himmel ab. In Dschenna gab es niemals Wolken, nur dann und wann die weiße Spur eines Düsenflugzeugs, das langsam durch die Stratosphäre zog. Man konnte stundenlang unverwandt den Himmel betrachten, ohne etwas anderes zu tun. Gaspar durchquerte die Grasebene und setzte sich zu Augustin, in die Nähe der Herde. Gemeinsam schauten sie dem großen Bock zu, der Grasbüschel ausrupfte. Die Ziegen und die Schafe zogen hinter ihm her. Die Ziegen hatten lange Antilopenschädel mit schrägen bernsteinfarbenen Augen. Die Mücken schwirrten unaufhörlich in der Luft.

Abel zeigte Gaspar, wie man eine Zwille anfertigt. Er wählte mehrere schmale Blätter eines besonderen Grases aus, das dunkelgrün war und das er *gum* nannte. Er hielt sie mit den Zehen fest und flocht eine Schnur daraus. Das war schwierig, denn das Gras war hart und glitschig. Das Geflecht dröselte sich ständig wieder auf, und Gaspar mußte wieder von neuem beginnen. Die Blattränder waren schneidend scharf, und Gaspars Hände bluteten. Das Geflecht wurde allmählich breiter und bildete den Beutel, in den man den Stein legte. Abel zeigte Gaspar, wie man die beiden Enden der Schnur durch eine feste Schlaufe abschließen mußte, die er mit einem schmäleren Grashalm sicherte.

Als die Schnur fertig war, musterte Abel sie genau. Er zog an jedem Ende, um die Festigkeit des Geflechts zu prüfen. Die Schnur war lang und geschmeidig, aber kürzer als die von Abels Schleuder. Abel probierte sie sofort aus. Er suchte am Boden einen runden Stein und legte ihn in die Mitte der Schnur. Dann zeigte er nochmals, wie man die beiden Enden halten mußte: eine Schlaufe ums Handgelenk, die andere zwischen Fingern und Handfläche.

Er begann, die Zwille kreisen zu lassen. Gaspar hörte das regelmäßige Pfeifen der Schnur. Doch Abel schleuderte den Stein nicht. Mit einem jähen und präzisen Ruck hielt er die Schnur an und gab sie Gaspar. Dann zeigte er auf den Stamm einer weit entfernten Palme.

Jetzt ließ Gaspar die Schnur kreisen. Aber er tat es zu schnell und das Gewicht des Steins zog seinen Oberkörper mit. Er versuchte es mehrmals von neuem und beschleunigte jetzt allmählich. Als er die Schnur über seinem Kopf surren hörte, wie einen Flugzeugmotor, wußte er, daß die richtige Geschwindigkeit erreicht war. Langsam drehte sein Körper sich um die eigene Achse und wandte sich der Palme am anderen Ende der Ebene zu. Er war seiner Sache jetzt sicher, und die Zwille war ein Stück seiner selbst. Er hatte den Eindruck, einen riesigen Kreisbogen zu sehen, der ihn mit dem Stamm der Palme verband. Im selben Augenblick, als Abel rief »Tscha!«, öffnete Gaspar die Hand, und die Graspeitsche fuhr durch die Luft. Der unsichtbare Stein sauste zum Himmel, und zwei Sekunden später hörte Gaspar das Geräusch des Einschlags in den Stamm der Palme.

Von diesem Augenblick an wußte Gaspar, daß er nicht mehr derselbe war. Jetzt begleitete er den ältesten Jungen, wenn die Herde wieder in die Mitte der Ebene zurückgetrieben werden mußte. Die beiden brachen im Morgengrauen auf und marschierten durch das hohe Gras. Abel wies die Richtung, indem er die Zwille über seinem Kopf pfeifen ließ, und Gaspar antwortete mit der seinen. In der Ferne, auf den ersten Dünen, hatten die wilden Hunde eine verirrte Ziege gestellt. Durchdringendes Gekläff zerriß die Stille. Abel rannte über die Steine. Der größte der Hunde hatte die Ziege bereits angegriffen. Das schwarze Fell gesträubt, umkreiste er sie, und von Zeit zu Zeit sprang er knurrend auf sie zu. Die Ziege wich zurück und zeigte ihre Hörner; doch aus ihrer Kehle rann ein wenig Blut.

Als Abel und Gaspar hinkamen, flohen die anderen Hunde. Doch der schwarze Hund machte gegen sie Front. Geifer lief ihm aus dem Maul, und seine Augen glühten vor Wut. Rasch steckte Abel einen scharfkantigen Stein in seine Zwille und ließ sie kreisen. Aber der wilde Hund kannte das Geräusch der Zwille, und als der Stein gesaust kam, sprang er zur Seite und wich ihm aus. Der Stein schlug auf der Erde auf. Nun griff der Hund an. In einem einzigen Sprung warf er sich auf den Jungen. Abel rief Gaspar etwas zu, und der begriff sofort. Auch er lud nun seine Zwille mit einem scharfkantigen Stein und ließ sie mit aller Kraft kreisen. Der schwarze Hund ließ von Abel ab und wandte sich knurrend Gaspar zu. Der spitze Stein traf das Tier am Kopf und schlug ihm den Schädel ein. Gaspar lief zu Abel hin und stützte ihn beim Gehen, denn dem Jungen zitterten die Beine. Abel drückte Gaspars Arm sehr stark, und gemeinsam brachten sie die Ziege zur Herde zurück. Auf dem Rückweg drehte Gaspar sich um und sah, wie die wilden Hunde den Kadaver des schwarzen Hundes verschlangen.

So vergingen die Tage, Tage, die so lang waren, daß sie ebensogut Monate hätten sein können. Gaspar erinnerte sich nicht mehr recht an das, was er vor seiner Ankunft in Dschenna gekannt hatte. Manchmal dachte er an die Straßen der Stadt, an deren sonderbare Namen, an die Autos und Lastwagen. Der kleinen Khaf machte es großen Spaß, wenn er für sie das Geräusch der Autos nachahmte, vor allem der schweren amerikanischen Wagen, die schnurgerade die Landstraßen entlangbrausen und ihre Hupen ertönen lassen:

iiiiiaaaaooooo!

Sie lachte auch sehr über Gaspars Nase. Die Sonne hatte sie verbrannt, und die Haut löste sich in kleinen Schuppen ab. Wenn Gaspar sich vors Haus setzte und seinen kleinen Spiegel aus der Tasche zog, setzte Khaf sich neben ihn und lachte und sagte immer wieder das seltsame Wort:

»Sesä! Sesä!«

Dann lachten auch die anderen Kinder und sagten wie sie:

»Sesä!«

Schließlich begriff Gaspar. Eines Tages machte die kleine Khaf ihm ein Zeichen, daß er ihr folgen solle. Geräuschlos ging sie bis zu einem flachen Felsen im Sand, bei den Palmen. Dort blieb sie stehen und zeigte Gaspar etwas auf dem Stein. Es war eine lange graue Eidechse, die sich in der Sonne häutete.

»Sesä!« sagte die kleine Khaf. Und sie berührte lachend Gaspars Nase.

Jetzt fürchtete sie sich überhaupt nicht mehr. Sie mochte Gaspar, vielleicht weil er nicht zu sprechen verstand oder wegen seiner knallroten Nase.

In der Nacht, wenn die Kälte aus der Erde und aus dem See aufstieg, kletterte Khaf über die schlafenden Jungen und schmiegte sich eng an Gaspar. Gaspar tat, als wäre er nicht aufgewacht und verhielt sich lange Zeit völlig still, bis das regelmäßige Atmen der kleinen Khaf anzeigte, daß sie eingeschlafen war. Dann deckte er sie mit seiner Leinenjacke zu, und er schlief gleichfalls ein.

Nachdem nun zwei von ihnen auf die Jagd gingen, konnten die Kinder sich oft satt essen. Entweder aßen sie Wüstenhasen, die sich am Dünensaum erwischen ließen oder sich bis zum Seeufer vorgewagt hatten. Oder graue Rebhühner, die man bei Einbruch der Nacht im hohen Gras aufstöbern mußte. Sie flogen in Gruppen über der Ebene hoch, und die pfeifenden Steine holten sie aus der Luft. Auch Wachteln, die dicht über das Gras hinstrichen; man mußte mehrere Steine in die Zwille legen, damit man sie traf. Gaspar liebte die Vögel, und er tötete sie ungern. Am liebsten mochte er die kleinen grauen Vögel mit den langen Beinen, die im Laufschritt über den Sand flüchteten und absonderliche spitze Schreie ausstießen:

»Kurliii! Kurliii! Kurliii!«

Sie brachten die Vögel der kleinen Khaf, die sie rupfte. Dann hüllte sie die Körper in Schlamm und legte sie zum Braten in die Glut.

Abel und Gaspar jagten immer gemeinsam. Manchmal weckte Abel seinen Freund ohne einen Laut, wie beim erstenmal, einfach, indem er ihn ansah. Gaspar öffnete die Augen, er stand gleichfalls auf und ergriff seine Graszwille. Hintereinander marschierten sie im grauen Morgenlicht durch das hohe Gras. Abel blieb von Zeit zu Zeit stehen und lauschte. Der Wind, der über das Gras strich, trug die winzigen Geräusche des Lebens heran, die Gerüche. Abel lauschte, dann wechselte er ein wenig die Richtung. Die Geräusche wurden deutlicher. Das Kreischen der Nachtschwalben am Himmel, das Gurren von Ringeltauben, das man aus den Geräuschen der Insekten und dem Rascheln des Grases heraushören mußte. Lautlos wie Schlangen glitten die beiden Jungen durch das hohe Gras. Jeder hielt die Zwille bereit, und in der linken Hand einen Stein. Wenn sie die Stelle erreichten, wo die Vögel saßen, trennten sie sich und ließen schon die Schleudern kreisen, während sie sich aufrichteten. Plötzlich flogen die Nachtschwalben hoch, schossen in den Himmel. Nacheinander öffneten die Jungen die rechte Hand, und die pfeifenden Steine holten die Vögel herunter.

Wenn die Jäger zum Haus zurückkehrten, hatten die Kinder bereits Feuer gemacht, und die kleine Khaf hatte die Wassergefäße aufgestellt. Gemeinsam verzehrten sie die Vögel, während die Sonne über den Hügeln am anderen Ende von Dschenna auftauchte.

Am Morgen war das Wasser des Sees metallfarben. Die Mücken und die Wasserspinnen liefen über den Wasserspiegel. Gaspar begleitete das kleine Mädchen zum Ziegenmelken. Er half ihr, indem er die Tiere festhielt, während sie die Euter in die großen Schläuche entleerte. Sie tat das ruhig, ohne den Kopf zu heben, und sang dabei ein Lied in ihrer ein wenig seltsamen Sprache. Dann kehrten sie zum Haus zurück, um den anderen Kindern die lauwarme Milch zu bringen.

Die beiden jüngeren Brüder (Gaspar glaubte, daß sie Augustin und Antoine hießen, aber ganz sicher wußte er es nicht) nahmen ihn mit, wenn sie die Fallen einholten. Das war jenseits des Sees, dort, wo der Sumpf anfing. Auf dem Wechsel der Hasen. Antoine hatte Schlingen ausgelegt, die er aus geflochtenen Grashalmen anfertigte und an gebogene Zweige band. Manchmal fanden sie einen erdrosselten Hasen, aber meistens waren die Schnüre gerissen. Oder es hatten sich Ratten darin gefangen, die man wegwerfen mußte. Manchmal waren ihnen auch die wilden Hunde zuvorgekommen und hatten die Beute aufgefressen.

Mit Antoines Hilfe schaufelte Gaspar eine Grube, um einen Fuchs zu fangen. Er bedeckte die Grube mit Zweigen und Erde. Dann rieb er den Weg, der zu der Grube führte, mit einem frischen Hasenbalg ein. Mehrere Nächte blieb die Falle unberührt, aber eines Morgens brachte Antoine etwas in seinem Hemd mit zurück. Als er das Bündel aufmachte, sahen die Kinder einen ganz jungen Fuchs, der ins Sonnenlicht blinzelte. Gaspar packte ihn wie eine Katze beim Nackenfell und gab ihn der kleinen Khaf. Anfangs hatten beide ein wenig Angst voreinander, aber die Kleine gab dem Fuchs Ziegenmilch aus der hohlen Hand zu trinken, und sie wurden gute Freunde. Der Fuchs hieß Mim.

In Dschenna verging die Zeit nicht so wie anderswo. Vielleicht vergingen die Tage überhaupt nicht. Es gab die Nächte und die Tage und die Sonne, die langsam in den blauen Himmel stieg, und die Schatten, die auf dem Boden kürzer wurden, und dann wieder anwuchsen, aber das alles war hier weniger wichtig. Gaspar dachte sich nichts dabei. Er hatte den Eindruck, es sei immer wieder derselbe Tag, der von neuem begann, ein sehr langer Tag, der niemals endete.

Auch das Tal von Dschenna hatte kein Ende. Es war nie völlig zu erforschen. Immer wieder entdeckte man Stellen, an denen man noch nie gewesen war. Jenseits des Sees zum Beispiel begann ein Streifen gelben und kurzen Grases, und eine Art Sumpf, wo Papyrusstauden wuchsen. Die Kinder waren dorthin gegangen, um Schilf für die kleine Khaf zu schneiden, die daraus Körbe flechten wollte.

Sie hatten am Rand des Sumpfes haltgemacht, und Gaspar betrachtete das Wasser, das zwischen dem Schilf glänzte. Große Libellen sausten dicht über die Wasserfläche und hinterließen feine Spuren. Die Sonne spiegelte sich lebhaft und die Luft war schwer. Die Mücken tanzten im Licht um die Haare der Kinder. Während Augustin und Antoine das Schilf sammelten, war Gaspar weiter in den Sumpf gegangen. Er bewegte sich langsam, bog die Pflanzen zur Seite und tastete mit den nackten Füßen den Schlamm vor sich ab. Bald reichte das Wasser ihm bis zur Taille. Es war kühles und ruhiges Wasser, und Gaspar fühlte sich wohl. Er war lange so durch den Sumpf gegangen, als er plötzlich, in weiter Ferne, diesen großen weißen Vogel gesehen hatte, der auf dem Wasser schwamm. Das Gefieder bildete einen leuchtendweißen Fleck auf dem grauen Sumpfwasser. Als Gaspar ihm zu nahe gekommen war, flog der Vogel flügelschlagend auf und entfernte sich ein paar Meter.

Gaspar hatte noch nie einen so schönen Vogel gesehen. Inmitten der Gräser und des grauen Schilfs glänzte er wie Wellenschaum auf dem Meer. Gaspar hätte ihn gern gerufen, zu ihm gesprochen, aber er wollte ihn nicht erschrecken. Von Zeit zu Zeit hielt der weiße Vogel inne und beäugte Gaspar. Dann flog er ein Stück weiter, er wirkte ganz unbesorgt, denn der Sumpf gehörte ihm, und er wollte allein bleiben.

Gaspar hatte lange unbeweglich im Wasser gestanden

und den weißen Vogel betrachtet. Der weiche Schlamm hüllte seine Füße ein, und das Licht funkelte auf der Wasserfläche. Dann, nach einer Weile, hatte der Vogel sich Gaspar genähert. Er hatte keine Furcht, denn der Sumpf gehörte wirklich ihm, ihm allein. Er wollte einfach den Fremden sehen, der so unbeweglich im Wasser stand.

Danach hatte er zu tanzen begonnen. Er schlug mit den Flügeln, und sein Körper hob sich ein wenig über das Wasser, das sich trübte und die Schilfrohre bewegte. Dann ließ der Vogel sich zurückfallen und schwamm in Kreisen um den Jungen. Gaspar hätte gern in seiner Sprache zu ihm gesprochen und ihm gesagt, daß er ihn bewunderte, daß er ihm nichts Böses wolle, daß er nur sein Freund sein möchte. Aber er wagte nicht, durch seine Stimme ein Geräusch zu verursachen.

Alles war so still an diesem Ort. Man hörte nichts mehr, weder die Rufe der Kinder am Ufer noch das schrille Gekläff der Hunde. Man hörte nur den leichten Wind, der über das Schilf kam und die Papyrusblätter erzittern ließ. Es waren keine felsigen Hügel mehr da, keine Dünen, kein Gras. Nur noch das metallfarbene Wasser, der Himmel und der schimmernde Fleck des weißen Vogels, der über den Sumpf glitt.

Jetzt kümmerte der Vogel sich nicht mehr um Gaspar. Er schwamm und fischte im Schlamm mit wendigen Bewegungen seines langen Halses. Dann ruhte er mit ausgebreiteten weißen Flügeln aus, und er wirkte wahrhaftig wie ein König, erhaben und gleichgültig, der über sein Wasserreich herrscht.

Plötzlich schlug er mit den Flügeln, und Gaspar sah den schaumfarbenen Körper, der sich langsam hob, während die langen Beine noch über die Sumpffläche schleiften wie die Schwimmer eines Wasserflugzeugs. Der weiße Vogel hob ab und beschrieb einen Bogen am Himmel. Er flog vor der Sonne vorüber und verschwand, wurde eins mit dem Licht.

Gaspar blieb noch lange regungslos im Wasser stehen und hoffte, daß der Vogel wiederkäme. Danach, während er in die Richtung zurückging, aus der die Stimmen der Kinder kamen, war ein komischer Fleck vor seinen Augen, ein blendender Fleck wie Schaum, der sich mit seinem Blick bewegte und zwischen dem grauen Schilf verschwamm.

Aber Gaspar war glücklich, weil er wußte, daß er dem König von Dschenna begegnet war.

3

Hatrus, das war der Name des großen schwarzen Bocks. Er lebte auf der anderen Seite der Grasebene, nah bei den Dünen, umgeben von den Ziegen und den Schafen. Hatrus' Hüter war Augustin. Gaspar suchte ihn manchmal auf. Er ging durch das hohe Gras und pfiff und rief, um sein Kommen zu melden:

»Ja-ha-ho!«

Und er hörte Augustins Stimme, die in der Ferne antwortete.

Die beiden setzten sich auf die Erde und beobachteten schweigend den Bock und die Ziegen. Augustin war viel jünger als Abel, aber er war ernster. Er hatte ein schönes glattes Gesicht, das nicht oft lächelte, und dunkle tiefe Augen, die weit hinter sein Gegenüber zu blicken schienen, bis zum Horizont. Gaspar liebte diesen geheimnisvollen Blick.

Augustin war der einzige, der sich dem Bock nähern durfte. Er ging langsam auf das Tier zu, redete leise, mit sanften und singenden Worten auf ihn ein, und der Bock hörte zu fressen auf, blickte ihn an und spitzte die Ohren. Der Bock hatte den gleichen Blick wie Augustin, die gleichen großen mandelförmigen dunklen und goldfarbenen Augen, die durch einen hindurchzusehen schienen.

Gaspar blieb in einiger Entfernung sitzen, um ihn nicht zu stören. Er hätte sich Hatrus gern genähert und die Hörner und die dichte Wolle auf seiner Stirn berührt. Hatrus wußte so viele Dinge, nicht solche Dinge, wie man sie in den Büchern findet, und von denen die Menschen gern redeten, sondern stille und starke Dinge, Dinge voll Schönheit und Geheimnis.

Augustin blieb lange an den Bock gelehnt stehen. Er gab ihm Gräser und Wurzeln zu fressen, und die ganze Zeit sagte er ihm etwas ins Ohr. Der Bock hielt mit Kauen inne, um der Stimme des kleinen Jungen zuzuhören, dann schüttelte er den Kopf, tat ein paar Schritte, und Augustin ging mit ihm.

Hatrus hatte die ganze Erde jenseits der Dünen und der felsigen Hügel gesehen. Er kannte die Wiesen, die Kornfelder, die Seen, die Gebüsche, die Pfade. Er kannte die Fährten von Fuchs und Schlange besser als irgendwer. Das alles lehrte er Augustin, alle die Dinge der Wüste und der Ebene, die man während eines ganzen Lebens lernen muß.

Er blieb bei dem kleinen Jungen und fraß ihm Gräser und Wurzeln aus der Hand. Er horchte auf die sanften und singenden Worte, und sein Rückenvlies zuckte ein wenig. Dann schüttelte er mit ein paar jähen Bewegungen der Hörner den Kopf und schloß sich wieder der Herde an.

Nun setzte Augustin sich wieder zu Gaspar, und gemeinsam beobachteten sie den schwarzen Bock, der langsam inmitten der hüpfenden Ziegen dahinschritt. Er führte sie zu einer anderen Weide, ein Stück weiter weg, dorthin, wo das Gras noch unberührt war.

Und dann war da noch Augustins Hund. Es war nicht wirklich sein Hund, es war ein wilder Hund wie die anderen, aber er hielt sich immer in der Nähe von Hatrus und der Herde, und Augustin war sein Freund geworden. Er hatte ihm den Namen Nunn gegeben. Es war ein großer langhaariger Windhund, sandfarben, mit langer spitzer Nase und kurzen Ohren. Von Zeit zu Zeit spielte Augustin mit ihm. Er pfiff durch die Finger und rief den Namen:

»Nunn! Nunn!«

Dann teilte sich das hohe Gras und Nunn kam unter kurzem Gekläff angesaust. Er bremste, stand hochaufgerichtet auf seinen langen Beinen, seine Flanken zitterten. Augustin tat, als würfe er einen Stein, dann rief er nochmals den Namen des Hundes »Nunn! Nunn!« und rannte quer durch das Gras davon. Der Windhund rannte bellend hinter ihm drein, geschwind wie ein Pfeil. Da er viel schneller lief als das Kind, beschrieb er weite Kreise auf der Ebene, sprang über die Steine, verhielt witternd mit gehobener Schnauze. Wiederum hörte er Augustins Stimme und rannte aufs neue los. Mit ein paar Sätzen hatte er den Jungen in der Ebene eingeholt und tat, knurrend, als wolle er ihn anfallen. Augustin warf einen Stein und rannte wieder davon, während der Hund ihn umkreiste. Schließlich tauchten sie beide aus der Grasebene auf, völlig außer Atem.

Hatrus mochte diese Geräusche nicht sehr. Er schnaubte und stampfte erzürnt, und er führte seine Herde ein wenig weiter weg. Wenn Augustin zurückkam und sich wieder zu Gaspar setzte, legte der Hund sich auf den Boden, die Hinterbeine seitlich hochgezogen, die beiden Vorderbeine gerade ausgestreckt, den Kopf erhoben. Er schloß die Augen und verhielt sich völlig still, glich einer Statue. Nur die Ohren spielten ständig, fingen jeden Laut auf.

Auch zu ihm redete Augustin. Er redete nicht mit Worten zu ihm, wie zu dem schwarzen Bock, sondern er pfiff ganz leise durch die Zähne. Aber der Hund mochte nicht, wenn man ihm zu nahe kam. Sobald Augustin aufstand, stand er gleichfalls auf und hielt sich auf Distanz.

Wenn es Fleisch gegeben hatte, ging Augustin über die Grasebene und brachte Nunn die Knochen. Er legte sie auf die Erde, dann entfernte er sich pfeifend ein paar Schritte. Erst dann kam Nunn zum Fressen. Während dieser Zeit durfte sich ihm niemand nähern; die anderen Hunde strichen herum, und Nunn knurrte, ohne den Kopf zu heben.

Es war schön in Dschenna mit diesen Freunden. Man war nie allein.

Abends, wenn die sonnenschwere Luft den Wind abhielt, zündete die kleine Khaf Feuer an, um die Mücken zu vertreiben, die um Augen und Ohren tanzten. Dann ging sie mit Gaspar zum Ziegenmelken. Im hohen Gras blieb die Kleine stehen. Gaspar begriff, was sie wollte, und er hob sie auf seine Schultern, wie beim ersten Mal, als sie am See angekommen waren. Sie war so leicht, daß Gaspar sie kaum auf seinen Schultern spürte. Im Laufschritt gelangte er dorthin, wo Hatrus bei seiner Herde lebte. Augustin saß immer auf derselben Stelle und betrachtete den schwarzen Bock und die fernen Hügel.

Die kleine Khaf machte sich allein mit dem milchgefüllten Schlauch auf den Rückweg. Gaspar blieb bis zum Einbruch der Nacht bei Augustin. Wenn der Schatten kam, lief ein seltsamer Schauder über alle Dinge. Es war Gaspars und Augustins liebste Tageszeit. Das Licht verdämmerte allmählich, Gras und Erde wurden grau, während die Dünenkämme noch hell waren. In diesem Augenblick war der Himmel so durchsichtig, daß man zu fliegen glaubte, sehr hoch, in langsamen Kreisen wie ein Geier. Kein Windhauch regte sich, nichts bewegte sich mehr auf der Erde, und die Geräusche kamen von fern her, waren sehr sanft und sehr ruhig. Man hörte die Hunde, die einander von Hügel zu Hügel riefen, die Schafe und Ziegen, die sich um den großen schwarzen Bock drängten und ihr ein wenig klagendes Geblök ausstießen. Der Schatten erfüllte wie Rauch den ganzen Himmel, und die Sterne erschienen, einer nach dem anderen, Augustin wies auf die Lichtpunkte, er gab jedem einen fremdartigen Namen, den Gaspar zu behalten suchte. Es waren die

Namen der Sterne von Dschenna, die Namen, die es zu lernen galt und die im tiefblauen Raum hell leuchteten:

»Altair... Etamin... Kochab... Marak...«

Mit seiner singenden Stimme sagte er ihre Namen auf, und sie erschienen am schwarzblauen Himmel, zuerst schwach, ein einzelner flackernder Lichtpunkt, bald rot, bald blau. Dann stet und kräftig, größer, sie loderten wie Gluterde inmitten der Leere und schickten ihre spitzen Strahlen aus. Gaspar hörte sich aufmerksam die magischen Namen an, und es waren die schönsten Worte, die er je vernommen hatte:

»Phecda... Alioth... Mizar... Alkaid...«

Augustin warf den Kopf in den Nacken und rief die Sterne. Nach jedem Namen wartete er ein wenig, als gehorchten die Lichter seinem Blick und würden größer, durchquerten die Leere des Himmels, kämen bis zu ihm, hoch über Dschenna. Zwischen ihnen waren jetzt neue, kleinere Sterne, kaum sichtbar, nur ein Staubkorn, das plötzlich erlosch und wieder erschien:

»Alderamin... Deneb... Schedar... Mirach...«

Die Lichter schlossen sich zusammen und zeichneten seltsame Figuren in den Himmel. Auf der Erde war nichts mehr, fast nichts mehr. Die Sanddünen waren vom Schatten verhüllt, die Gräser fort. Rings um den großen schwarzen Bock bewegte die Herde der Schafe und Ziegen sich lautlos das Tal hinauf. Mit weit geöffneten Augen blickten Gaspar und Augustin in den Himmel. Dort droben herrschte reges Leben, man sah viele hell erleuchtete Völker, Vögel, Schlangen, Wege, die sich zwischen den Lichtstädten hinzogen, Flüsse und Brücken; stillstehende unbekannte Tiere, Stiere, Hunde mit funkelnden Augen, Pferde:

»Enif...«

Raben mit gebreiteten Flügeln, deren Gefieder glänzte, diamantengekrönte Riesen, die regungslos die Erde betrachteten,

»Alnilam... Juyera...«

Messer, Lanzen und Schwerter aus Obsidian, einen flammenden Drachen, der im Wind der Leere schwebte. Und vor allem, im Mittelpunkt der magischen Zeichen, einen strahlenden Blitz an der Spitze seines langen scharfen Horns, den großen schwarzen Bock Hatrus, der in der Nacht über sein Universum herrschte:

»Rasalhague...«

Nun legte Augustin sich auf den Rücken und betrachtete all die Sterne, die für ihn am Himmel glänzten. Er rief sie nicht mehr, er bewegte sich nicht mehr. Gaspar fröstelte und hielt den Atem an. Er lauschte angestrengt, um zu hören, was die Sterne sagten. Es war, als schaute er mit dem ganzen Körper, mit Gesicht und Händen, um das leichte Flüstern zu verstehen, das am Himmelsgrund widerhallte, das Geräusch von Wasser und Feuer der fernen Lichter.

Man konnte dort, inmitten der Ebene von Dschenna, die ganze Nacht bleiben. Man hörte den Gesang der Insekten, der jetzt einsetzte, anfangs nicht sehr laut, der dann aber anschwoll und alles erfüllte. Der Dünensand blieb warm, und die Kinder gruben Mulden und schliefen darin. Nur der große schwarze Bock schlief nicht. Er wachte vor seiner Herde, und seine Augen glühten wie grüne Flammen. Vielleicht blieb er wach, um etwas Neues über die Sterne und über den Himmel zu lernen. Manchmal schüttelte er sein schweres wollenes Vlies und schnaubte durch die Nase, weil er das Kriechen einer Schlange gehört hatte oder weil sich ein wilder Hund herumtrieb. Die Ziegen ergriffen die Flucht, und ihre Hufe hämmerten die Erde, ohne daß man gewußt hätte, wo sie waren. Dann kehrte die Stille zurück.

Wenn der Mond über den felsigen Hügeln aufging, erwachte Gaspar. Er fröstelte in der Nachtluft. Er blickte um sich und sah, daß Augustin fort war. Der Junge hatte sich ein paar Meter weiter weg zu Hatrus gesetzt. Er sprach leise zu dem Tier, immer mit denselben Worten.

Hatrus bewegte die Kiefer, er beugte sich über Augustin und blies ihm ins Gesicht. Nun begriff Gaspar, daß er den Jungen etwas Neues lehrte. Er lehrte ihn, was er selber in der Wüste gelernt hatte, die Tage unter der brennenden Sonne, die Dinge vom Licht und von der Nacht. Vielleicht sprach er von der Mondsichel, die über dem Horizont hing, oder von der großen Schlange der Milchstraße, die über den Himmel kriecht.

Gaspar blieb stehen, er schaute angestrengt hinüber zu dem großen schwarzen Bock und versuchte, ein wenig von den schönen Dingen zu verstehen, die das Tier Augustin lehrte. Dann ging er durch das Grasfeld und zurück zu dem Haus, wo die Kinder schliefen.

Er blieb eine Weile vor der Tür des Hauses stehen. Er betrachtete die schmale, ein wenig schief hängende Mondsichel am schwarzen Himmel. Gaspar hörte hinter sich einen leichten Atem. Ohne sich umzudrehen wußte er, daß es die kleine Khaf war, die wach geworden war. Er fühlte die warme Hand, die sich in die seine schob und sie sehr stark drückte.

Es war, als stiegen sie beide, federleicht geworden, in den Himmel auf und schwebten auf die Mondsichel zu.

Mit erhobenen Köpfen zogen sie lange so dahin, sehr lange, ohne den silbernen jungen Mond aus den Augen zu lassen, ohne an etwas zu denken, fast ohne zu atmen. Sie schwebten über dem Tal von Dschenna, höher als die Sperber, höher als die Düsenflugzeuge. Sie sahen jetzt den ganzen Mond, die dunkle Scheibe und den blendend hellen, im Himmel ruhenden Bogen, der einem Lächeln glich. Die kleine Khaf klammerte sich mit aller Kraft an Gaspars Hand, um nicht abzustürzen. Aber sie war leichter als er, sie zog ihn mit sich auf die Sichel des wachsenden Mondes zu.

Als sie den Mond lange betrachtet hatten und ihm nahe gekommen waren, so nahe, daß sie die kalten Strahlen seines Lichts auf den Gesichtern spürten, kehrten sie wieder ins Haus zurück. Sie schliefen lange nicht ein, sie betrachteten durch die enge Türöffnung das bleiche Licht, sie lauschten auf den schrillen Gesang der Heuschrecken. Die Nächte waren schön und lang in Dschenna.

4

Die Kinder wanderten immer weiter im Tal. Gaspar brach frühmorgens auf, wenn die hohen Gräser noch voll Tau waren und die Sonne all die Steine und all den Dünensand nicht aufheizen konnte.

Seine nackten Füße traten in die Spuren vom Vortag, folgten den Pfaden. Man mußte auf die Dornen achten, die im Sand versteckt waren, und auf die scharfkantigen Flintsteine. Manchmal kletterte Gaspar auf einen großen Felsen am Ende des Tals und hielt Umschau. Er sah den dünnen Rauchfaden, der senkrecht in den Himmel stieg. Er stellte sich die kleine Khaf vor, wie sie vor dem Feuer kauerte und das Fleisch und die Wurzeln kochte. Noch weiter entfernt sah er die von der wandernden Herde aufgewirbelte Staubwolke. Angeführt von dem großen Bock Hatrus zogen die Ziegen auf den See zu. Gaspar spähte in jeden Winkel des Tals und sah die anderen Kinder. Er grüßte sie von ferne, indem er seinen kleinen Spiegel blinken ließ. Die Kinder antworteten mit dem Rufe:

»Ha-hu ha!«

Je weiter man sich von der Mitte des Tals entfernte, um so trockener wurde die Erde. Die Sonne hatte sie rissig und hart gemacht, sie tönte unter den Füßen wie das Schlagfell einer Trommel. Hier lebten wunderliche zweigförmige Insekten, Skarabeen, Tausendfüßer, Skorpione. Behutsam wendete Gaspar die alten Steine, um die Skorpione mit erhobenen Schwänzen flüchten zu sehen. Gaspar fürchtete sie nicht. Es war fast, als wäre er ihresgleichen, mager und ausgedörrt auf der staubigen Erde. Die Muster, die sie im Staub hinterließen, gefielen ihm, diese kleinen gewundenen Wege, die so fein waren wie die Fahne einer Vogelfeder. Auch die roten Ameisen waren da, sie liefen eilig über die Steinplatten auf der Flucht vor den tödlichen Sonnenstrahlen. Gaspar folgte ihnen mit dem Blick, und er dachte, daß auch sie manche Dinge zu lehren hätten. Es waren bestimmt sehr kleine und unglaubliche Dinge, bei denen die Kiesel groß wie Berge wurden und die Grasbüschel hoch wie Bäume. Wenn man die Insekten betrachtete, schrumpfte man und begann zu verstehen, was unaufhörlich in der Luft und auf der Erde vibrierte. Alles übrige vergaß man. Das war vielleicht der Grund, warum in Dschenna die Tage so lang waren. Die Sonne hörte nicht auf, über den weißen Himmel zu rollen, der Wind blies Monate, Jahre hindurch.

Später, wenn man einen ersten Hügel überschritten hatte, gelangte man ins Land der Termiten. Gaspar und Abel waren eines Tages dorthin geraten und hatten, ein wenig ängstlich, verweilt. Es war ein ziemlich großes Plateau aus roter Erde, von trockenen Bachbetten gefurcht, wo nichts wuchs, kein Strauch, kein Grashalm. Hier gab es nichts als die Stadt der Termiten.

Hunderte von Türmen in Reih und Glied, aus roter Erde gebaut, mit fransigen Dächern und bröckelndem Gemäuer. Manche waren sehr hoch, neu und solide wie Wolkenkratzer; andere wirkten unfertig oder zerstört, die Wände waren geschwärzt wie nach einem Brand.

In dieser Stadt gab es kein Geräusch mehr. Abel betrachtete sie halb abgewandt, bereit zur Flucht: aber Gaspar schritt schon durch die langen Straßen zwischen den hohen Türmen und ließ seine Schleuder gegen sein Bein baumeln. Abel lief ihm nach. Gemeinsam durchstreiften sie die Stadt. Rings um die Bauten war die Erde hart und kompakt, wie festgestampft. Die Türme hatten keine Fenster. Sie waren große blinde, von Wind und Regen zerfressene Gebäude, die ins heftige Sonnenlicht ragten. Die Festungen waren hart wie Stein. Gaspar schlug mit der Faust gegen die Mauern, dann versuchte er, ihnen mit einem Stein beizukommen. Aber es gelang ihm nicht, mehr als ein bißchen roten Staub lockerzumachen.

Gaspar und Abel gingen zwischen den Türmen herum und betrachteten das dicke Mauerwerk. Sie hörten das Blut in ihren Schläfen pochen und den Atem pfeifend aus ihren Mündern kommen, denn sie fühlten sich als Fremde und sie hatten Angst. Sie wagten nicht stehenzubleiben. Im Zentrum der Stadt stand ein Termitenhügel, der noch höher war als die anderen. Seine Basis war so stattlich wie der Stamm einer Palme, und die beiden Jungen hätten, selbst wenn einer auf die Schultern des anderen geklettert wäre, nicht die Spitze erreichen können. Gaspar blieb stehen und versenkte sich in den Anblick des Termitenbaus. Er dachte an das, was im Inneren des Turms war, an die Bewohner des obersten Stockwerks, die am Himmel schwebten und doch niemals das Licht sahen. Die Hitze hüllte sie ein, aber wo die Sonne war, wußten sie nicht. Daran dachte er, und auch an die Ameisen, an die Skorpione, an die Skarabeen, die ihre Spuren im Staub hinterließen. Sie hatten einen sehr viele Dinge zu lehren, fremdartige und winzige Dinge, aus der Zeit, als die Tage so lang dauerten wie ein Leben. Dann lehnte er sich an die rote Mauer und lauschte. Er pfiff, um die Bewohner zu rufen, aber niemand antwortete ihm. Er hörte nur das Geräusch des Windes, der zwischen den Türmen der Stadt sang, und das deutliche Geräusch des eigenen Herzens. Als Gaspar mit den Fäusten gegen die hohe Mauer schlug, bekam Abel Angst und lief weg. Aber im Termitenbau blieb alles still. Vielleicht schliefen seine Bewohner, von Wind und Licht rings umgeben, im Schutz ihrer Festung. Gaspar hob einen großen Stein auf und schleuderte ihn mit voller Wucht nach dem Turm. Der Stein brach ein Stück aus dem Termitenbau, es klang wie splitterndes Glas. In den Mauertrümmern sah Gaspar komische Insekten herumzappeln. Sie glichen Honigtropfen im roten Staub. Aber die Stille in der Stadt war ungebrochen, eine lastende Stille, die von allen Türmen herab drohte. Gaspar empfand Angst, wie Abel. Er fing an, so schnell er konnte durch die Straßen der Stadt zu rennen. Als er Abel eingeholt hatte, liefen sie gemeinsam zur Grasebene, ohne sich umzudrehen.

Am Abend, wenn die Sonne sank, setzten die Kinder sich vor das Haus, um die kleine Khaf tanzen zu sehen. Antoine und Augustin fertigten aus Schilfrohren kleine Flöten an. Sie schnitten mehrere Rohre von unterschiedlicher Länge und banden sie mit Grashalmen zusammen. Wenn die Jungen anfingen, in die Schilfrohre zu blasen, begann die kleine Khaf zu tanzen. Gaspar hatte noch nie eine solche Musik gehört. Es waren nur Abfolgen einzelner Töne, die auf- und abstiegen und schrill klangen wie Vogelschreie. Die beiden Jungen spielten abwechselnd, sie antworteten einander, unterhielten sich, immer mit den gleichen gleitenden Tönen. Vor ihnen ließ die kleine Khaf im Takt die Hüften kreisen, sie hielt den Kopf leicht gesenkt, den Oberkörper ganz gerade, die Arme angelegt, die Hände abgespreizt. Dann hämmerten die Füße mit schneller Bewegung von Sohlen und Fersen den Boden, und die Schläge hallten im Inneren der Erde wider wie Trommelwirbel. Nun standen auch die Jungen auf und schlugen, während sie auf ihren Flöten weiterspielten, mit den nackten Füßen den Boden. So spielten sie, und die kleine Khaf tanzte, bis die Sonne über dem Tal untergegangen war. Dann setzten sie sich ans Feuer. Aber Augustin brach zur anderen Seite des hohen Grases auf, wo der große schwarze Bock und die Herde lebten. Dort spielte er ganz allein weiter, und der Wind trug von Zeit zu Zeit die leichten Klänge der Musik herüber, die Töne, die gleitend und dünn waren wie Vogelrufe.

Am fast schwarzen Himmel sahen die Kinder einem Düsenflugzeug nach. Es glänzte sehr hoch oben wie eine stählerne Mücke, und hinter ihm wurde der weiße Streifen immer breiter und spaltete den Himmel.

Vielleicht hatte auch das Flugzeug Dinge zu lehren, Dinge, von denen die Vögel nichts wußten.

Es gab viele Dinge zu lernen hier in Dschenna. Man lernte sie nicht durch Worte wie in den Schulen der Städte; man lernte sie nicht mit Gewalt, indem man Bücher las oder durch die lärmerfüllten Straßen voller leuchtender Buchstaben ging. Man lernte sie unmerklich, manchmal blitzschnell, wie ein Stein, der durch die Luft saust, manchmal sehr langsam, Tag um Tag. Da waren die sehr schönen Dinge, die lange dauerten, die nie gleich waren, die sich ständig veränderten und bewegten. Man lernte sie, dann vergaß man sie, dann lernte man sie wieder. Man wußte nicht genau, wie sie kamen: Sie waren da, im Licht, am Himmel, auf der Erde, in den Flintsteinen und den Glimmersplittern, im roten Dünensand. Es genügte, sie zu sehen, sie zu hören. Aber Gaspar wußte, daß die Leute von anderswo sie nicht lernen konnten. Um sie zu lernen, mußte man in Dschenna sein, bei den Hirten, beim großen Bock Hatrus, dem Hund Nunn, dem Fuchs Mim, all den Sternen droben und, irgendwo im grauen Sumpf, dem großen Vogel mit dem schaumweißen Gefieder.

Vor allem die Sonne lehrte in Dschenna. Sie leuchtete sehr hoch am Himmel und gab ihre Wärme den Steinen, sie zeichnete jeden Hügel, sie fügte an jedes Ding seinen Schatten. Für sie fertigte die kleine Khaf Teller und Schüsseln aus Schlamm und setzte sie zum Trocknen auf Blätter. Auch eine Art Puppen machte sie aus Schlamm, mit Haaren aus Gras und Kleidern aus Stoffetzen. Dann setzte sie sich hin und sah zu, wie die Sonne das Geschirr und die Puppen buk, und auch ihre Haut wurde erdfarben und ihre Haare glichen dem Gras.

Der Wind, der redete wirklich. Was er zu lehren hatte, war unendlich. Er kam von der einen Seite, ging wie ein Atem durch Kehle und Brust. Unsichtbar und leicht erfüllte er den ganzen Körper, pumpte ihn voll, ohne einen jemals satt zu machen. Manchmal hielten Gaspar und Abel zum Spaß den Atem an und kniffen sich die Nase zu. Sie taten, als tauchten sie sehr tief im Meer und suchten Korallen. Mehrere Sekunden lang blieben sie so, mit geschlossenem Mund und zugehaltener Nase. Dann stießen sie sich mit der Ferse ab, kamen wieder an die Oberfläche, und aufs neue drang ihnen der Wind in die Nasenlöcher, der heftige berauschende Wind. Auch die kleine Khaf versuchte es ein wenig, aber sie bekam davon Schluckauf.

Gaspar dachte, wenn er einmal alle diese Lehren begriffen hätte, würde er sein wie der Bock Hatrus, sehr groß und kraftvoll auf der staubigen Erde, mit diesen Augen, die grüne Blitze schleuderten. Er würde auch sein wie die Insekten, und er könnte große Häuser aus Schlamm errichten, hoch wie Leuchttürme, mit nur einem einzigen Fenster ganz oben, von wo aus man das ganze Tal von Dschenna sehen würde.

Sie kannten diese Gegend jetzt sehr gut. Allein schon ihre nackten Sohlen hätten ihnen sagen können, wo sie waren. Sie kannten alle Geräusche, diejenigen, die mit dem Tageslicht kommen und diejenigen, die in der Nacht entstehen. Sie wußten, wo man die eßbaren Wurzeln und Kräuter fand, die bitteren Früchte der Büsche, die süßen Blüten, die Körner, die Datteln, die wilden Mandeln. Sie kannten die Pfade der Hasen, die Stellen, an denen die Vögel sich niederließen, die Nester mit den Eiern. Wenn Abel bei sinkender Nacht zurückkam, bellten die wilden Hunde und forderten ihren Anteil an Eingeweiden. Die kleine Khaf warf glühende Scheite nach ihnen, um sie zu vertreiben. Sie preßte den Fuchs Mim unter ihrem Hemd an sich. Nur der Hund Nunn durfte ihr nahe kommen, denn er war Augustins Freund.

Der Heuschreckenschwarm kam eines Vormittags, als die Sonne schon hoch am Himmel stand. Mim hatte ihn als erster gehört, lang ehe er über dem Tal erschienen war. Der Fuchs verhielt vor der Tür des Hauses, die Ohren gespitzt, am ganzen Leib zitternd. Dann kam das Geräusch, und auch die Kinder erstarrten.

Es war eine tiefe Wolke von der Farbe gelben Rauchs, die über die Grasfläche heranschwebte. Alle Kinder fingen plötzlich an zu schreien, durchs Tal zu rennen, während die Wolke schwankte, zögerte, über dem Gras an Ort und Stelle wirbelte, und das knirschende Geräusch Tausender Insekten erfüllte den Raum. Abel und Gaspar rannten vor der Wolke her und ließen ihre Schleudern kreisen. Die anderen Kinder warfen trockene Zweige ins Feuer, und bald schossen helle Flammen hoch. In Sekundenschnelle verdunkelte sich der Himmel. Die Insektenwolke zog langsam vor der Sonne vorüber und bedeckte die Erde mit Schatten. Die Insekten prallten gegen die Gesichter der Kinder, zerkratzten ihnen mit den gezähnten Beinen die Haut. Am anderen Ende des Grasfelds flüchtete die Herde auf die Dünen zu, und der große schwarze Bock trat unter wütendem Stampfen den Rückzug an. Gaspar lief, ohne anzuhalten, die Schleuder kreiste wie ein Propeller über seinem Kopf. Das stete Surren der Insektenflügel hallte ihm in den Ohren, er rannte weiter, ohne zu sehen, wohin, und ließ die Schleuder die ganze Zeit durch die Luft sausen. Unaufhörlich kreiste die Wolke über der Grasebene, wie auf der Suche nach einem Rastplatz. Die braunen Insektenströme breiteten sich aus, schwankten, überlagerten sich. Stellenweise fielen die Insekten zu Boden und begannen dann wieder zu fliegen, schwerfällig, trunken von ihrem eigenen Lärm. Abels Wangen und Hände waren von blutenden Kratzern durchzogen, und er rannte, ohne Atem zu schöpfen, vom Schwung seiner Schleuder mitgerissen. Jedesmal, wenn seine Zwille in die lebende Wolke schlug, stieß er einen Schrei aus, und Gaspar antwortete ihm.

Doch der Heuschreckenschwarm unterbrach seinen Flug nicht. Nach und nach entfernte er sich über den Sumpf, immer sich wiegend, zögernd, floh er zu den felsigen Hügeln. Schon stiegen die letzten Insekten wieder hoch, und der Himmel leerte sich. Das knirschende Geräusch wurde schwächer, verklang. Als das Sonnenlicht wieder erschien, kehrten die Kinder erschöpft zum Haus zurück. Mit ausgedörrten Kehlen und verschwollenen Gesichtern streckten sie sich auf dem Boden aus.

Dann machten sich die jüngsten quer durchs hohe Gras auf, um die erschlagenen Heuschrecken aufzulesen. Hochbeladen kamen sie zurück. Um die heiße Glut sitzend aßen die Kinder bis zum Abend Heuschrecken. Auch für die wilden Hunde gab es an jenem Tag einen Festschmaus im hohen Gras.

5

Wie viele Tage waren vergangen? Der Mond hatte zugenommen, dann war er wieder als schmale Sichel über den Hügeln gelegen. Er war einige Zeit vom schwarzen Himmel verschwunden gewesen, und als er wiedergekommen war, hatten die Kinder ihn auf ihre Weise begrüßt, indem sie Schreie ausstießen und Verbeugungen machten. Jetzt stand er wieder rund und glatt am Nachthimmel und badete das Tal von Dschenna in seinem sanften, ein wenig bläulichen Licht. Dennoch war an diesem Licht etwas Seltsames. Etwas wie Kälte und Schweigen. Die Kinder legten sich frühzeitig im Haus schlafen, aber Gaspar blieb lange auf der Schwelle sitzen und betrachtete den Mond, der am Himmel schwamm. Auch Abel war unruhig. Bei Tage machte er ganz allein lange Wanderungen, und niemand wußte, wohin er ging. Er nahm die Graszwille mit, die er an seinem Bein hin- und herschwingen ließ, und kam erst bei sinkender Nacht zurück. Er brachte kein Fleisch mehr mit, nur manchmal kleine Vögel mit schmutzigem Gefieder, von denen man nicht satt wurde. In der Nacht lag er mit den anderen Kindern drinnen im Haus, aber Gaspar wußte, daß er nicht schlief; er lauschte auf die Geräusche der Insekten und die Gesänge der Kröten rings ums Haus.

Die Nächte waren kalt. Der Mond schien sehr hell, sein Licht war wie Rauhreif. Der kalte Wind verbrannte das Gesicht Gaspars, während er in das erleuchtete Tal blickte. Sooft er ausatmete, kam die Luft als Rauchwolke aus seiner Nase. Alles war trocken und kalt, hart, ohne Schatten. Gaspar sah deutlich die Muster auf dem Gesicht des Mondes, die dunklen Flecken, die Schrunden, die Krater.

Die wilden Hunde schliefen nicht. Sie schlichen die ganze Zeit über die helle Ebene und knurrten und kläfften. Der Hunger wühlte in ihren Bäuchen, und vergebens suchten sie nach Essensresten. Wenn sie dem Haus zu nahe kamen, warf Gaspar Steine nach ihnen. Sie wichen knurrend ein paar Sprünge zurück, dann kamen sie aufs neue.

In jener Nacht beschloß Abel, die Schlange Naach zu jagen. Gegen Mitternacht stand er auf und trat zu Gaspar. Neben ihm stehend, spähte er ins mondhelle Tal. Die Kälte war durchdringend, die glimmerigen Steine blitzten und die hohen Gräser glänzten wie Klingen. Es wehte kein Wind. Der Mond schien sehr nah, als wäre nichts zwischen Himmel und Erde. Die Sterne rings um den Mond strahlten nicht.

Abel ging ein paar Schritte, dann kehrte er um und sah Gaspar an, um ihn zum Mitkommen aufzufordern. Der Mondschein malte sein Gesicht weiß, und die Augen flammten aus dem Schatten ihrer Höhlen. Gaspar nahm seine Graszwille und ging mit ihm. Aber sie überquerten nicht die Grasebene. Sie gingen den Sumpf entlang in Richtung der felsigen Hügel.

Als sie an Buschwerk vorüberkamen, hing Abel sich seine Zwille um den Hals. Mit seinem kleinen Messer schnitt er zwei lange Zweige ab und schälte sie sorgfältig. Eine Gerte gab er Gaspar, die andere behielt er in der rechten Hand.

Jetzt lief er rasch über den steinigen Boden. Er lief vorgebeugt, lautlos, mit gespannter Miene. Gaspar folgte ihm und machte jede seiner Bewegungen nach. Anfangs wußte er nicht, daß die Jagd auf Naach begonnen hatte. Vielleicht hatte Abel die Fährte eines Wüstenhasen entdeckt und würde bald schon seine Zwille kreisen lassen. Aber in dieser Nacht war alles anders. Das Licht war sanft und kalt, und der Junge lief schweigend dahin, die lange Gerte in der rechten Hand. Einzig die Schlange Naach, die langsam durch den Staub gleitet, indem sie sich mit den Rippen abstößt, die Baumwurzeln gleichen, bewohnte diesen Teil von Dschenna.

Gaspar hatte Naach nie gesehen. Er hatte sie nur manchmal gehört, in der Nacht, wenn sie nahe der Herde des Wegs kam. Es war das gleiche Geräusch, das er gehört hatte, als er zum ersten Mal die Steinmauer auf dem Weg nach Dschenna überklettert hatte. Die kleine Khaf hatte ihm gezeigt, wie die Schlange tanzt: sie hatte den Kopf gewiegt; und wie sie langsam über den Boden kriecht. Dazu hatte sie gesagt: »Naach! Naach! Naach! Naach!« und mit dem Mund das Klappern nachgeahmt, das die Schlange mit ihrem Schwanzende auf Steinen und dürren Zweigen verursacht.

Jene Nacht war wirklich die Nacht der Schlange Naach. Alles war wie sie, kalt und trocken, schuppenglänzend. Irgendwo am Fuß der felsigen Hügel, auf den kalten Steinplatten, ließ Naach den langen Leib dahingleiten und kostete den Staub mit der Spitze ihrer gespaltenen Zunge. Sie suchte eine Beute. Langsam glitt sie hinab zu der Herde der Schafe und Ziegen, verhielt von Zeit zu Zeit, regungslos wie eine Wurzel, glitt dann weiter.

Gaspar hatte sich von Abel getrennt. Jetzt gingen sie auf gleicher Höhe in ein paar Metern Abstand, vornübergebeugt, die Knie leicht eingeknickt, mit langsamen Bewegungen von Oberkörper und Armen, wie Schwimmer. Ihre Augen hatten sich an das Mondlicht gewöhnt, sie waren kalt und bleich wie dieses Licht, sie sahen jede Einzelheit auf der Erde, jeden Stein, jede Schrunde.

Es war ein wenig wie auf der Oberfläche des Mondes. Sie bewegten sich langsam auf dem nackten Boden, zwischen den geborstenen Felsen und den schwarzen Spalten. In der Ferne hoben sich die Hügel, zerklüftet wie die Ränder eines Vulkans, hell vor dem schwarzen Himmel ab. Ringsum sahen sie das Funkeln von Glimmer, Gipsstein, Steinsalz. Die beiden Jungen bewegten sich in Zeitlupe durch diese Landschaft aus Steinen und Staub. Ihre Gesichter und ihre Hände waren sehr weiß, und ihre Kleider phosphoreszierten mit einem Stich ins Blaue.

Dies hier war das Land der Schlange Naach.

Die Kinder suchten sie, prüften das Gelände Meter für Meter, lauschten auf jedes Geräusch. Abel entfernte sich noch weiter von Gaspar, er beschrieb einen großen Bogen rings um das Kalksteinplateau. Selbst als Abel sehr weit weg war, sah Gaspar den Atemhauch, der vor seinem Gesicht leuchtete, und er hörte das Geräusch von Abels Atem; alles war der Kälte wegen klar und deutlich.

Gaspar bewegte sich jetzt quer durchs Dickicht an einer Schlucht entlang. Mit einemmal, als er an einem entlaubten Baum vorüberkam, einer von Trockenheit und Kälte verbrannten Akazie, erschrak Gaspar. Mit klopfendem Herzen blieb er stehen, denn er hatte das gleiche Rascheln gehört, das gleiche »Frrrtt-frrrtt«, wie an jenem Tag, als er das alte Trockenmauerwerk überkletterte. Direkt über seinem Kopf sah er die Schlange Naach, die ihren Leib einen Ast entlang entrollte. Naach kam langsam von der Akazie herunter, jede Schuppe ihrer Haut glänzte wie Metall.

Gaspar konnte sich nicht mehr rühren. Gebannt beobachtete er die Schlange, die endlos lang den Ast hinabglitt, sich dann um den Stamm rollte und schließlich auf den Boden zukroch. Auf der Haut der Schlange glänzte deutlich jede Zeichnung. Der Leib glitt abwärts, fast ohne den Baumstamm zu berühren, und an der Spitze des Leibes war der dreieckige Kopf mit den metallenen Augen. Naach kroch lange, lautlos hinab. Gaspar hörte nichts als die Schläge seines eigenen Herzens, das in der Stille laut hämmerte. Das Mondlicht glitzerte auf Naachs Schuppen, in ihren harten Pupillen.

Gaspar mußte sich bewegt haben, denn Naach hielt inne und hob den Kopf. Sie sah den Jungen an, und Gaspar fühlte, wie sein ganzer Körper erstarrte. Er hätte schreien wollen, Abel herbeirufen, aber seine Kehle ließ keinen Laut durch. Nach einer langen Weile kroch Naach weiter. Als sie die Erde berührte, war es, als flösse Wasser in den Staub, ein langer blasser Strahl, der langsam aus dem Baumstamm rann. Gaspar hörte das Geräusch ihrer Haut, die über die Erde schabte, ein leises Knirschen, elektrisch, wie der Wind im welken Laub.

Gaspar rührte sich nicht, bis Naach verschwunden war. Dann begann er so heftig zu zittern, daß er sich auf die Erde setzen mußte, um nicht zu fallen. Auf seinem Gesicht fühlte er noch immer Naachs harten Blick, noch immer sah er die fließende Bewegung des Schlangenleibs, der wie kaltes Wasser den Baum entlangglitt. Gaspar blieb lange wie versteinert sitzen und hörte sein Herz in der Brust pochen. Der sehr runde Mond über der Erde beleuchtete die verlassene Schlucht.

Gaspar hörte, wie Abel ihn rief. Er pfiff ganz leise durch die Zähne, aber die hallende Luft trug den Schall bis zu ihm. Dann hörte Gaspar das Geräusch von Abels Schritten. Der Junge kam so rasch näher, daß seine Füße kaum den Boden zu berühren schienen. Gaspar stand auf und ging mit Abel. Gemeinsam folgten sie der Schlucht und Naachs Fährte.

Abel begann wieder zu pfeifen, und Gaspar begriff, daß es Naach galt; er rief die Schlange, leise, mit einem steten und monotonen Laut. In den Höhlen zwischen den Baumwurzeln hörte Naach das Pfeifen, und sie reckte den Hals und wiegte den dreieckigen Kopf. Ihr Leib wand sich um die eigene Achse, ringelte sich zusammen. Beunruhigt suchte Naach zu begreifen, woher das Pfeifen kam, doch die hohe Schwingung war rings um sie, schien von allen Seiten zugleich zu kommen. Es war eine fremdartige Welle, die ihr die Flucht verwehrte, sie zwang, ihren Leib zum Knäuel zu rollen.

Als die beiden Jungen, diese hohen weißen Gestalten, im Mondlicht erschienen, peitschte Naach wütend mit dem Schwanz die Steine, und es prasselte wie Funken. Naachs Haut schien zu phosphoreszieren. Sie bewegte sich fast unmerklich, wie ein Schauer, über den staubigen Boden. Der Leib entrollte sich auf der Stelle, glitt über die Kiesel, reckte sich, zog sich in die Länge, und Gaspar erblickte aufs neue den dreieckigen Kopf mit den lidlosen Augen. Er fühlte die gleiche Kälte wie vorhin, sie lähmte seine Glieder und betäubte sein Denken. Abel beugte sich vor, er begann, lauter zu pfeifen, und Gaspar tat es ihm nach. Alle beide fingen an, mit den langsamen Bewegungen von Schwimmern den Tanz der Schlange Naach zu tanzen. Ihre Füße glitten über den Boden, vorwärts, rückwärts, die Fersen hämmerten die Erde. Ihre gebreiteten Arme beschrieben Kreise, und dazu pfiff auch die Gerte durch die Luft. Naach kroch weiter auf die beiden

Jungen zu, indem sie die Rippen seitlich voranschob, und auf dem gereckten Hals wiegte sich der Kopf, um den Tanz zu verfolgen.

Als Naach nur noch ein paar Meter von den Jungen entfernt war, beschleunigten sie die Bewegungen ihres Tanzes. Jetzt sprach Abel. Das heißt, er sprach und pfiff zugleich durch die Zähne, und das machte seltsame rhythmische Geräusche, auch heftige Explosionen und Quietschtöne, wie von Blasinstrumenten, und diese Musik hallte über das Felsplateau bis zu den fernen Hügeln und bis zu den Dünen. Es waren Worte, die klangen wie das Knacken der Steine in der Kälte, wie der Gesang der Insekten, wie das Mondlicht, starke und harte Worte, die die ganze Erde zu bedecken schienen.

Naach folgte den Worten und dem Geräusch der nackten Füße, die den Boden hämmerten, und ihr Leib schwankte unaufhörlich. Der dreieckige Kopf auf ihrem Hals zitterte. Langsam, ein wenig seitwärts kippend, beugte Naach sich nach hinten. Die Jungen tanzten weniger als zwei Meter von ihr entfernt. Gaspar fürchtete sich jetzt nicht mehr. Wenn Naach in seine Richtung zustieß, trat er nur einen Schritt zur Seite und versuchte seinerseits, die Schlange am Kopf zu treffen. Aber Naach hatte sich sofort wieder geduckt, und die Gerte wirbelte ein wenig Staub auf.

Man durfte nicht aufhören zu pfeifen und zu sprechen, auch nicht beim Atmen, denn die ganze Nacht mußte davon widerhallen. Es war eine Musik wie der Blick, eine Musik ohne Schwäche, die Naach am Boden festhielt, so daß sie nicht weg konnte. Diese Musik drang durch die Haut in sie ein und erteilte ihr Befehle, diese kalte und tödliche Musik, die Naachs Herz verlangsamte und ihre Bewegungen ablenkte. Das Gift in ihrem Mund war bereit, es schwellte die Drüsen; aber die Musik, der Tanz waren noch mächtiger, entzogen die Kinder ihrem Zugriff.

Naach rollte ihren Leib um einen Felsen, um besser mit dem Kopf zustoßen zu können. Die weißen Gestalten der Jungen bewegten sich unaufhörlich vor ihr, und sie spürte Müdigkeit. Mehrmals stieß sie den Kopf vor, um zu beißen, aber ihr Leib, den der Felsen festhielt, war zu kurz, und Naachs Kopf fuhr in den Staub. Jedesmal pfiffen die Gerten und ließen Naachs Nackenwirbel knacken.

Endlich verließ Naach ihren Stützpunkt. Ihr langer Leib entrollte sich auf dem Boden, streckte sich in seiner ganzen Schönheit aus, schimmernd wie eine Rüstung und geflammt wie Zink. Die regelmäßige Musterung ihres Rückens sah aus wie Augen.

Die Schwanzwirbel zitterten und machten eine schrille und schroffe Musik, die sich mit dem Pfeifen und rhythmischen Stampfen der Jungen mischte. Naach hob ein wenig den Kopf am Ende des senkrechten Halses. Abel hörte auf zu pfeifen und ging auf sie zu, die schlanke Gerte hoch erhoben, aber Naach rührte sich nicht. Ihr Kopf, der mit dem Hals einen rechten Winkel bildete, blieb der weißen Gestalt zugewandt, die sich ihr näherte, die jetzt vor ihr stand. Mit einem einzigen scharfen Schlag traf Abel die Schlange und brach ihr das Genick.

Danach war kein Laut mehr auf dem Kalkplateau zu hören. Nur von Zeit zu Zeit strich der Wind durchs Gebüsch und die Akazienzweige. Der Mond stand hoch am schwarzen Himmel, die Sterne funkelten nicht. Abel

und Gaspar betrachteten noch eine Weile den auf dem
Boden ausgestreckten Schlangenleib, dann warfen sie
ihre Gerten fort und kehrten nach Dschenna zurück.

6

Danach veränderte sich alles in Dschenna sehr rasch.
Vor allem die Sonne leuchtete stärker am wolkenlosen
Himmel, und am Nachmittag wurde die Hitze uner-
träglich. Alles war elektrisch. Man sah die ganze Zeit
das Funkeln auf den Steinen, man hörte das Knistern
des Sandes, der Grashalme, der Dornen. Auch das
Wasser des Sees hatte sich verändert. Es war undurchsichtig und schwer, und warf das Himmelslicht zurück.
Es gab keine Tiere mehr im Tal, nur Ameisen und
Skorpione, die unter den Steinen lebten. Der Staub war
gekommen; er stieg in die Luft, wenn man darüberging,
ein bitterer und harter Staub, der schmerzte.

Die Kinder schliefen bei Tage, von Licht und Trok-
kenheit erschöpft. Manchmal schreckten sie unruhig
hoch. Sie fühlten die Elektrizität in ihren Körpern, in
ihrem Haar. Wie die wilden Hunde liefen sie ziellos
herum, vielleicht auf der Suche nach einer Beute. Aber
es gab weder Hasen noch Vögel mehr. Die Tiere hatten,
von ihnen unbemerkt, Dschenna verlassen. Um ihren
Hunger zu stillen, pflückten die Kinder breitblättrige

und bittere Gräser, gruben Wurzeln aus. Die kleine Khaf sammelte einen neuen Vorrat an pfefferigen Körnern für den Weitermarsch. Ihre einzige Nahrung war die Ziegenmilch, die sie mit dem Fuchs Mim teilten. Aber die Herde war nervös geworden. Sie zog zu den Hügeln, und man mußte immer weiter laufen, um die Ziegen zu melken. Augustin durfte sich dem großen schwarzen Bock nicht mehr nähern. Hatrus scharrte wütend im Boden und wirbelte hohe Staubwolken auf. Jeden Tag führte er die Herde ein Stück weiter aufwärts im Tal, dorthin, wo die Hügel begannen, als wolle er das Zeichen zum Aufbruch geben.

Die Nächte waren so kalt, daß die Kinder keine Kraft mehr hatten. Sie mußten dicht aneinandergedrängt liegenbleiben, ohne sich zu bewegen, ohne zu schlafen. Man hörte keine Insektenstimmen mehr. Man hört nur noch den Wind blasen und das Geräusch der Steine, die sich zusammenzogen.

Gaspar dachte, irgend etwas müsse sich ereignen, aber was das sein würde, begriff er nicht. Er blieb die ganze Nacht auf dem Rücken liegen, neben der kleinen Khaf, die er in seine Leinenjacke gewickelt hatte. Auch die Kleine schlief nicht; den Fuchs fest an sich gedrückt, wartete sie.

Sie warteten alle. Sogar Abel ging nicht mehr auf die Jagd. Er lag, die Graszwille um den Hals gehängt, vor der Tür des Hauses, die Augen auf die mondhellen Hügel gerichtet. Die Kinder waren allein in Dschenna, allein mit der Herde und den wilden Hunden, die leise in ihren Sandlöchern winselten.

Bei Tag verbrannte die Sonne die Erde. Das Wasser des Sees schmeckte nach Sand und Asche. Wenn die

Ziegen getrunken hatten, fühlten sie Müdigkeit in allen Gliedern, und ihre dunklen Augen waren voll Schlaf. Ihr Durst war nicht gestillt.

Eines Tages, gegen Mittag, verließ Abel das Haus, die Graszwille überm Arm. Sein Gesicht war angespannt und die Augen glänzten fiebrig. Obwohl Abel ihn nicht aufgefordert hatte, ging Gaspar, mit seiner eigenen Zwille bewaffnet, ihm nach. Sie hielten auf den Sumpf zu, wo die Papyrusstauden wuchsen. Gaspar sah, daß der Wasserspiegel des Sumpfes gesunken und von Schlamm überzogen war. Die Mücken umtanzten die Gesichter der Jungen, und das war an diesem Ort das einzige lebendige Geräusch. Abel stieg ins Wasser und ging schnell dahin. Gaspar verlor ihn aus den Augen. Er ging allein weiter, immer tiefer in den Sumpf. Zwischen den Schilfrohren sah er die Wasserfläche, undurchsichtig und hart. Das Licht warf blendende Strahlen, und die Hitze war so stark, daß er kaum atmen konnte. Der Schweiß rann ihm über Gesicht und Rücken, und sein Herz pochte laut in der Brust, denn mit einemmal hatte er begriffen, was Abel suchte.

Plötzlich sah er durch das Schilf den weißen Vogel, den König von Dschenna. Mit gebreiteten Flügeln stand er unbeweglich im Wasser, so weiß, daß man ihn für einen Schaumfleck hätte halten können. Gaspar blieb stehen und betrachtete den Vogel mit einer Freude, die seinen ganzen Körper schwellte. Es war wirklich derselbe weiße Vogel, den er beim erstenmal gesehen hatte, unnahbar und lichtumflossen wie eine Erscheinung. Gaspar dachte, daß der Vogel inmitten des Sumpfs lautlos das Tal regiere, die Gräser, die Hügel und die Dünen, bis zum Horizont; vielleicht vermochte er die

Müdigkeit und die Dürre zu beenden, die überall herrschten, vielleicht würde er seine Befehle erteilen und alles würde wieder werden wie zuvor.

Als Abel in nur ein paar Metern Entfernung auftauchte, wandte der Vogel den Kopf und sah ihn erstaunt an. Aber er regte sich nicht, die großen weißen Flügel blieben über dem glänzenden Wasser ausgespannt. Er fürchtete sich nicht. Gaspar blickte den Vogel nicht mehr an. Er sah Abel den Arm über den Kopf heben, und an diesem Arm begann die lange grüne Schnur zu kreisen und ihr Todeslied zu singen.

»Er wird ihn töten!« dachte Gaspar. Und er stürzte jäh zu Abel hin. Aus Leibeskräften rannte er durch den Sumpf, zertrat die Papyrusstengel. Er stürzte sich auf Abel genau in dem Moment, als der Stein abschnellen sollte, und die beiden Jungen fielen in den Sumpf, während der weiße Ibis mit den Flügeln zu schlagen begann und sich in die Luft erhob.

Gaspar drückte Abel den Hals zu, um ihn im Sumpf festzuhalten. Der Hirtenjunge war schlanker als er, aber wendiger und stärker. In Sekundenschnelle befreite er sich aus Gaspars Griff und wich ein paar Schritte im Schlamm zurück. Er blieb stehen und sah Gaspar an, ohne ein Wort zu sprechen. Sein dunkles Gesicht und die Augen waren von Wut erfüllt. Er ließ die Zwille über dem Kopf kreisen und gab die Schnur frei. Gaspar bückte sich, aber der Stein traf seine linke Schulter und warf ihn wie ein Fausthieb ins Wasser. Ein zweiter Stein pfiff dicht an seinem Kopf vorbei. Gaspar hatte bei dem Kampf im Sumpf seine Zwille verloren und mußte fliehen. Er fing an, durch das Schilf zu laufen. Die Wut, die Angst und der Schmerz erfüllten wie ein lautes

Geräusch seinen Kopf. Er rannte, so schnell er konnte im Zickzack, um Abel zu entkommen.

Als er außer Atem den festen Boden erreichte, sah er, daß Abel ihn nicht verfolgt hatte. Gaspar versteckte sich hinter den Schilfbüscheln und blieb so lange sitzen, bis sein Herz und seine Lungen wieder ruhig arbeiteten. Er fühlte sich traurig und müde, weil er jetzt wußte, daß er nie zu den Kindern zurückkehren konnte. Und als die Sonne ganz dicht über dem Horizont stand, schlug er den Weg zu den Hügeln ein und entfernte sich von Dschenna.

Er drehte sich nur einmal um, als er auf dem Kamm des ersten Hügels angekommen war. Er betrachtete lange das Tal, die Grasebene, den glatten Fleck des Sees. Nah am Wasser sah er das kleine Schlammhaus und die blaue Rauchsäule, die senkrecht in den Himmel stieg. Er versuchte, die Gestalt der am Feuer sitzenden kleinen Khaf zu erspähen, aber er war zu weit weg und sah niemanden. Von hier, von der Hügelspitze aus, wirkte der Sumpf winzig, ein trübes Glas, in dem sich die schwarzen Stengel des Schilfs und der Papyrusstauden spiegelten. Gaspar hörte das Kläffen der wilden Hunde, und eine Wolke grauen Staubs erhob sich irgendwo am Ende des Tals, dort, wo der große Bock Hatrus vor seiner Herde herging.

In jener Nacht schlief Gaspar drei Stunden, in eine Felsmulde gekauert. Die beißende Kälte hatte den Schmerz seiner Wunde betäubt, und die Müdigkeit hatte seinen Körper schwer und gefühllos gemacht wie einen Stein.

Der Wind weckte Gaspar kurz vor Tagesanbruch. Es war nicht der gleiche Wind wie sonst. Es war ein heißer elektrischer Hauch, der von weit jenseits der felsigen Hügel kam. Er fegte durch Täler und Schluchten und heulte im Inneren der Höhlen und der verwitterten Felsen, ein heftiger Wind voller Drohungen. Gaspar sprang hastig auf, aber der Wind stellte sich ihm in den Weg. Vornübergebeugt kämpfte er sich eine enge Schlucht entlang, die von verfallenen Mauern aus aufgeschichteten Steinen begrenzt wurde. Der Wind stieß ihn durch die Schlucht bis zu einer Straße. Auf der Straße begann Gaspar zu laufen, ohne zu sehen, wohin. Jetzt war es Tag, aber es war ein seltsames rotgraues Licht, das von überall zugleich aufschoß, wie bei einem Brand. Die Erde war nur noch eine Staubschicht, die im waagrechten Wind dahinglitt. Sie war unwirklich, sie verflüchtigte sich wie ein Gas. Der harte scharfkörnige Staub peitschte die Felsen, die Bäume, die Gräser, er nagte mit seinen Millionen Kiefer, er schabte und schälte die Haut. Gaspar lief ohne Atem zu schöpfen, und von Zeit zu Zeit ruderte er schreiend mit den Armen, wie es die Kinder getan hatten, als sie den Heuschreckenschwarm verscheuchten. Er lief barfuß mit halbgeschlossenen Augen auf der Straße, und der rote Staub lief schneller als er. Wie Schlangen glitten die Staubwirbel zwischen seinen Beinen durch, hüllten ihn ein, bildeten Strudel, bedeckten in langen Bächen die Straße. Gaspar sah weder die Hügel noch den Himmel. Er sah nur dieses wirre Licht im Raum, dieses seltsame rote Licht, das die ganze Erde umgab.

Der Wind pfiff und schrie die Straße entlang, er stieß Gaspar vorwärts und schlug ihn auf Rücken und Schultern, daß er taumelte. Der Staub drang ihm in

Mund und Nase und erstickte ihn. Mehrmals stürzte Gaspar auf die Straße und schürfte sich die Haut von Händen und Knien. Aber er fühlte den Schmerz nicht. Er hetzte dahin, die Arme vor der Brust gekreuzt, und suchte mit dem Blick einen Ort, wo er Schutz finden könnte.

So rannte er stundenlang im Sandsturm dahin. Dann sah er am Straßenrand den undeutlichen Umriß einer Hütte. Gaspar stieß die Tür auf und ging hinein. Die Hütte war leer. Er schloß die Tür hinter sich, kauerte sich an der Wand nieder und zog den Kopf unters Hemd.

Der Wind hielt lange an. Das rote Leuchten erhellte das Innere der Hütte. Die Hitze strahlte vom Boden, von der Decke, den Wänden, wie in einem Backofen. Gaspar blieb regungslos hocken, er atmete kaum und sein Herz schlug so langsam, als würde er sterben.

Als der Wind aufhörte, trat eine große Stille ein, und der Staub begann sich langsam wieder auf die Erde zu senken. Das rote Leuchten erlosch nach und nach.

Gaspar trat aus der Hütte. Er blickte um sich, ohne etwas zu begreifen. Draußen hatte sich alles verändert. Die Sanddünen standen wie erstarrte Wellen auf der Straße. Die Erde, die Steine, die Bäume waren mit rotem Staub bedeckt. Weit draußen, fast am Horizont, sah er einen komischen trüben Fleck am Himmel, wie ziehenden Rauch. Gaspar blickte sich um und sah, daß das Tal von Dschenna verschwunden war. Es war jetzt irgendwo jenseits der Hügel, verloren, unzugänglich, als hätte es nie existiert.

Die Sonne erschien. Sie leuchtete, und ihre sanfte Wärme drang in Gaspars Körper. Er tat ein paar

Schritte auf der Straße, schüttelte sich den Staub aus Haar und Kleidern. Am Ende der Straße beleuchtete das Tageslicht ein Dorf aus roten Ziegeln.

Dann kam ein Lastwagen mit eingeschalteten Scheinwerfern. Das Donnern des Motors wurde lauter, und Gaspar wich an den Straßenrand. Der Lastwagen fuhr in einer roten Staubwolke an ihm vorbei, ohne anzuhalten, und weiter zum Dorf. Gaspar ging über den warmen Sand die Straße entlang. Er dachte an die Kinder, die hinter dem Bock Hatrus herzogen über die Hügel und die steinigen Ebenen. Der große schwarze Bock war gewiß wegen des Windes und des Staubs zornig geworden, denn die Kinder hatten ihren Aufbruch zu lange hinausgezögert. Abel ging der Herde voraus, seine lange grüne Schnur pendelte von seinem Arm. Von Zeit zu Zeit schrie er: »Ja! Jah!«, und die anderen Kinder antworteten ihm. Die wilden Hunde, die ganz gelb waren vom Staub, zogen ihre großen Kreise und schrien auch.

Die Kinder wanderten über die roten Dünen, sie gingen nach Norden oder nach Osten auf der Suche nach frischem Wasser. Vielleicht würde man ein Stück weiter, nachdem man eine Mauer aus aufgeschichteten Steinen überklettert hatte, wiederum ein Tal finden, eines wie Dschenna, mit einem leuchtenden Wasserauge inmitten eines Grasfelds. Die hohen Palmen wiegten sich im Wind, und dort konnte man ein Haus bauen aus Ästen und Schlamm. Es würde Felsplateaus und Schluchten geben, wo die Wüstenhasen leben, Graslichtungen, wohin die Vögel sich vor Sonnenaufgang niederlassen. Über dem Sumpf würde vielleicht sogar ein großer Vogel sichtbar werden, der schräg zur Erde geneigt fliegen würde wie ein Flugzeug, das eine Kurve zieht.

Gaspar schaute sich nicht um in der Stadt, die er jetzt betrat. Er sah nicht die Ziegelmauern, nicht die mit Metalljalousien verschlossenen Fenster. Er war noch immer in Dschenna und mit den Kindern zusammen, mit der kleinen Khaf und dem Fuchs Mim, mit Abel, Antoine, Augustin, mit dem großen schwarzen Bock Hatrus und dem Hund Nunn. Er fühlte sich wohl bei ihnen, er hatte kein Bedürfnis zu sprechen, auch nicht in dem Augenblick, als er die Gendarmeriestation betrat und die Fragen eines Mannes beantwortete, der hinter einer alten Schreibmaschine saß:

»Ich heiße Gaspar... Ich habe mich verirrt...«

Inhalt

JEAN GIONO

Die Terrassen der Insel Elba

Aus dem Französischen
von Maria Dessauer
192 Seiten, Leinen.

In 27 »Gebrauchstexten für den Alltag« spürt Jean
Giono jenen Verlusten nach, die der Fortschritt – diese
»Atombombe der schwachsinnigen Argumentation« –
mit sich bringt. Er begeistert sich für Bäume und haßt
Maschinen. Das Streichholz ist ihm lieber als das
Feuerzeug. Er genießt die Vorteile der Langsamkeit und
stimmt ein Lob des Alters an. In der persönlichen
Glückssuche liegt der Schwerpunkt seines Buches, das
für diese Zeit wie gerufen kommt.

Giono versteht sich darauf, mit Horaz lachend die
Wahrheit zu sagen. Er zieht den Leser in den Bann des
scheinbar Unbedeutenden und Nichtigen, dem seine
ganze Liebe gilt.

List